浮水錄

李金蓮　著

目次

序一

少女生活史

陳雨航

李金蓮的《浮水錄》是一部少女的生活史，一個成長故事。

主人翁秀代從初啟記憶的懵懂天真，循著我們熟知的制式教育軌道，享有了母愛親情，灌溉了互憐友誼，萌發了綺麗的夢想，也認識了度日的現實，人間相處的艱難。最終歷經變故，成長的少女，明白了一點說不出的什麼，或許是一點生活的意義，與人和解，更要緊的是與自己和解。也或者說生命如浮水，只能載沉載浮，緣起緣滅，一如它的書名？

這樣的成長故事，它的獨特無疑在它的血肉。《浮水錄》裡的少女秀代出生在流離士官與本地女子共譜的庶民家庭，於逼人的生活裡度過一九六〇年代。記憶與歷史一樣都是難求連貫與完整的，相信每個人的記憶裡會有因人而異的強烈或者飄忽的影像，這些影像的剪輯，能夠型塑出豐富的再造敘述。李金蓮筆下的一九六〇年代，其時代情境、社經狀況、使用器物與生活細節，描述得十分詳實。眷村裡的官士與族群的心理樣態，婚姻禮俗，洗衣店的日常作業，休閒生活，颱風襲來的避難行動，河流的角色等等，都適度提供了小說發展的堅實背景。

這部小說呈現了女性的天地。秀代固然從頭貫穿到尾，但前半部顯然是秀代的媽媽茉莉著墨較深，那也就是成人與現實的世界，茉莉在丈夫缺席時所期待的呵護，情愛的想望與社會制約的衝突，心中百般糾結，作者下筆雖然節制，但幽微與壓抑的情愫卻是力度不弱。寫少女的部分則相對奔放，秀代談不上叛逆，但一顆聰明多思的心卻是拴也拴不住。最為抒情且動人心弦的那節，是她偷了父親的錢，和她單向心儀的附近軍營的充員兵唐哥哥，為大她兩三歲的好朋友阿綿慶生，來到遊樂園，騎上旋轉木馬，「彷彿前往一場繽紛奢靡的舞會」。秀代抱緊鋼管，放鬆身體，隨著搖動的節奏，人像似飛了起來。這當兒她似乎在圍觀的人群裡看到她的韓爸，她想起這位已經從她們家消失的父親的好友，曾經帶過她和姊姊來過這裡，「她的韓爸放任她，一圈又一圈，停下又啟動」。那遙遠的快樂童年，遙遠的旋轉木馬，如夢般醒來，秀代眼前是阿綿和唐哥哥之間相互的呼喊與熱情微笑。

「風揚起，灌入秀代細瞇的眼裡，這旋轉木馬，恍如迷離幻境，她成了早熟的少女，輕輕吁嘆，這一切，好像不是真的啊……。」

雖則實際只是向逝去童年揮手的年歲，而後面接續的發展才是大膽追尋卻又夢想破滅的「畢業之旅」，但此景此情，遊樂園的氣氛卻是如許惆悵哀傷，如許教人不忍，彷彿竟是提早對青春的告別。

六〇年代或許有些遙遠，但許多心性和經驗是無礙時空的，小說主人翁的悲傷與歡笑，一個笑顰一個心眼，在在不難於身邊相遇，小說顯示的情感非常真實。

李金蓮是我初進出版界時的同事，我們服務的時報出版公司編輯部在仁愛路巷弄裡的公寓一樓和地下室，那時她剛獲得時報文學獎，第一本小說集《山音》由時報出版，編入「人間叢書」。那已是三十年前的往事，如今記憶中最深刻的影像是，某一個黃昏，在抽風機轟然作響的地下室，我們「文學二人組」伏案撰寫向吳三連文藝獎推薦小說家鄭清文的理由。

大約一年後，幾度同單位工作的老同事鄭林鐘調升中國時報藝文中心，於是在我們的上司周浩正先生的建議與安排下，讓李金蓮去了中時。不久，中時開了讀書專版「開卷」，李金蓮先是編輯後是主編，投身「開卷」版二十多年。李金蓮的努力，使她成為這些年來協助閱讀活動的重要名字。

當李金蓮退休並重續青年時代的小說寫作，認識她的朋友無不期待，雖然她的工作和閱讀都與文學息息相關，但相隔如許之久，新作會是怎樣的一番風景？《浮水錄》給了答案，我們看到了一個細膩成熟的作家，也讀到了一個情感真摯故事動人的作品。

（本文作者為作家）

序二

蝴蝶鼓翅

張嘉泓

「日後秀代回想起來，童年應是從這一天開始的。」就這樣，李金蓮開始了《浮水錄》這本醞釀已久的作品。

李金蓮很早便嶄露小說創作的才情，後來擔任中國時報「開卷」版主編，十五年主編期間，我很幸運地曾在選書小組中與她共事。李金蓮明朗下的細膩，已經是所有人的共識，無需贅述。我更印象深刻的是，她以明確的程序主持選書，帶著眾人往復參詳，所體現對書對文字的質的講究，可以說已成為風範。

《浮水錄》是以小女孩秀代的母親黃茉莉與父親陳明發為主軸。雖然不是第一人稱，卻一直有一種以秀代的眼光來述說的錯覺。或者說，是以秀代天真無邪、情感充沛的靈動，來布下全書鋪陳時的基本調性，佐以姊姊秀瑾的冷漠幽微，一家四口，再添上一個患難中一起來到台灣的摯友韓敬學、村子裡各式親疏有別性情迴異的鄰居、廟口菜場稀稀疏疏的攤販，作者備齊了顏料調盤內的各式色調，來書寫一個舊時代裡，男女人生的故事。

李金蓮的筆流暢輕盈，三百多頁，保持一個勻稱穩定的節拍。以細膩文采，繁茂地描繪約是民國五〇年代台灣的社會面貌。一個突然經歷困境的家庭，日常生活的細節，毫不馬虎放過，扎扎實實地撐起整個故事的開展與角色個性的描繪。一個歪斜卻如不倒翁的老式木頭櫥子，茉莉與韓敬學依著就著修整，竟點燃書中最關鍵的劇情。我喜歡注意茉莉賴以維生的毛衣編織，畢竟大半劇情的推移，都發生在家裡，而這時茉莉總是打著毛衣。遍布全書，種種編織的動作情節，或急或徐，打好打錯，我都感覺充滿了戲劇的張力。

這些讀者熟悉的情景，使整本小說的每一個細節，都浸滿了意義。更令我覺得精彩的，它的文字有一種蝴蝶翅膀般的色彩斑斕。蝴蝶的翅膀上布滿一層一層鱗片般的結構，舞動時，因為光線入射鱗片的角度改變，光的干涉效應會讓觀看者感覺翅膀的色彩不斷變換，自然地製造出一種神祕的深度。《浮水錄》幾乎每兩三個段落就會忽然有一個轉折，視角、節奏、色調、質地立刻跟著變化，有時真會嚇你一跳。讀起來，如一千零一夜，李金蓮彷彿也有說不完的引人入勝的故事。

你只要翻開第七章。之前五十頁篇幅，秀代家總繞著一個似乎不能提及的黑洞旋轉，李金蓮終於開始寫離家的陳明發到底發生什麼事。一兩段切切如驟雨的文字，交代了陳明發的遭遇有多麼突然。此時，鏡頭漸漸拉遠，這事扯上的是軍旅單位，整個前因後果，講起來既鬆弛又黏膩。無奈離家的男人留下冷酷拮据的家計，這個景況，茉莉得撐起來面對，你幾乎可以感覺文字慢慢出現金屬般的色澤。再拮据總得給孩子一個正常的人生，人生無非就是衣食，吃水餃是最費事的，也最溫暖的，會包水餃的男人，愛家。正常的人生還有母女每天悠悠淡淡沿河堤的散步，但怎麼這一天竟走到堤畔的桑樹園，這園子勾起往事，靜逸乖巧的秀瑾曾經在此偷摘桑果，小女孩被大狼狗追得急迫狼狽，還費得茉莉出面收拾，畢竟，貪婪之下，人都會犯錯，不是嗎？突然的，這才又想起陳明發，竟然差一點忘了隔天要去見他。不過八九頁，已經是一篇完整的美麗的，令人想咀嚼再三的短篇。

由這樣精緻的短篇，李金蓮編織了一個扣人心弦、又真摯濃郁的故事。情節毫不矯作而栩栩如生，有一瞬間，我認真地狐疑，這是不是實事所改寫的。環境限制下的人情自然不乏糾結，每個人的性情面對他無法言喻無力改變的遭遇，卻像彼此有一種冥冥的對話，你可以感覺到人無奈中活生生的細微變化。茉莉的身影自然是最鮮明的，在她身上流露出來的勇氣，竟然是充滿了氣質與美感的。我很喜歡，書中在最激烈的高潮情緒中，永遠以物件景緻疊出或幽默或清冷的對應。當你滿心期待劇情是這樣發展，她總有辦法不讓你如願，但又如此合理。李金蓮擅長用伏筆，全書讀起來有著推理的趣味。總是，「日常瑣細隱喻著……未來，但要相隔好久以後，命運才會浮出水面。」

而命無非就是情的堆積。情感最勾動人心令人忐忑的，就在尚未實現或無法實現的可能。但情感所指向所追求的，卻是實現時的美滿與完足。我讀《浮水錄》，很享受看到這兩者之間，在現實人生的劇烈張力與矛盾。不敢說這就是小說的意旨，而且每一個讀者都會從這精彩的故事得到各自的體悟。但我相信，雖然這部小說文學的趣味來自那個我們熟悉的時空，最後，背景本身反而一點都不重要。畢竟揪心的情感是超越時空的，那情意的美是永恆的。

貝多芬在他的鉅作《莊嚴彌撒》的手稿上有一個獻辭，我們一般認為這是寫給他一生的知己：魯道夫大公。From the heart-may it again-go to the heart. 願此作，由此心，達彼心。

以下的故事就是這樣令人動心。

（本文作者為師大物理學系副教授）

序三

眷村蘁語

賀淑瑋

誰的眷村？

眷村文學是台灣文學非常重要的流派。它具備了特殊的時空與族群條件。在某種意義上，它甚至凸顯了階級，延伸部隊裡的各種箝制與不公，是台灣當代文化研究的另類野史。長在眷村周邊的我，從小學到高中，都有來自眷村的同學。他們有著特別的江湖氣，氣派跟本省掛不同。眷村小孩普遍比較高大、衣著佻達，男女一起玩，「操」、「靠」不離口。本省掛大多男生，裝容不那麼整潔，講「幹你娘」。兩批人馬沒事不廝混，也不隨便對幹。不相敬如賓，絕不沒事找事。我所住的地方，半夜常有武士刀的場子。可那是大人的事，我們小孩一概不管。

這樣長大的我，對眷村的人，懷抱特殊的「江湖情感」。雖然道不能同，見到他們，我並不怕。傳聞中專K乖學生的阿飛，眷村內外都有。事實上，我那時對「幹你娘」的懼怕程度遠超過「操你媽逼」。至少，我可以分辨後者什麼時候算是憤怒大罵，什麼時候只是語尾助詞。放學了，我只能回家，眷村孩子們可以大咧咧地走去打彈子，或者幹點叫人嚮往的江湖大事，因為他們的媽媽那時多半還在牌桌上。〈想我眷村的兄弟們〉羅列了很多真正「眷村的」名人。理解他們，你便能知道幹下江南案的那人為什麼從頭至尾都自認為國鋤奸。

是黨國江湖，當然講黨國道義。那是比命還重的事。

我們那屆國中，有幾個眷村出身的進演藝圈。譬如楊安立、趙傳、和王曉晴。楊安立國中就漂亮，高翹的鼻子，菱形嘴，小臉，上揚的眼尾。用我這個厚眼鏡死讀書滿臉痘疤一輩子醜看見美女就忍不住酸的死老百姓的話來說，她就是「混太妹」的。以前的太妹，不過就是「佻」。敢跟男生混；敢把書包帶子拉長過膝，又敢把裙子拉到膝蓋以上；講話一定要有「氣勢」並且敢用鼻孔對準老師；眼神很「殺」，大部分殺到男生。這些人，走在人群中，無論高矮都突兀顯眼。像楊安立那樣出眾的，渾身還發閃光，叫你不能不看見。他們從〈小畢的故事〉裡便橫空出世，至今依然鮮活。眷村的，我的一個國中同學說，「都一個屌樣」。帥也屌，美也屌，壞也一定要壞得夠屌才行。

因此，當我更大一些，在書本裡遇到朱天文姊妹，讀到張大春，「他鄉故知」的感覺油然而生——那些燒餅還牢牢貼住汽油桶、大油鍋裡翻滾著油條的晨光，那種我揣著小小提盒山東杯杯摸摸我的頭一下子就給了一倍不止的豆漿的甜甜氤氳感——都說味覺是有記憶的，沒說它也勾魂。但我在初識朱天心的眷村兄弟就如醉如癡，先是愛著那張揚，我青春的嚮往，英雄的、氣壯山河的，或者桀驁不馴、死了拉倒的。然後，是某種至死方休的舊氣味舊聲音，夾雜著來處去處皆不明的情感；以及一切我那白紙出身無可供給的世家書香，插滿旗幡的書房。

曾經，我所戀慕的眷村作家，寫起眷村，都是大手大腳，彷彿每個村子的背後，都有大片山河在震動。小小士官長，在張大春筆下威武春風（〈四喜憂國〉），去到朱天心的眷村狎昵小女孩也不減神氣：永遠滿肚子故事、滿懷子彈頭、手臂有「殺朱拔毛」，褲襠有可怕的大雞巴但眷村孩子就是可以處變不驚，最多「只覺得哇操他真是一頭大獸王」（〈小畢的故事〉）。不理解的人或者奇怪眷村書寫總是有個浪漫，即便壞也要壞得溫暖親近。甚至懷疑背後隱隱浮現的那個「中國」根本經過多重整型，注射了無數肉毒桿菌脈衝光，不過是靠人工。但人間最厲害的美容大法，無非「情人西施術」。肉毒桿菌脈衝光都有時效，唯獨情人眼中的西施，沒有。於是，這樣就篩掉最負面的。

便剩下了時代，大時代，裡面有很多可歌和可泣。拉出任何一個人，都該是氣象萬千，不同於尋常百姓的[1]。這樣的人，跟我也很愛的歌仔戲小生小明明[2]，完全不衝突。我是打算要跟小明明私奔的，但我也始終愛著壞壞的眷村男孩，那些屌屌的在我眼前走來走去的我爹說的「壞胚」。所以，你當然知道我會愛上小畢，如同故事裡那個敘述者。小畢最後被發送到軍校，循眷村子弟最夯的升學模式鋪墊未來，王德威便說這樣的安排「多少反應了稍早三三胡派傳統：天地何其廣闊，靈根可以自植。『革命事業』是烏托邦的重新開始」[3]。換句話就是，尋常不過的軍校直升，或者，對那個時代大部分考生來說，是失意者集結奔赴的方便出路，剎那昇華為「烏托邦之始」。也是外省軍二代的王德威這樣知心著意地理解「外人不能道」的朱氏浪漫，對文學史研究者來說，應該是一個有趣的切入點。

這樣一個做了盜匪亦得鏗鏘[4]、義無反顧揹負鄉國枷鎖，以自己確信為正義的姿態傲然挺立乃至竹籬毀壞仍堅持頭臉威儀，永不下腰的族群，即使有心扛起整個時代，必然無法做個「徹底的人」——無論身處中國或台灣。兩面不是人，或者，就是非鳥亦非獸的，蝙蝠。

國民黨莫名其妙把他們騙到這個島上一騙四十年，得以返鄉探親的那一

---

1 朱天心：「因為他們一向是住的眷村，眷村的人總習慣叫那些村外的人，不一定是農家的，也不定是本省人的，都一律叫老百姓……這種叫法的感情是很複雜特別的，有些輕視的意思，有些憐惜，又有些洋洋自得，像是老兵們的心情，自己真是戍守前方保鄉衛國的英勇戰士啊。」（〈未了〉，《未了》，頁一三三）（台北：聯合文學，二〇〇一）（一九八二年聯經出版過第一版）

2 小明明，http://www.ctfa.org.tw/filmmaker/content.php?id=784

3 （〈從《狂人日記》到《荒人手記》——論朱天文，兼及胡蘭成與張愛玲〉）。

4 參朱天心，〈想我眷村的兄弟們〉，《想我眷村的兄弟們》，頁八六—八八（台北：麥田，二〇〇〇）。

刻，才發現在僅存的親族眼中，原來自己是台胞、是台灣人，而回到活了四十年的島上，又動輒被指為「你們外省人」，因此有為小孩說故事習慣的人，遲早會在伊索寓言故事裡發現，自己正如那隻徘徊於鳥類獸類之間，無可歸屬的蝙蝠。[5]

蝙蝠之女朱天文在〈我歌月徘徊〉（一九八一）中補述她的眷村生活如何「變成一種顏色，一段曲調，一股氣味」，雖然「永遠留在生命的某一處了」，但「稍一觸動，就像錢塘潮的排山踏海襲來」。對當時還未曾看過錢塘江的朱天文和她的許多讀者來說[6]，這樣寫眷村「鄉愁」，恰恰印證黃錦樹所說的：「創作可以帶她去未知的地方。」[7]譬如，進入一個只能在想像中親近的新中國：

我興奮的繼續和馬三哥說：「一定要辦個三三大學，風氣之新更要超過當年的北大，領導全中國青年建設國家……」[8]

可惜，無論哪種中國，從來和台灣扞格。即使血液融合，中國菜有了各種台灣分身，文化的睥睨和政治的不公，並沒有時移勢轉，只在更微小的日常中繼續分明著涇渭[9]。朱天文姊妹對台灣與中國的「分別心」，清楚呈現在重父輕母的認同上。同時是外省二代和「本省N代」的她們，在創作中，輕略母系色彩。這個輕略，包含了她們無視父親在黨國的作為，以及在文壇用盡老臉創造文學家庭——那一切對很多不管外省或本省同胞來說，都表徵著不公的作為[10]。

5《想我眷村的兄弟們》，頁八六。

6 對一九八八年四月才得返中國探親的朱天文來說，一九八一年的錢塘江，毋寧是個陌生的名詞。

7 黃錦樹，〈神姬之舞——後四十回？（後）現代啟示錄〉，頁二八八，收入朱天文，《花憶前身》（台北：麥田，一九九六）。

8 朱天文，〈仙緣如花〉，《淡江記》，頁一五〇（台北：三三書坊，一九八九）。

9 一直到二〇一六的今年上演的《大尾鱸鰻2》，仍然充斥的語言歧視。例如，台語等於低級。

10 參見《秘密讀者》二〇一六年一月號，〈家族的暗面：困倚危樓，過盡飛鴻字字仇〉，請特別參考該文「解構文學獎製造機」這部分。

唐諾這樣詮釋過朱天心的「怨毒著書」：

做為一個外省第二代族群的記憶守護者而言，這裡可能還包括狹義文學之外的一點悲願，既是為父親這一代的荒謬，去討回一點公道，或說尋回一點不被扭曲的真實吧……朱天心對父親的「責任」，嚴重集中在三十八年以後的台灣，始終沒越過台灣海峽直指黃河兩岸的老家。[11]

的確，作為孫立人舊部的朱西甯，在孫立人倒台之後，不但沒有被連坐，反而得以和政治成分「特殊」的劉慕沙自由戀愛甚至奉准成婚，來自父系黨國的寵幸，不可謂不大[12]。朱家在本土意識高漲之後感覺台灣有負，可以理解。此外，就安於父系庇護這點，朱家姊妹恐怕跟憎父抗父又貶父的張愛玲有著極大的分歧[13]。而父系認同對眷村文學時期朱家姊妹的影響如此重大，甚至牽延到「張腔」標籤的黏貼[14]。朱西甯複製國民黨國對他的恩庇模式，苦心孤詣栽培女兒；張腔之說，今日看來，只讓人覺得父愛偉大、眷村文學江湖義薄雲天。無論如何，張愛玲祖奶奶大能罩台灣，絕對是事實。連不是張迷的李金蓮寫起小說，一樣可以這裡張姿那裡張態，坐實張奶奶在台灣的巨大魔力。《浮水錄》到處可見努力過好小日子的平民小確幸（你記得《半生緣》曼璐愛的煎饅頭嗎？）、對幾塊幾毛多給少算沾沾自喜的「庸俗」小女人（你也還記得張愛玲逃出父親囚籠花時間跟黃包車伕討價還價那檔事？）……一直到這裡，朱

---

11 謝材俊，〈朱天心的祕密〉，《新朝文藝》第二七期，頁三七。

12 參《秘密讀者》二〇一六年一月號，〈家族的暗面：困倚危樓，過盡飛鴻字字仇〉。

13 參考安曼雅這篇談張愛玲與母親父親關係的〈張愛玲母親黃素瓊的遺憾〉：「她早年極愛母親，這愛不是回應母親溫柔無私的母愛，這母愛沒有傳統慈愛的光環。這是『羅曼蒂克』的愛，隔了重重時間的薄紗，剔除了人性種種的自私自負自戀自憐」，「父親曾對張禁錮毒打，但不到一年，張就把經過投稿……賺取稿費。沒過幾年，同樣的經歷，在〈私語〉中詳盡覆述……《小團圓》中又再說一次。可以迅速而坦然面對並仔細檢視自己的傷疤，這傷是表面的傷，還沒入心入肺，力透骨髓。一句話，如九莉說的，『二叔（父親）怎麼會傷我的心？我從來沒愛過他』。」http://hk.apple.nextmedia.com/supplement/apple/art/20111204/15859367。《半生緣》中曼楨被姊夫強姦禁錮長達一年的橋段，我以為，也是這段經驗的某種反射。

14 朱天文「胡（蘭成）腔」，是可以確定的。至於張愛玲？市面上有很多畫虎不成之作。大家都想變張愛玲，可惜無人可以張愛玲。李金蓮也有很多張愛玲時刻，但她當然不是張愛玲。重要的是，李金蓮從來沒有要變成張愛玲，也不貼標籤。詳下文。

天文姊妹那充塞國恩家慶大鳴大放的眷村，才終於放鬆下來，好好地過起尋常生活，跟台灣真正地連結起來。

這個眷村，女人撐起一片天

相對於其他作家那些風火豔麗，即使猥瑣作死也要「有型」的眷村人物，李金蓮恰恰相反地專心致志於瑣細平庸。《浮水錄》的故事相當平凡：茉莉的士官老公陳明發偷盜公油入獄，茉莉為了扶養兩個女兒，替官太太們打毛衣營生。這樣一個故事，在台灣一九六〇年代，比比皆是，版本也許小有不同，但類似這種阿信的人生，絕不少見，任何張三李四都有可能輪值當番做主角。不同於其他眷村小說，《浮水錄》不表彰軍人節操、沒有激動人心的浪漫愛情，沒有我喜歡的「眷村江湖」，甚至沒有總是群聚幹點「大事」又屌又帥的眷村美少年。而小說裡面取代「三軍將士」展現威武不屈、慎謀能斷、貧賤不移、堅此百忍、鋼鐵意志、能夠制敵機先還能保密防諜千里退敵的，全都是女性。女性，女人與女孩。這樣一支潑辣、饒富生命力的女子隊伍，全都不是軍人。她們與竹籬外的天空沒有色差、沒有溫差、甚至沒有文化差。她們在眷村頑強地獨據一隅，對冷漠世界毫不退讓。相對於她們凡事只能在國恩家慶中苟存的丈夫，她們更懂得如何在「殘羹與冷炙」中辛酸求生。的確，《浮水錄》也寫男人，寫的卻清一色是被女人比下去的男人。李金蓮如此大膽背馳眷村精神，《浮水錄》當然出眾。

＊

上個世紀六〇年代，麻將主要是「外省」女人的玩意兒。台灣查某玩的是四色牌。麻將在桌上打，四色牌在地上摸。台灣查某嫁到眷村，或也打麻將，只是李金蓮不准她們在《浮水錄》裡玩。跳過這個眷村最重要的婦女歡聚儀式，李金蓮讓她的太太們用台語嘴砲：

口拙的茉莉……建議邱太太在奶頭上抹萬金油，一次兩次，奶就斷了。邱太太皺著眉頭……問茉莉，怎麼做得到這麼切心，「秀代敢是按呢改掉的啊？」茉莉有些羞怯，連忙點了點頭。一旁的羅太太笑說：「規氣抹薟薑仔啦，薟薑仔較有效。」

這樣聊了兩個多鐘頭，有人說該回家燒飯了，有人說大過年燒什麼飯，剩魚剩菜，「食賰食賰，有賰就有財，恁翁才會疼惜妳啦。」女人們笑成了一團。（頁六〇—六一）

這些「本省籍」的三姑六婆，有時也帶著針線去茉莉家學打毛線。友情的建立不在牌桌，在手指頭上，一針一針，綿密紮實。

茉莉平時極少和鄰居太太們聊天，她很忙，忙著趕工織毛衣，且她心裡有顧忌，怕被問起陳明發的事。剛剛邱太太趁人不注意，靠過來低聲問茉莉：「恁翁，底時會當轉來啊？」茉莉不知如何應對，心臟砰砰跳，幸好寶月及時相救，推了邱太太一把，罵她：「三八哩。」（頁六一）

一小段看似船過無痕的文字，李金蓮快筆深描四個人：心裡有顧忌的茉莉、爽直神經欠小條的邱太太、體貼茉莉的寶月，和讓茉莉羞於啟齒的老公陳明發。即使藏頭去尾，前後不著村，讀者仍然可以看出端倪。這是非常高明的

「不寫之寫」。所有話語只跟事件的核心擦了個無關痛癢的邊，卻能夠輕提重放，不但勾勒三個女人的特徵，也清楚標誌親疏。這樣的筆法，縱貫全書。李金蓮拿掉國仇家恨，世界立刻神奇地變大變寬，再卑微的台灣草芥皆可盡納，而眷村竟然也可以好乖巧地蜷曲在女人的毛線球裡。這是實打實的功夫，拳拳到肉。就某方面來說，這才是張愛玲實踐：不徹底的小人物，不徹底的小情和小愛，卻沒有一樣不貼近了生活。

茉莉織毛衣的時候，秀代就在一旁玩耍。冬天，秀代爬上窗檯，在玻璃窗上呼氣。到了夏天，秀代的玩具變成小花小草，那是她大清早在堤岸草叢裡採摘的酢漿草、牽牛花……秀代……站在紗門前，觀望屋簷掛著一排霧氣朦朧的雨簾，喃喃自語著，媽媽，下雨了，媽媽，雨停了，哇，媽媽，雨下得好大啊……。

雨天很無聊，秀代自籐椅爬上跳下，爬上跳下，反覆不停，茉莉喝止她：「安靜一點，椅子被妳跳壞啦。」……茉莉放下手中的棒針，搖著頭說：「妳怎麼都沒有煩惱呢？」……「我還是小孩耶。」（頁一七九）

秀代是《浮水錄》最鮮活的角色。與她交集的人事物皆因她熠熠放光。厲害的導演，每作必放帶戲好手。這個好手，除了演自己，還跨刀。小說裡，也到處可見關鍵跨刀人。張愛玲〈心經〉裡的小寒媽，就是一例。這樣的人物，不但閃耀自己、照亮別人、還能張弛節奏，讓小說靈活多彩。秀代貫穿《浮水錄》首尾，成全自己也成全別人，是李金蓮在設計人物時，最聰明的選擇。

她先是發現路邊爬滿青苔的牆角，有一排列隊行走的螞蟻，她蹲下來，觀看了一會兒。起身往前走幾步，又踮起腳，趴在某戶人家的郵箱蓋子上。那蓋子是虛設的，郵差投信進去，信就落在院子的地上。因此，秀代掀開郵箱蓋子，一眼便瞧見裡邊人家的爸爸，正對著院子咕嚕咕嚕吐了口漱口水。（頁四〇）

與媽媽茉莉的害羞退縮相反，秀代活潑有主見，小學六年級月經一來，就立刻決定自己已經「長大」，有資格去找她一直喜歡著的大哥哥。她謹慎密謀，背叛她的閨蜜，努力存錢和偷錢，千里尋愛到深山，更大膽地住了一晚。一個孩子，跳過道德和規訓，七情六慾得如此理直氣壯，是連張愛玲都沒嘗試過的，霓喜和七巧都該瞠乎其後。李金蓮自述喜歡「輕描淡寫」、「壓抑的美感」，但恐怕秀代還是讓她破了一點功。破功當然是好的。參差對照勝過一色到底。

茉莉……逕往前走……當鋪門前掛著兩片布簾，裡頭黑漆漆，不見人影。茉莉心裡有幾分遲疑羞怯，轉念又想，怕什麼呢？這是他虧欠陳明發的。

她推開布簾，有個聲音帶笑的男人從暗影裡迎了出來。兩人面對面，福州貴面露驚訝，大喊一聲：「唉呀，嫂子啊。」他臉上那顆帶毛的黑痣，一笑就發顫，勉強抖出一聲：「歡迎，歡迎。」（頁一一三）

茉莉要債，坐車又走路，好容易到了當鋪。接著就是李金蓮一張極生動的「痣毛抖擻」速寫，可謂一根毛大爆天機，福州貴一秒激活。《浮水錄》裡的人物個個精彩，幾乎彈無虛發。即連那個不討喜的爸爸陳明發，每一次出場都能夠淋漓盡致，愛慾劫毀盡情搬演。

對我來說，《浮水錄》最有意思的地方，在於它謹小慎微、努力自制的作者無論如何還是在字裡行間洩漏了她對台灣的感情。一個無法流利聽說台語的外省眷村二代，在她的創作裡牢牢地鐫刻了母親的印記。《浮水錄》的台語用字精準生動，對一九六〇年代台籍女子的考察深入。我想起王偉忠製作眷村電視劇時，公視出具的說帖中有這麼一句：「二〇〇四有嚴重的族群撕裂。」所以，電視劇必須略過一九四九「剛到人家島上」什麼都沒有的狀態，改談八二三砲戰。果然是人溺己溺的公共電視，一發想便砲聲轟隆，義正詞嚴，光速回歸古早眷村思維[15]。李金蓮與朱天文同庚、同樣成長在眷村、同樣是芋頭蕃薯的後代，心靈卻早已安抵二十一世紀。她和朱天文們眼中的台灣／眷村，風貌迥異，可以想見。《浮水錄》中那些台灣小菜如豆棗、醬瓜、豆腐乳，或是混合著魚漿麵粉韭菜荸薺的炸菜丸；眷村太太們和諧往來努力興家；以及丈夫落難了自己對別人動情了都還是堅貞前進守著破家和孩子……彷彿自然音聲，自然流瀉，毫無勉強。而這一切，就是李金蓮看在眼裡、放在心底的台灣。

蘇珊・桑塔格（Susan Sontag）說：「作家的職責是描繪各種現實：各種惡臭的現實、各種狂喜的現實。文學提供的智慧之本質（文學成就之多元性）乃是幫助我們明白無論眼前發生甚麼事情，都永遠有一些『別的事情』在此刻發生。」[16]作為一本二〇一六年才到來的眷村小說，《浮水錄》的確說了一些「別的事情」。它不但說，而且說得很好。僅僅如此，就值得你把它打開，細細閱讀。

（本文作者為清大台文所兼任副教授）

15 公共電視公司在二〇〇五年以外省族群與眷村故事為主題的電視劇【再見！忠貞二村】，該劇基於「連續劇應深化族群議題的使命，以及台灣眷村面臨全面改建拆遷、眷村文化漸漸走入歷史、選舉操弄造成族群緊張」在二〇〇四年於公視播出。參考楊乃甄，《當代台灣「外省懷舊電視劇」的文化政治》，二〇一二，http://www.ncc.gov.tw/chinese/files/13030/2920_28063_130304_1.pdf

16 蘇珊・桑塔格，陳耀成、黃燦然等譯，《蘇珊・桑塔格文選》（台北：麥田，二〇〇五）。

浮水錄

上篇

母與女

0

日後秀代回想起來，童年應是從這一天開始的。

是個微微有風的初春，陳明發駕駛俗稱四分之三的軍用吉普車，載著他們全家，去看未來的新居。他找了摯友韓敬學同行，兩個男人一路嘻哈談笑。話題多由陳明發開頭，他嗓音宏亮，話中夾雜著踏馬、踏馬的口頭禪。韓敬學則傻氣，跟著呵呵地笑，或是簡單應答著，是嘛，那好那好，這下出洋相了……。

母女三人坐在密不透風的後座車廂，看不見車外，僅憑直覺判斷，車子走在一條筆直的道路上。

茉莉和秀瑾面對面而坐，利用坐車的空檔，挽起毛線球來。兩人時而說話時而沉默，一會兒茉莉叫秀瑾捲快一點，車子顛動不已，她撐著一圈毛線，手痠了；一會兒又是秀瑾不小心，毛線球掉到地板上，茉莉叫秀瑾快，快撿起來，不然弄髒了。

只有秀代閒著，不停地挪動身體，轉身向左、又轉身向右，爬上、又爬下。對即將到來的新生活，她尚懵懂，懷有一絲期待，又說不出期待什麼。轉了幾次身，她發現與自己個頭等高的橫向鐵桿，從這裡撥開兩片交疊的帆布，可以看到車外的景物。

閃爍著橘金光芒的太陽，就在她視線的正前方，掛在一排疏疏落落的房舍屋頂上。她從未見過這樣大的太陽，幾乎占據了半邊天空。

像是跟隨著車子行進，太陽有時超前，有時落後。經過一排密集的房舍時，太陽不見了，秀代拉開更大一點的縫隙，側頭去找。眼前出現一片河水，波濤起伏，翻動著一圈圈黑色的皺褶，一波退下，一波又起，拍打著岸邊的蛇籠。怦怦怦……，秀代的心臟跟著水波起落，猛烈地跳動。

那是一條臨著水岸的河堤。秀代在張望中發現，吉普車緊靠堤岸的邊緣，隨時可能掉落滾滾波濤。因為太害怕，秀代緊緊抓住橫桿，僅以眼角餘光，去偷瞄帆布交疊的縫隙間那片廣大的黑色水面。她再也不敢任意挪動身體了。

越過一座憲兵營，遍布雜草的堤岸坡面，出現一條石梯，從石梯攀下，穿過草叢，又一片淤塞的濕地，再往前，便通到了河邊。

車行中，景色一一倒退，石梯隱入淡金色的夕暈裡，看不見了。忽然，車子向前傾斜，又左右搖晃了幾下，秀代以為這下真要跌入萬丈深淵，緊張之際，她尖著嗓門，啊——，一長聲地叫了起來。她的叫聲引來茉莉和秀瑾驚駭莫名的目光，挽著毛線球的手也停了下來。

吉普車朝一條斜坡滑了下去，車廂裡，秀代剛剛尖叫的餘聲，依然迴盪。

1

入冬前最後一場秋雨過後，氣溫陡然變得濕冷。這樣的早晨，秀代活潑潑地推開了家門，她小小的身影，在窄長的巷弄裡，跳跳走走，不時踢起一攤水花，或是有吸引她目光的小物小事，令她駐留。

她先是發現路邊爬滿青苔的牆角，有一排列隊行走的螞蟻，她蹲下來，觀看了一會兒。起身往前走幾步，又踮起腳，趴在某戶人家的郵箱蓋子上。那蓋子是虛設的，郵差投信進去，信就落在院子的地上。因此，秀代掀開郵箱蓋子，一眼便瞧見裡邊人家的爸爸，正對著院子咕嚕咕嚕吐了口漱口水。

回身時，她抬起頭，仰望頭頂上掠過的飛機，天空滑出一道淺淺的白霧般的飛機雲，她笑了，露出左眼瞼可愛的小眼窩。

秀代家搬來新美村，轉眼兩年。這村位於鎮的尾端，依傍著新美溪。沿溪邊河堤通往鎮中心的廟口，廟內供奉安溪移民帶過來的保儀尊王，鎮民在此川流走動，在一旁的菜市場採買生活所需。鎮上還有一所小學，在菜市場的對面，據說日本時代就有了，日本人在這裡教台人講日語。再過些時日，暑假過後，秀代將跟隨姊姊秀瑾，進入這所小學就讀。

相較於廟口的熙來攘往，新美村封閉而獨立。村內分成左右兩區，右邊住著校級長官，水泥平房一間間比鄰，平日多大門深鎖，只有大年初一的早晨，屋裡魚貫走出人來，氣宇軒昂的軍官，帶著精心打扮的夫人，朝著左邊而來，他們是來拜年的。到了夏天，各家圍牆探頭出來的九重葛、黃蟬或緬梔，在陽光裡輕輕飄動，花色豔豔，樹影綽綽，光是這寧謐的夏日光景，就是另一端鎮日吵嚷的士官眷舍不能比的啊。

左邊的士官眷舍，橫向四排，每排二十餘戶，每戶的坪數比起校級那邊，小得多了。秀代家在第二排的中段，屋外是兩米寬的巷弄。從秀代家朝廣場過去，有八戶人家，依序是隔壁的官家、鄭家、吳家、秦家、徐家、雷家、黃家和邱家。其中，秀代媽媽茉莉跟黃家太太寶月最要好，和對門的羅家也相處融洽。

這村有它自己的步調。早晨約莫五點，雞啼聲中，主婦們開始幫先生小孩張羅早飯，鍋碗盤瓢洗洗弄弄，聲音從每家的廚房傳送出來。孩子們去上學，男人咋呼咋呼去上班，見面吆喝，陣陣喧騰。到了歲末寒冬的早晨，整個村子蒙上一層冷霧，某家婦人踏出門，朝廣場方向走個三五步，人就隱身在霧氣裡了。

到了夏天，日頭一早就高懸屋頂，天色像被洗滌過的白亮乾淨，熱氣流卻在巷弄裡竄流。太太們有一陣子流行藺草編織的扇子，聚在某戶人家門前聊天時，拿著扇子搖擺搧風，各個風情萬種。其中，寶月的姿色最引人，看她手中捏著一條五彩圓點圖案的手帕，一年四季紅通通的蘋果圓臉，直如成熟的果實，就快從樹上掉下來，剛好路過的男人，不免多看她一眼。寶月可不在意，放眼村裡，盡是當兵的大老粗，她自己家裡的也是。

秀代媽媽呢，茉莉身上兼有兩股氣質，她清瘦，個子比寶月略高些，臉上帶著點鄉下女孩的怯生土氣；但她在彈子房工作過，濃黑的眼睛偶一流轉，那被男人追逐的目光陶冶出來的媚意，不自覺輕輕流露。美麗的女人容易招人忌妒，她和寶月一見如故，兩人並肩走在村內巷弄，身旁總有幾雙眼睛冷冷側目。但現在，茉莉的美貌褪色許多，輪廓漂亮的瓜子臉上，多了一絲苦情，大概太常緊抿嘴唇之故。

左右兩區之間，是一片廣場，前端有條碎石斜坡，通往河堤。一年多前，陳明發駕著軍用吉普車，車子從斜坡下來，轉進新美村，在廣場靠邊停下。一家人走進巷弄，找著了他們的新家。茉莉率先推開大門，穿過院子，走進呈L型的水泥房。屋內客廳和臥室相鄰，右邊是廚房，洗澡就在廚房的邊邊角，沒有廁所，全村共用的公共廁所蓋在廣場邊，村辦公室的後面。

房子小，看來全家人得擠一張大床睡覺，茉莉難掩失望，悵望著臥室長嘆了一聲。秀代還不知事，在新屋裡四處跑竄，秀瑾則是個安靜的女孩，習慣跟在媽媽身後，似乎想以媽媽的身體，擋住她右耳下方銅板大的暗紅色胎記。

兩個男人忙著丈量門框的尺寸，一面討論搬家的瑣細事務。屋外有人喊了聲：「陳明發——。」聲音宏亮高亢，把一個發字喊得彷彿朝天空射了出去。「你啥時候搬來啊？」是陳明發汽車大隊的同事，綽號小山東，搬來村子兩年了。

廣場邊還有五、六個鐵皮搭建的菜攤，不能算是菜市場，規模太小了，但太太們靠著一個豬肉攤、一個魚攤、一個蔬菜水果攤、一個燒餅油條攤，足供日常飲食所需。要到了節慶的日子，太太們才會穿過河堤，到廟口的菜市場去採買。

攤販裡還有個專賣各式醬菜的攤車，茉莉常常大清早遞給秀代兩張一塊錢紙鈔，叮囑她去買豆棗、醬瓜、豆腐乳，或是油炒花生，回來配早餐的稀飯。秀代討厭半甜半鹹的紅色豆棗，常常耍賴著不去，為此茉莉提高嗓門罵道：「給我快去，聽到沒有？」茉莉罵起人來，也不過如此。但若是茉莉叫秀代去買油炒花生，那可是秀代最盼望的事了。

每日清早，攤車老闆停穩他的攤車，搬下炭火爐和鐵製炒鍋，生火、熱油，然後操著一把大勺，在油鍋裡來來回回翻炒，約炒上四十分鐘，期間還要招呼來買各式醬菜的客人。

剛炒好的花生香氣四溢，泛著油亮的光，老闆均勻撒上一層鹽巴，大喊一聲：「起鍋囉。」排隊的人龍早已長長一串，幾乎排到魚攤前面。排隊等候時，秀代從隊伍裡探出頭來，看老闆一連串像是特技表演般熟練的步驟動作，娛樂太少的年代，連翻炒花生都那麼有趣好看。

終於輪到秀代了。老闆盛起一勺花生，裝在報紙摺成的三角形紙袋裡，遞給她。老闆認得她，有時覺得她模樣可愛，會多勺一點，或是善心地提醒她：

「燙喔，小心拿好，不要撒翻了。」

秀代確曾在回家的路上撒翻過花生，她個頭小小，性情莽撞，一腳踢了個石子，花生便落了些在地上，她怕回家挨罵，蹲下去一粒一粒地撿，又一口氣一口氣呼去泥土灰塵。回到家，還是被秀瑾發現了。趕著去上學的秀瑾，吃了一口灰沙，哇哇大叫，「媽，妳看秀代啦！」兩姊妹有時候像仇人，互相監視告狀，秀代也常常這麼對待她姊姊。

此時，秋末的早晨，淺紫色的牽牛花和酢漿草爬滿河堤的坡面。秀代買好油炒花生，登上河堤，站在這裡，居高臨下，一百八十度俯瞰四周，右邊的村子縮小了，左邊的河流卻變寬大了。她小心翼翼踩過坡面的草叢，精挑細選，採了一把沾著晨露的酢漿草花。

回程時，秀代穿過廣場，轉進村子，後排巷弄裡傳出窸窸窣窣的人聲，把她吸引了過去。

楊家大門前擠著一群看熱鬧的人，楊家先生蹲在院子角落刷洗馬桶，毛刷子來來回回刷個不停，他黝黑的圓臉木然無表情，像似一種對抗，又像是無論發生天塌的大事，都要專心一致，刷洗乾淨昨夜小兒們尿了一滿壺的馬桶。他能怎麼辦呢，他老婆差一點跟人跑了，今早被管區警察送回來，這會兒在屋裡脫光了衣服，又哭又鬧喊著要上吊。

秀代站在人群外圍，慢慢拼湊楊家發生的事。不久，茉莉等不到秀代回家，出來尋人，她遠遠看見秀代，小矮個擠在一群大人堆裡，茉莉高聲喚她：「秀代，給我回來。」

那天，秀瑾等不及，囫圇吃了碗白糖拌稀飯，上學去了。茉莉數落秀代貪玩誤事，秀代告訴她楊家發生的事故，茉莉卻聽得津津有味，還問楊家太太真的沒穿衣服？秀代回說：「她一直叫，一直叫，可是，看不見。」幸好是這樣，茉莉暗暗舒了一口氣，若是讓秀代真看到一絲不掛的大人，那怎麼好。

下午，秀代的酢漿草一團軟趴趴扔在院子裡，茉莉在織毛衣，秀代在她身邊玩紙娃娃，幫紙娃娃煮飯燒菜，換穿各式衣服。秀代一個人玩時，常常自言自語，或是一人分飾多角表演起來。茉莉無心管她，她得趕工編織長官太太的毛衣。秀代望著她的紙娃娃，喃喃自語：「這是我的同學……。」

茉莉笑她，還沒上學呢，哪來同學。秀代表情認真地說：「我真的有一個同學，她叫鄭珮珮。她有一個綽號，叫小毛頭，因為她的頭髮黃黃的，小毛頭跟她媽媽住，她沒有爸爸，她爸爸死了……。」

茉莉猛然一凛，放下手中毛線，打量這老愛胡說八道的女兒。

秀代低著頭，繼續編織她的故事：「小毛頭說，她們家很窮，她媽媽沒有錢幫她買衣服……。媽，妳打一件毛衣送給小毛頭，紅色的，好不好？」

秀代的這番夢囈，扯斷了茉莉心頭的一根絲弦，咚地一聲，心裡有什麼東西折斷了。她嘆口氣，心想：「這孩子，怎麼搞的？」

無端幻想出一個同學，是因為到了該上學的年紀吧。村子裡和秀代同齡的孩子，都上托兒所了，婦聯會開設的托兒所，學雜費全免，每個月繳十五元交通費，專車接送。但茉莉盤算，既然沒讓秀瑾上托兒所，那秀代也免了吧。

但或許沒這麼簡單。不知從那兒蹦出來的同學，大概是秀代自己吧，小毛頭沒有爸爸，她爸爸死了，茉莉心想，我們的爸爸明明活著，只是暫時不在家。

秀代說不定幻想自己的爸爸死了，這也不是不可能，陳明發離家時，秀代剛滿四歲，或許對爸爸印象平淡。秀代藉著一個不存在的同學，其實，是在說她自己，幻想是假的，也是真的。

茉莉傷心地以為，秀代這古靈精怪的小孩，一定是在責怪她，怪她沒給她一個幸福的家，「都怪我，都怪我，那我去怪誰呢？」她傷心地跟自己說。

另一頭，秀代一個人玩啊玩地，忽然打了個寒顫，自言自語說：「唉喲，好冷。」窗外吹進一股濕濕涼涼的風，冬天快要來了，接著是春夏，那是秀代上小學前，最後一個寒暑交替。

2

過了夜裡十點，鞭炮聲就沒有停歇過。爐子上的一鍋熱水滾了，茉莉盛了盆熱水，去給兩姊妹泡腳。

天氣又濕又冷，寒流持續發威快兩個星期，身上老覺得少穿了件衣服，寒意不時從領口冒出來。幾天前，秀代早晨去買醬菜時聽人說，陽明山下雪了，溫度低到零下，她跑到屋外，左一下，右一下，伸長脖子拚命往上跳，說要看看陽明山的雪。茉莉在屋簷下晾曬衣服，一面看著活潑好動的秀代，顧自一人玩耍不膩，忍俊不住偷偷地笑了。

沒見著皚皚白雪，秀代急急跑進家門，嚷著腳底板發癢，茉莉蹲下察看，秀代的腳底果然一塊塊紅腫，那是凍瘡，她問一旁的秀瑾是否也覺得癢，秀瑾點了點頭。

於是，茉莉每晚利用煤球爐熄火前的餘溫，燒一鍋熱水，睡前讓兩姊妹浸泡，把腳泡暖了才上床睡覺。兩姊妹光是搶誰先泡誰後泡，就吵嚷半天。其實多半是秀代愛吵愛搶，秀瑾只會表現出對妹妹的不耐煩而已。

除夕日，茉莉忙到下午三點，最後一件桃紅色純羊毛衣，終於完工，趕緊給人家送去，然後回家，開火煮飯和拜拜。她煎了一條黃花魚，依例放在飯桌上好看，象徵年年有餘。又煮了芥菜，年節時芥菜不切斷，撕成長條，稱為長命菜，芥菜味苦，她得逼兩姊妹無論如何吃一點，好長命百歲。陳明發在家時過年必備的臘肉，孩子們不愛吃，她省去了，只買回一條，應景地掛在屋簷下。她自己喜歡風乾的河鰻，切成小塊加到紅燒肉裡，肉香多了鹹鹹的魚腥味。茉莉時常想念這道年節時娘家必備的菜餚，早在一個月前就費工醃製了一條，幸好趕在寒流來襲前，曬乾得差不多了。

就這樣，一隻雞，一條黃花魚，一條臘肉，一條風乾河鰻，水果和年糕，簡單祭拜了陳家祖先和地基主，燒了金紙銀紙福壽金紙。年夜飯的主菜是豬骨燉豆腐粉絲大白菜，拜拜用的全隻雞，茉莉切了兩隻雞腿給兩姊妹。母女三人圍著圓桌，在茉莉不時唸叨著「年夜飯，要慢慢吃，吃得長命百歲，團團圓圓……」聲中，清清冷冷地吃過了。

飯後，兩姊妹坐在地板上，翻開村辦公室發送的新版農民曆，按出生年月日計算命格重量，判斷未來一年的運勢。這是過往除夕夜一家人愛玩的遊戲，陳明發不在，茉莉對預卜運勢興趣缺缺，還有比現下更壞的命運嗎，但兩姊妹卻是興致勃勃。

計算的結果，秀瑾四兩四，好學富才能，財祿滾滾。秀代是二兩三，運勢不佳，說是別處他鄉做散人，出外求人之命。秀代問出外求人是什麼意思，秀瑾回說，就是離家在外，沒飯吃，去跟人家討。秀代嚇壞，哇啦哇啦喊不公平、不公平，嚷說不要出外求人，要一輩子待在媽媽身邊。秀瑾噘著嘴竊笑，掩不住的得意。茉莉看兩人玩得高興，萌念想試試，說不定命運大轉彎，念頭一閃即逝，萬一算出未來一年奔波勞碌，大概又要偷偷哭一場，想想，還是算了。

不久，秀瑾搬出她的月餅盒。白鐵盒子裡收存著白雪公主泡泡糖圖卡。有段時間，陳明發的同事來家裡吃飯喝酒，常會帶一盒白雪公主泡泡糖來，包在泡泡糖裡的三國志圖卡，成了秀瑾心愛的收藏品，心心念念集滿五十張連號，便可兌換一枝派克原子筆。叔叔伯伯們如今不來了，秀瑾仍不放棄，有一回趁打掃教室，翻開垃圾桶，幸運撿到一張。她後來的圖卡幾乎都是在教室裡撿的。

兩姊妹玩起比大小的遊戲。這遊戲在學校裡盛行一時，所謂大小，按令旗關刀劍區分，圖卡裡，拿令旗的最大，其次是拿關刀和普通刀的，拿劍的最小。兩姊妹各抽取一張，攤開來比較。秀代抽中三國名將趙雲，拿劍的，這下秀瑾又得意了，故意將圖卡晾在秀代面前，搖來晃去，她抽到的是拿令旗的曹操。

秀代想耍賴，咋呼著不公平、不公平，兩手一攤，把姊姊心愛的圖卡撒翻一地，秀瑾氣呼呼罵她：「討厭鬼，不給妳玩啦。」

茉莉難得輕鬆，今晚無需再織毛衣了。她放鬆身體，靠在籐椅背上，旁觀兩姊妹玩耍生氣吵鬧，覺得這樣過日子，輕簡恬適，時間何不就凍結在此時此刻吧。

平常時日，吃過晚飯，茉莉便投入編織，孩子們也不得閒，幫忙把一捆捆毛線捲成毛球，有時還為此起爭執。通常都是秀瑾張開兩臂撐著毛線圈，秀代負責捲毛球。毛線有粗有細，秀代動作慢，嘟著嘴不耐煩，秀瑾性急，三不五時催促妹妹快一點快一點，兩人便因此吵嘴互槓。

此刻，她難得成了閒人，目光掃過客廳的每個角落，在每件家具擺設上，回想她人生的各個階段。初結婚時買的矮櫃；生秀瑾後買的籐椅；搬家時買的圓桌；秀瑾秀代都用過的公雞學步車；牆上掛著的結婚照片，沒有婚紗，就一身白色洋裝配一身軍裝；結婚照旁掛著蔣公玉照，是村辦公室送的，搬來不久，村辦公室就送來蔣公玉照，叮嚀一定要掛上，說新美村一向有紀律講求榮譽。林林總總構築起來的家庭生活圖像，擺置在黯沉的光影裡，她冷冷嘆息了一聲，閒下來還真不習慣吶。

她乾脆起身去做家事，進廚房把沒吃完的剩菜收進菜櫥，還掃了地，按年節習俗，大年初一是不准用掃把的。

茉莉十三歲起在基隆一家診所幫傭，憑著跟先生娘習來的織毛衣本事，彌補現下家庭變故帶來的經濟危機。編織賺錢很辛苦，趕工時通宵達旦，夜深人靜，眼皮不由自主地下垂，她用濕毛巾擦把臉，強迫自己撐住。細的毛線尤其費力，織一件等於兩件的工，有時手指頭反覆動作做久了，難免僵硬不聽使喚。但茉莉已不再抱怨，抱怨又該向誰去說呢？她不帶情緒的臉上，總是安靜的，十根手指像部機器，快速規律地交錯轉動。她會一面編織，一面告訴兩姊妹，鵝黃色的毛衣，是某某太太參加結婚喜宴要穿的，粉紅色毛衣是某某太太回南部娘家要穿的；還有，黑中帶紫的新款雙色毛線，是胡上校太太指定要的，還要求胸前三排麻花。

客人大都是旁邊長官眷舍的太太們。她們來的時候，穿著貼身旗袍或及膝洋裝，讓茉莉在她們的腰際量身。她們會指定要紅色、綠色或水藍色，茉莉再去她經常光顧的毛線店，幫她們採買，這樣可以多賺一點跑腿的錢。

在編織了不知道多少件毛衣後，茉莉用積攢下來的剩餘毛線，拼拼湊湊，在即將到來的新年前夕，為兩姊妹各織一件平領毛衣，橫條紋，鵝黃，大紅，淺綠，棕咖啡……，一色一間隔，簡直像哪個西洋國家的國旗。算一算，秀瑾的新毛衣共八種顏色，秀代的顏色略少些。

不久前，秀代嚷嚷著不願再穿橫條紋毛衣了，嫌說好醜。望著秀代坐在地板上耍賴，秀瑾露出厭憎的表情，覺得妹妹真是個討厭鬼，爸爸不在家，家裡很窮，難道她不知道嗎？

小學三年級的秀瑾，放學回家，便埋頭做著茉莉交代的家事，她會幫忙洗碗，蓄水池的水快用完了，會幫忙壓幫浦蓄水。她還會幫秀代洗澡，秀瑾像一部電動馬達，用很快的速度幫妹妹抹肥皂、沖水、擦身，然後說：「好了，起來。」和茉莉幫秀代洗澡時慢條斯理的溫柔動作，很不一樣。最近，秀代不讓秀瑾幫她洗澡了，她自己洗，一水盆的水常常溢了滿地。

秀瑾甚至向茉莉學起了編織，夜裡，她倚靠在茉莉的籐椅邊，茉莉側身抓著她的手，一針一針，「往上、再往下，勾……」秀瑾就快要學會織毛衣了，肩部的收針有點兒困難，過年前茉莉連續趕工好幾個禮拜，秀瑾不得已只好暫停。

近來，秀代的心神，被收音機裡週日晚間的廣播劇，給吸引了去。灰褐色的方盒子裡，傳出鑼鼓的響聲，接著報幕，音樂徐徐流洩。最新播出的廣播劇講一對姊妹花，戰禍中結伴逃往台灣，途中分散，又在台北意外相會，卻愛上同一個男人……。

秀代一邊聽，一邊喋喋不休，有時護衛著嗓音甜美的妹妹，有時咒罵著三心兩意的男主角。茉莉和秀瑾都不理她，編織毛衣占據了每一個夜晚。茉莉甚至有些擔心，鎮日男男女女愛來愛去，這樣好嗎？尤其秀代老愛纏著媽媽，追問誰誰誰跟誰誰誰是不是一對情侶？茉莉皺起眉頭，她怎麼會知道廣播明星們私底下的事情呢？誰跟誰要好，就秀代才關心這些無聊小事。

那是半個月前的事了。大概劇情發展不如秀代的預期，收聽廣播劇時，秀代打翻矮櫃上茉莉喝剩的半杯開水，砰地一聲，水溢了出來，流進收音機的底座。「我不是故意的，我不是故意的……。」秀代半真半假地哭喊起來。

茉莉趕緊起身，一面拿抹布擦拭，一面罵道：「明明就是故意的！收音機被妳搞壞啦，怎麼辦？」秀瑾則冷眼旁觀，心想：「真會假裝！」

除夕夜，兩姊妹難得和好，此刻又玩起猜拳遊戲，秀瑾老是猜輸，她發了狠，集中心志，大吼一聲：「石頭！」這一次，她用石頭贏了秀代的剪刀。

午夜拜過天公，母女三人上床睡去，茉莉一時睡不著，平躺著，腦海裡浮起孩子們父親的臉。

十六歲，茉莉離開幫傭的診所，先生娘送她到車站，叮嚀復叮嚀，說這裡是妳娘家，隨時回來，在外邊，要老老實實做事情，不懂就問，多學習，還有，人長得漂亮，要細意，別讓男人給欺負了……。先生娘淚眼婆娑，讓茉莉心裡很過意不去，差一點說，不走了，我一輩子跟著先生娘。

她輾轉找到彈子房計分的工作，對於滿屋子發著汗臭的男人，謹慎小心，刻意緊繃臉孔，照先生娘的交代，女人吶，要愛惜自己。她讀過兩年小學，大字沒學會幾個，先生娘是她真正的老師，她是帶著先生娘的祝福展翅飛出去的。

彈子房裡，有個經常光顧的年輕運輸兵，粗眉大眼瘦高個子，喜歡朝著她笑。店裡想親近她的男人很多，她一概提防著。某日瘦高男子寫了張字條給她，字條上只有三個歪歪斜斜的大字，陳明發，她認得裡面陳這個字。此後陳明發開始獻殷勤，稱讚她漂亮，幫她擦櫃檯灰塵，整理檯面，她矜持不領情，白眼瞪他，躲他，最後還是被他的笑話給逗笑了。

那是生意清淡的雨夜，茉莉一綹長髮斜披左肩，閒閒坐在櫃檯發呆。陳明發在跟人聊天，她遠遠聽見他說：「本地人真奇怪，叫橘子乾媽，叫生薑舅母，全部都一家親啊。」她噗哧一聲，笑了。陳明發楞楞回過頭來，兩人臉孔遙遙相對，就在那一瞬間，茉莉覺得這個男人，跟其他人，不一樣了。

那是她自己愛上的男人，他們經過約會戀愛，然後結婚。陳明發惹她生氣時，會撇著嘴角，對她賊賊地笑，順勢拉拉她的手。他很注重外表，一頭濃密頭髮，每個月幾乎用掉半瓶丹頂髮蠟。他走路時習慣一手斜插褲口袋裡，吊兒郎當、又自信滿滿，那模樣，真是又帥又壞啊。

她腦海裡浮起陳明發的臉，他油亮的頭髮，他賊似的笑容，他走路，他伸出手，他摟住她的肩……。這個年，是他不在家的第三個新年了。想著這些，她眼角泛淚，賭氣地跟自己說：「這是過什麼年啊？」

女兒一個在左，一個在右，都沒聽見她鼻子抽抽搭搭的聲音。秀代還一轉身，狠狠踢了她一腳。

3

大年初一，空氣冰冷，院子裡瀰漫一層晨霧，秀代跟在茉莉身後，兩人走向屋外。茉莉一眼發現大門的門框上頭，有個馬糞紙包，秀代動作更快，一個快步便衝上前去。

紙包裡是冬瓜糖、生仁、寸棗之類的應景糖果，茉莉心想，是韓敬學昨晚來了。

接著一上午，茉莉應付著一輪又一輪登門拜年的長官，她一逕彎腰鞠躬，連聲應答：「謝謝長官，謝謝。」其中有位姓黃的最客氣，他問茉莉：「小陳在裡邊，還好吧？還有多久？出來叫他找我。」他說完朝身後的夫人瞄了一眼，機伶的夫人立刻遞上一只紅包。茉莉收下了，拜年隊伍走了後，她拆開來看，是三張十元紙鈔。

她回到屋內，歡天喜地拿給兩姊妹看。孩子們圍上來，吵著要看紅包袋裡的新鈔票，秀代此時卻問了一句：「每家都有喔？」

是啊，好像只有他們家有。茉莉心一沉，頓時少了發筆小財的喜悅，想到陳明發不知幾時才能歸來，做長官的，是同情我們母女吧？

下午，茉莉送菜頭粿到對門羅太太家，羅太太昨天送來一籃橘子，客氣說家裡橘子太多吃不完。禮尚往來，她把自己做的菜頭粿，切一塊送去。她穿過羅家院子，踏進客廳，幾位太太正聚在一起聊天，算一算，一共五人，寶月也在。

寶月一見茉莉進來，立即站起身，尖著嗓音喊：「吼，閣來一个講台語的。」然後招呼茉莉坐到她身邊。女人們用台語閒話家常，話題東拉西扯，茉莉見茶几上放著糖果盒和一盤橘子，羅家果真橘子多到吃不完。

不知是誰起了頭，話題扯到邱太太家快滿一歲的兒子，該斷奶了，但猴山仔不肯吃奶糕稀飯，令邱太太苦惱不已。口拙的茉莉這時語出驚人，建議邱太太在奶頭上抹萬金油，一次兩次，奶就斷了。邱太太皺著眉頭，有些猶豫，她問茉莉，怎麼做得到這麼切心，「秀代敢是按呢改掉的啊？」茉莉有些羞怯，連忙點了點頭。一旁的羅太太笑說：「規氣抹薟薑仔啦，薟薑仔較有效。」

這樣聊了兩個多鐘頭，有人說該回家燒飯了，有人說大過年燒什麼飯，剩魚剩菜，「食賭食賭，有賭就有財，恁翁才會疼惜妳啦。」女人們笑成了一團，茉莉也笑了，寶月笑得乾脆把頭塞進茉莉懷裡。

茉莉平時極少和鄰居太太們聊天，她很忙，忙著趕工織毛衣，且她心裡有顧忌，怕被問起陳明發的事。剛剛邱太太趁人不注意，靠過來低聲問茉莉：「恁翁，底時會當轉來啊？」茉莉不知如何應對，心臟怦怦跳，幸好寶月及時相救，推了邱太太一把，罵她：「三八哩。」

但其實，茉莉很喜歡聽大家天南地北聊天講話，感染大家的快樂。鄰居太太們偶爾帶著毛線，來跟她學織毛衣，寶月和茉莉感情好，兩人常常一邊說話，一邊學織毛衣，過年前，寶月終於替她先生織了件咖啡色毛背心。

出了羅家大門，迎面一陣冷風，茉莉感覺風灌進了她鼻腔裡，癢癢的，寶月用台語喊了一聲：「夭壽喂，這呢寒！」一面伸手挽住茉莉。兩人手挽著手，身體貼著身體，依偎著走了幾步，才各自回家。

進家門前，茉莉回頭望了一眼背向她離去的寶月。兩人初結識時，茉莉到寶月家，兩人攬鏡對照，寶月笑問：「妳漂亮，還是我漂亮？」兩人推來讓去，妳啦，妳啦，鏡子裡兩張旖旎容顏，親密緊靠，歡快的暢笑。如今那幕情景，已幻化成飄忽的暗影。

她們都出身台北松山，一在後山埤，一在五分埔，都是年幼時送給人家做養女，都嫁了外省仔，所以特別投緣要好。但命運有異，人家有年紀如父的先生疼愛，剛剛兩人緊緊依偎，有那麼一瞬間，茉莉心頭暖洋洋，感覺有人和她相扶相倚，好像結伴外出遊玩，快樂地回家來。

心頭一陣溫慰，茉莉朝著已然遠去的寶月喚起：「寶月，稍等送菜頭粿去恁兜喔。」

年初四，照例藝工大隊扮演的迎神隊伍經過村子，鑼鼓喧天響，兩姊妹早跑到廣場等著，茉莉隨後也去了。隊伍經過時，茉莉擠到領頭的財神爺面前，手掌合十，虔誠鞠躬。

一下午，秀代肩上披著毛巾，學迎神隊伍裡的蚌仙，一開一闔，秀瑾沒有秀代那般熱中，但看起來也滿開心。

等年初九拜過天公，年就算過完了。茉莉盤算著，天氣暖和些，帶兩姊妹去探望她們的爸爸，不然，秀代心裡真以為爸爸死了。她決定燒一盤蒜苗臘肉、一盤鰻魚紅燒肉，都是在裡邊吃不到的。

心頭不停地晃動，好像還有什麼難以言說的情緒，但茉莉抿了抿嘴，不去想它了。

4

昨晚滴滴答答下了整夜的雨。此時，天空灰濛濛，空氣裡飄著淡淡的青草香，是廣場靠馬路邊一整排的杜鵑開花了。

秀代卻被一陣濃郁的肉香味給吸引住。她推開紗門，踏入院子。她媽媽剛才幫她換好衣裳，毛衣毛褲，裹一件鋪棉的厚外套，還戴上一頂毛帽。茉莉叫她去公廁，倒掉昨晚蓄滿的馬桶，順便到菜攤買兩根油條，回來沾醬油配稀飯。

她踏出家門，朝廣場方向走。隔壁官家正在燉煮紅燒肉，肉汁的香味溢到了巷弄裡，秀代經過時，忍不住朝官家頻頻張望。

雖然是隔壁相鄰，但官家不愛與人往來，大門終年緊閉，只三不五時用爐子上的一鍋肉食，回應巷弄裡穿梭的鄰人，他們是怎麼過日子的。

秀代羨慕這香味，也害怕這香味。他們家只有逢年過節，飯桌上才看得到大塊魚肉，平常頂多是一鍋豬大骨熬湯。有一回，官家的肉香飄進秀代家，弄得一屋子躁動，母女三人越來越感到油膩難受，秀瑾起身去喝水，吞下肚的開水好似也滲了油，味覺和嗅覺全混在了一起。

那晚特別鹹膩的肉腥味飄散在空氣裡差不多有兩個小時，茉莉終於放下手中織著的毛衣，靠到兩姊妹身邊，壓低嗓音跟兩姊妹說：「老廣很愛吃狗肉，好臭啊！補身體也不需要這樣，太難聞了。聽寶月說，大廟後面有家店，專門賣狗肉，我看啊，他們一定是去那裡買的。」

茉莉的這番話，秀代牢牢記住了，從此認定這一家每逢假日飄散出來的，都是烹煮狗肉的味道。

剛剛秀代不自覺地朝官家張望，那是自從聽茉莉說他們吃狗肉以後，養成的習慣，只要經過，就會拉長脖子往裡頭看。她也沒期待真看到什麼，連小學都還沒上呢，哪能想像吃狗肉如同信奉神祕宗教，一家人圍坐享樂。

馬桶有點兒重量，秀代吃力的朝廣場方向走。說是廣場，其實是一條較為寬敞的馬路，左側有幾株榕樹，榕樹旁是村辦公室，每到傍晚，男人們聚在辦公室門前納涼抬槓，女人則習慣在附近的菜攤穿梭交際。

公廁在村辦公室後面，一棟四方型水泥建築，男女分開，女生這邊隔了八間，但永遠不夠用，廁所日日髒臭，推開門，蹲式馬桶的四周糞便滿溢，乳白色蛆貪婪地蠕動，一種名叫蛾蚋的黑色昆蟲，終年繁殖孵化，攀附公廁的牆壁。

倒馬桶是每日的差事。每日早晨，茉莉任意瞄一眼兩姊妹，喊一聲秀瑾，或者秀代，「去倒馬桶！」然後秀瑾或是秀代就端著紅色塑膠製馬桶，到那個令人痛苦噁心之處。即使秀瑾要趕著上學，還是得做完這件例行工作。

偶爾，秀瑾心裡泛起妒意，輪到她去，她總是乖乖聽命，秀代卻老想耍賴，真不公平。但今天早晨，秀瑾起床後突然喊肚子疼，肚子裡先是咕嚕咕嚕發出氣脹的聲音，接著便尖刺般疼痛起來。茉莉幫秀代穿好衣服，叮囑她去倒馬桶，然後從掛在臥室門後的藥袋裡，拿出臭藥丸給秀瑾吃，又蹲下來，在秀瑾肚子上塗抹一層萬金油，順著肚臍四周，一圈一圈地幫她搓揉。

看著媽媽催促秀代：「快點去，聽到沒？還要出門哩。」秀瑾心頭閃過一絲快意，秀代卻噘著嘴不肯去，茉莉作勢要打她，秀代這才不情不願端著馬桶出去了。

去年秋天，村子裡傳來鼎沸人聲，代表婦聯會來的官夫人，到各家視察督導。她們前呼後擁走進秀代家，張大眼睛咕溜咕溜四處瞧。其中一位穿淺色洋裝的，鑽進廚房，巡一遍出來，面色嚴肅地交代茉莉：「衛生很重要，毛巾啊，洗臉和洗澡要分開，個人用個人的，不要全家人混在一起用……。」茉莉站著聽訓，面色尷尬。

臨走，帶頭的女士摸了摸秀代的頭，遞上一罐森永奶粉，語氣和藹地說：「送你們一罐奶粉，可愛的小姐實在太瘦了，補一補吧。」

一群人浩浩蕩蕩離開後，茉莉的臉好長一段時間，始終沒抬起來。她順手把奶粉擱在矮櫃上，晚上織毛衣時，還跟兩姊妹抱怨：「這些官太太，教我們要衛生，好像我們很骯髒。」隔幾日，秀代費了一番力氣打開奶粉罐，手指頭伸進去，一口一口挖出來當零食吃，茉莉知道了也沒生氣，找個機會悄聲對秀瑾說：「妳也去吃啊，不然都給秀代吃光了。泡熱水，牛奶很營養。」也是那幾日，村裡太太們傳說婦聯會派來的人，看見公廁裡糞便四溢的情景，有人嚇得吐了。大家是當笑話講，寶月還抱著肚子學嘔吐的樣子，逗茉莉開心。

民國五〇年代初，上廁所是兩姊妹生活中最感痛苦之事。十月，慶祝光輝國慶，國防部大發仁心撥下經費，村裡每戶人家都裝修了廁所，就蓋在廚房旁邊，兩姊妹的公廁時代，終於結束。

在此之前，秀代從不知道生活會改變，有一天，不必再每日清晨端著尿騷臭味的馬桶，到必須暫時停止呼吸的公廁去傾倒。她以為生活永遠是這個樣子。家中唯一改變的，是媽媽偶爾唸叨的，某日夜晚，一陣急促的敲門聲響過後，爸爸隨著幾名憲兵倉皇離去，暫時離開了家。對秀代來說，這是模糊得像冬天起霧的事。

5

然而，在這個灰冷的早晨，突如其來地，世界就和以往不太一樣了。

秀代倒完馬桶，先用公廁牆邊的水龍頭，沖洗了幾下，轉身往豆漿店走去。

過年前，茉莉答應兩姊妹，要帶她們去探望陳明發。每次去探望，就像迎接一場郊遊踏青的快樂假期，兩姊妹都雀躍不已。但這樣的假期並不常有，通常是茉莉獨自一人，或是等韓敬學駕車來接茉莉一起去。

結伴去探望陳明發的日子，母女三人踏出家門，到大馬路邊搭火車。路途很遠，要搭火車到終站，穿過市街，轉進偏僻的田間小路，方到達那個高牆矗立、看起來十分隱密的地方。

她們沿著高牆行走。秀代很喜歡這段路，一點也不嫌走路疲累。高牆下，母女三人的影子拉得細細長長，牆的陰影籠罩著她們，即使是盛夏季節，也覺得清涼無比。

通常，秀代會撿一塊小碎石子，一路走，一路滑過牆面，在牆上滑出長長的一條線，當線條遇上「發揚中華民族文化，實踐國民生活須知」之類的標語，秀代還會自言自語：「喔，轉彎囉。」或是停下腳步，在標語旁畫一朵小花，語氣堅定地告訴姊姊：「它一定會長大！」或是畫一件衣服，「我要畫給爸爸穿！」

「神經病啦。」秀瑾總是冷冷地調侃。

長路的盡頭，是她們的目的地。她們先辦理會客登記，領取號碼牌，然後穿過一條走廊，進到休息室，坐下，接著便是漫長的等待。直到有人叫她們的號碼，方起身進接見室。通常，茉莉會步伐急促地走在前面，兩姊妹緊跟於後。室內的氣氛肅穆安靜，皮鞋踩踏地板的聲音，聽來格外堅硬。

接見室以玻璃窗分隔成兩邊，一邊是受刑人，一邊是來探視的家屬朋友，陳明發被帶進來時，茉莉和兩姊妹早已在窗的另一邊了。

見到久違的爸爸，兩姊妹總是不知所措，要等茉莉說，來，快叫爸爸，秀瑾先擁上前，握住話筒，嬌羞地喊一聲，爸。秀代則躲在媽媽身後，瞇著細眼，窺看玻璃鏡面上那張陌生憔悴的臉孔。

秀瑾時常想念爸爸。家裡發生的事故，她慢慢拼湊，大致知道怎麼一回事。她心中完美的家庭拼圖，因為缺了一角，常令她心神失落。秀代則似懂非懂。

每次去探望陳明發，回家的路上，秀代便分外安靜。對於剛才所見，茉莉隔著玻璃，手持話筒，有一句沒一句地跟爸爸講話，話講到一半，茉莉臉色一沉，電話被切斷，會客時間到了。茉莉急轉身，叫她和姊姊對著玻璃窗，跟爸爸說，再見。那約莫十分鐘的情景，在她的小心眼裡，有著無法清楚言說的膽怯和迷惘。

對秀代而言，她期待一場快樂的郊遊踏青，像村子裡偶爾出現賣雞蛋糕的、賣小孩皮鞋的、賣醬油的、賣衣衫的，招來陣陣哄鬧的聲音，為單調缺少變化的日常生活，增添元氣。她拎著馬桶，來到燒餅攤，買了茉莉叮囑她買的油條。回程途中，遇到住同一條巷弄尾端的馬媽媽，她笑著露出她的小眼窩，說：「我們要去看我爸爸。」接著遇到姜家的叔叔，她又說了同樣的話：「我們要去看我爸爸。」

就要轉進巷子的時候，秀代遇見住隔壁巷的小美，她們同年出生，但小美已經在唸幼稚園了。秀代也告訴小美：「我們要去看我爸爸。」胖嘟嘟的小美，天真無邪地回應秀代：「我們家，要去西門町。」

那年代的台北，西門町是最繁鬧的市中心，電影院百貨行皮鞋店，都開在那裡，附近還有一座占地遼闊的新公園，園子裡有小孩喜歡的小橋魚池，一座表演舞台，大片的樹林，交錯的步道，四處亂竄的松鼠，年輕的情侶如今都在那兒約會談情。

小美的爸爸假日經常帶全家人出遊，小美說，他們要去逛西門町，去三葉莊吃冰淇淋，再到隔幾條街上白俄人開的麵包店，買果醬蛋糕，然後轉往新公園盪鞦韆，「我們還要去喝蘇打汽水。」

洋洋灑灑的旅遊計畫，太豐富誘人，兩個懵懂的孩子，一個露出志得意滿的表情，一個被嚇呆，好半天反應不過來。

秀代沒去過西門町，但聽韓敬學提起過新公園。韓敬學曾經允諾秀代，帶她到新公園聽廣播，那裡有座小塔似的播放檯，會發出聲音來。夏天的夜晚，公園樹林裡一對對戀愛中的情侶，他們約會聊天，一面聽著廣播劇裡紅男綠女說著濃情蜜意的台詞。

秀代著迷廣播劇好一陣子了，只要跟廣播劇有關的事，她都興致勃勃，尤其牢記著韓敬學說的、公園裡會發出聲音的播放檯。夜裡做夢時，她夢到亂草叢中躺著一支大喇叭，長得像聖誕卡片裡西洋樓房的煙囪，她醒來時曾想，搭15或38號公車，說不定可以到達那裡。

韓敬學的承諾遙遙無期，小美家的西門町之旅，卻勾起秀代的妒意，嫉妒像條刁鑽的小蛇，在秀代心裡亂竄。這逞強的小女孩挺起胸膛，噘著嘴角說：「我有去過新公園，裡面有一個大喇叭，會播廣播劇！」

轉念，秀代起疑，小美家真會去吃那麼多稀罕的東西？騙人的吧。嫉妒的小蛇繼續蠕動前進，秀代滿腦子忿忿不平，她伸出手，使勁地推了一把小美，兩人錯身時，她並仰起了臉，挑釁地說：「哼，有什麼了不起？西門町有大恐龍！」

學期末，秀瑾班上去看電影，回家後激動地講述無名星球撞擊地球，天崩地滅，火山爆發，恐龍慘遭滅絕。秀代自此有了恐龍的知識，以及隨之而來的恐懼。小美發出一陣哈哈哈，恥笑地說：「恐龍？好好笑喔。」

笑聲未歇，秀代的粉拳揮了過來，小美頭一歪，躲過了，閃躲時身體碰到秀代手中的馬桶，小美又一個快轉身，推開那骯髒的東西。她力道用重了，馬桶掉在地上，秀代不甘示弱，兩個女孩妳推我，我推妳，互不相讓。

這樣推拉一陣，秀代跑到了小美身後，抓起小美的頭髮，死命拉扯，一面叫喚著小美的綽號：「胖妹！胖妹！大胖妹！」小美不服氣，拚命扭動身體，一面回罵：「我媽說妳爸是小偷，你爸爸被抓去關監牢！」

秀代沒站穩，踉蹌一下，跌倒在地，粗礪的碎石路面摩擦過她的膝蓋，辛辣的刺痛感瞬間脹滿腦中。

認輸了，秀代想要回家，她彎下身，拾起她的馬桶。這拾起的動作，卻意外激勵了她。現在，馬桶是她的武器，骯髒且鋒利。她站起身，高高舉起，擺出全力攻擊的頑強姿勢，咬牙切齒，兩眼直視，她準備要衝了，起腳，猛力，撲向前去，在靠近小美的瞬間，秀代使盡力氣，她把寬口細頸的紅色馬桶，往小美的大頭胖臉套了下去，用力地套了下去。

小美原地打轉了幾圈，哭著嚷著，朝她家的方向慌亂奔去。跑了好長一段，才扯下馬桶，扔在了地上。

稍晚，小美媽媽氣沖沖，到家裡興師問罪，才進門便一股腦責罵秀代太沒教養，夭壽死囡仔，竟然把馬桶套在我們家小美頭上，髒死了，小小年紀就敢欺負人，長大還得了，豈不是也要被抓去關？抓去坐牢？

秀代原本躲在圓桌後面不敢吭聲，但她一聽到坐牢二字，就沒辦法平靜，她衝到茉莉身邊，朝著小美媽媽吐口水，罵她：「老母豬！」罵聲不那麼理直氣壯，像是在偷襲，但小美媽媽還是聽見了。

茉莉把闖禍的秀代往身後推，並刻意責罵給這位身材高壯不好惹的女人看：「妳這個死小孩！老給我闖禍……我揍妳！」

小美媽媽悻悻然走了，茉莉氣未消，從廚房找來竹條，著著實實地，在秀代屁股上狠抽一陣，並在她頹然坐下時，負氣地說：「今天不去了。」

兩姊妹聽到媽媽的決定，都嚇得怔住。秀瑾沉默著，秀代則放聲大哭，哭嚷著：「我又不是故意的……啊……啊……我不是故意的……她先罵我的……」

秀代唉唉叫著，眼角餘光正好瞄到姊姊，秀瑾佇立在臥室門口，突然俐落地一個轉身，朝臥室而去。

那是漫長的一日。茉莉頭痛又犯，吃了十靈丹，待在房內傷心哭泣。她氣秀代頑劣，也氣鄰居的閒話傷人。

秀代被罰頂著馬桶罰跪，日光疏落的客廳裡，只剩她一人，憤怒從她鼻子呼出的氣息呼呼地傳來。除了憤怒，還有許多無以名狀的複雜情緒。她默默地跪著，淚水簌簌地流，一面心想，媽媽常說爸爸暫時不在家，爸爸住在高牆聳立的大房子裡，原來，是件丟臉的事。她並想起有一回，走在漫漫的石牆路上，她一蹦一跳，猛然一仰頭，瞧見高牆上的鐵絲網，掛著一隻死狀悽慘的麻雀。是啊，那裡不是什麼好地方。

悄無聲息的臥室裡，秀瑾趴在床沿寫功課，她漫不經心，腦中隱隱揚起一陣呼喊之聲：茉莉、茉莉……。

那是陳明發被帶走那日。陳明發抱著秀代，父女倆在玩搔癢的遊戲，秀代仰頭咯咯咯地笑，外面有人敲門，等茉莉聞聲從廚房急奔出來，兩名穿著制服的憲兵已壓著陳明發要走，此時，秀瑾聽見爸爸高聲喚著媽媽的名字。

過了差不多一小時，秀代手臂痠疼，膝蓋也麻痺，流過淚的眼睛酸澀腫脹，她偷偷坐在地上，喘口氣，秀瑾剛好從臥室出來，發現了，反身對著媽媽大喊：「媽，秀代起來了。」

那是陳明發離家兩年後，所發生的事。不能去看望爸爸，讓秀瑾失望透頂。

再過不久，天氣暖和，九月初，秀代進了小學。那個小美，和她讀同一所學校，剛開始兩人形同陌路，不久，就都忘了吵架的事，放學的路上，也沒有刻意相約，卻不時結伴同行，一路玩耍。

6

假日的晚上，秀代緊盯著收音機。週日廣播劇進展至高潮，愛上同一個大學生的姊妹花，妹妹不告而別，獨自一人坐著平快火車，遠離台北，播音員唸著旁白：「她傷心的淚水，映照在車窗玻璃上，迷茫的窗外，風景一一倒退，她的心徹底地死了。……」

她靜靜地聆聽，隨著劇情心情起伏，漸漸地，她感到天旋般的迷惘，她哭了，哭得很傷心，先是細聲啜泣，終於還是放聲嚎哭起來，連同前些時跟鄰居小美吵架所受的委屈，一股腦傾洩而出。

茉莉在廚房煉豬油，端了碗白糖拌豬油渣，給兩姊妹當零嘴。一出來就聽見秀代的哭聲，莫名所以，問道：「秀代在幹嘛？」

秀瑾抬起頭，冷冷地回說：「她神經病！」母女倆會心相視，哈哈哈……，同聲笑了起來。

隔週，劇中兩姊妹即將天涯海角展開尋尋覓覓的戲碼。但是，收音機壞了。秀代氣急敗壞，不知如何是好。也不好意思再哭哭啼啼，只能緊咬嘴唇，生著悶氣。她想不通，一直好好的收音機，為何突然就唧唧喳喳，發不出聲響了。茉莉怪她上回打翻水杯，水滲進去，把裡面的零件弄壞了，茉莉說，這跟上次颱風淹水，韓敬學的吉普車半途拋錨是一樣的道理。

秀代不信，來來回回轉動頻道，用力搖動機體，用手拍打，試了半天，機盒裡只發出卡卡的回聲，那聲音好空虛，好似被蟲給蛀空了。

翌日，下起毛毛細雨，寒假剛結束，才開學，茉莉暗歎這濕冷天氣，真是麻煩，秀瑾的制服曬不乾，她得用熨斗燙過，忙碌的生活又添一樁差事。秀代百無聊賴，把韓敬學買給她和姊姊的《二十四孝》故事書，拿出來隨意翻看。這書她看過無數遍，雖然認不得幾個字，靠著姊姊讀給她聽，配合著圖畫，她對故事早已熟爛。她問媽媽，可不可以請韓伯伯再買幾本新書來？茉莉照例嘀咕，老讓韓伯伯花錢，怎麼好意思，「不准妳跟韓伯伯要東西！」茉莉說。秀代想起她的收音機，轉念又想，那韓伯伯幫我買一台收音機吧。

心裡念著，到晚上，人就來了。茉莉暗暗一驚，怎這麼巧，過年至今，韓敬學都沒來過。茉莉惦記過幾回，怎麼都不來了呢？

秀代更是高興，像看到救星。韓敬學才坐下，便黏在身旁問怎麼辦，收音機沒聲音，廣播劇聽了一半，妹妹失蹤了，姊姊要去找她，男主角比較喜歡妹妹……。秀代滔滔不絕，一副癡迷模樣，韓敬學見了噗哧一笑。他這一笑，是出自疼愛，小女孩漸漸長大，有她在意的事情了。茉莉見狀，趕緊喝斥秀代安靜，讓韓伯伯先喝杯水吧。

韓敬學喝了口水，想起廚房有面牆壁滲漏，年前他幫忙糊了層水泥，不知效果如何，便起身去探看。廚房靠院子的牆壁有扇小窗，通風良好，但靠隔壁官家那一面牆，濕氣特別重，他貼近查看，幸好沒有滲水的跡象，公家的房子，像舊衣裳縫縫補補，只能將就。回到客廳，他問茉莉，家裡都好吧，茉莉回說，嗯，相安無事，過了個太平年，就只有秀代惹麻煩；韓敬學一回頭，看老是惹媽媽傷神的小野馬，趴在地板上，翻滾身體，一副百無聊賴的樣子。

兩個大人開始閒話家常，也不知怎麼起的頭，韓敬學解釋除夕夜跟幾個單身同事，到西門町一條龍吃羊雜湯和餃子，又喝了酒，夜裡十點多趕到茉莉家，不好意思敲門打擾，早買好的一包應景糖果，只好擱在門框上頭。

年節期間，他也沒來，同事太太介紹了一位台灣姑娘，個性活潑，吵著要韓敬學帶她去郊外走走。他們去了碧潭划船，大過年人潮擁擠，好不容易搶到一艘船，但韓敬學划船技術不好，船靠著岸邊一圈圈打轉，女的表情索然，大概害怕翻船，又建議改去獅頭山拜拜。第二天兩人搭公路局往獅頭山，回程女的又嚷嚷想去野柳，他也答應了，還花錢在女王頭前拍了張合照，照片裡女的輕輕一偏頭，差一點靠在他肩上，嘴角還露出一小截鑲金的牙。

他解釋半天，只說喝酒吃飯的事，和女孩的約會就略去沒說。不知為何，他心裡很過意不去，怎麼說過年都該來探望，給兩姊妹發壓歲錢，現在年過了，茉莉說不定誤會他小器。於是他懷著歉意說：「一條龍的餃子，好吃，羊雜湯也好喝，找個時間，帶妳們去打牙祭吧。」又掏出兩只紅包袋，喚秀瑾和秀代過來，說：「年雖然過了，壓歲錢還是要給的。」茉莉趕忙攔阻，兩人推來讓去，最後還是給了兩姊妹。

茉莉對韓敬學最過意不去的，就是老讓他花錢，覺得這男人被她拖累。聽到幾個光棍喝掉一瓶金門高粱，有些替韓敬學擔心，「少喝點吧，喝醉了，誰來照顧你？」茉莉是想到陳明發有過幾次醉酒，發酒瘋，吐了滿地，東歪西倒，害她收拾半天。

近日茉莉又開始織毛衣了，和韓敬學說話時，手沒停下，只偶爾抬起臉，看一眼坐在對面籐椅上的男人。

眼前這男人，精瘦矮個頭，一張長臉，相貌並不突出。但他讀過中學，談吐有幾分文氣，又穩重謹慎，好脾氣，跟陳明發粗獷的個性很不一樣。離鄉背井逃難到台灣，即使氣質不相投的人，也湊在了一起。

茉莉聽陳明發說過，兩人在上海，兵荒馬亂，江邊碼頭擠得滿滿是人，不，從高處往下望，那些蠕動著的，哪是人啊，照陳明發的形容，跟茅房裡的蛆一樣。不管是人還是蠕動的蛆，陳明發說，每個人擠破頭，都想擠上船，有的人幸運登上了，有的人最後擠進水裡去，還是被人一腳踹進水裡的。韓敬學懷裡揣著一張家鄉中學的畢業證書，慎重地跟陳明發說：「這玩意，很重要。」但其實，「有個屁用啊。」陳明發說：「我的命是撿回來的，在大陸上沒死，是命大，能登上船，是命大大。」

上船後，陳明發一開船就嘔吐，吐光了肚子裡的東西，便開始昏睡。韓敬學和另一位姓梁的，只要張羅到食物和水，一定分給他一份，患難相助，禍福相倚，大家同在命運的船上。這樣昏睡了兩天，半夜裡，陳明發醒來，搖搖睡在身旁的韓敬學，嚷說肚子餓，韓敬學坐起身，推了他一把，說：「你他媽沒死啊！」

這些逃難的經歷，都是戀愛約會時，陳明發告訴茉莉的。戀愛時，陳明發故事講不完，什麼「在大陸上沒死，是命大，能登上船，是命大大，跟蔣總統的命一樣大」之類，以為結婚後日子和戀愛時一樣，戰火下的生離死別，變成一則則的趣味故事，每天每夜說不完。

如今，坐在她面前的，換成韓敬學，這人斯文有禮，好意照顧她和小孩，「我們這一家，真是欠他的啊。」茉莉心裡想著，胸口隱隱撩起一股暖流，那是她對韓敬學由衷的感激。

韓敬學仍在叨叨解釋，說長官好心送的高粱，金門坐船來的，幾個單身漢沒家好過年，感嘆日子難過，三下兩下幹光一整瓶。「沒醉，沒醉。我哪會醉啊！」他說。

但其實，他們幾個喝光的，不只一瓶高粱，離開一條龍，回到韓敬學位於克難街的家，繼續喝，喝醉了，橫橫豎豎，倒地就睡，第二天醒來已是大年初一。

黯淡的燈影下，茉莉織著毛衣，秀瑾埋頭寫功課，秀代趴在地板上，韓敬學望著一家三個女人，有個念頭一閃而逝，那是他對她們難以言說的責任感，以及一絲絲，罪咎。但他隨即把這個尷尬的念頭，給甩開了去。

他和茉莉閒閒交談著生活裡的大小事，好似難得見面，家裡所有瑣細，一概不可遺漏。這是茉莉單方面的心思，趁韓敬學來，家裡的事得讓他知道。但她不免猜想，人家想不想聽呢。像是煤球快不能用了，聽村辦公室那邊講，政府規定不能再用煤球，這可是件大事，早想跟韓敬學商量著該怎麼辦。

「唉，叫我們改用瓦斯，裝瓦斯爐多貴啊。」她嘆了口氣說。

「聽說有一種電爐，插電的？」韓敬學語帶關心地問：「燒菜會不會太慢，爐心聽說很容易燒壞，得學會修理，妳行嗎？」

茉莉則說：「不知道電費貴不貴？瓦斯是有錢人家用的。」

她又想起村辦公室最近通知蓋新廁所的事，興沖沖地說：「聽說年底動工，可以自動沖水的。」

他們說一陣，停一陣，有時陷入尷尬的沉默，便總有一人找到話題，譬如茉莉說，秀代闖禍了，住後棟的曹家，太太真是厲害，講話有多刻薄啊，秀代老愛闖禍，她把馬桶套在人家寶貝女兒的頭上。

韓敬學趕緊安慰茉莉，秀代還小嘛，不要責怪她，別人怎麼講，隨他去，我們無法堵住別人的嘴，但可以關上自己的耳朵，不聽、不煩惱。韓敬學果然有智慧，茉莉聽他一番勸解，覺得頗有道理，心裡舒坦許多。

韓敬學又說：「今年冬天特別冷，聽說氣溫破紀錄了。」

茉莉回說：「是啊，過年前，秀代還說，想看看陽明山下雪哩。」

韓敬學一笑，說：「陽明山怎麼會下雪？此地沒有雪，我老家那邊才下雪。」他轉頭望向秀代，這淘氣小野馬，正繃著臉。他問秀代：「收音機真壞了？」

一旁茉莉插話說：「她啊，收音機像她的命，太入迷了，每天晚上守著收音機，快上小學了，這樣實在不好。」

話題終於轉到秀代關心的事情上，韓敬學問秀代，喜歡哪個廣播明星啊，秀代精神為之一振，笑盈盈地說：「白茜如。」韓敬學也問秀瑾喜歡誰？秀瑾的生字造句要寫五頁，寫得手臂痠疼，埋著頭回說：「白茜如啊！」這讓秀代嚇了一跳，秀瑾從未正經聆聽過廣播劇，她以為姊姊對此不感興趣，原來跟她一樣，都偏愛白茜如和她戲裡飾演的那個姊姊，怎麼秀瑾從來沒說？

這兩姊妹，韓敬學打從出生便看著她們。結婚成家生兒育女，是韓敬學不太敢做的夢，他的同事們亦多如此。相較起來，陳明發莽撞大膽，禁婚令稍微鬆綁，就戀愛結婚，跑在大家的前頭。婚後有了秀瑾，幾個要好的單身同事，像自己當爸爸，三不五時，買些玩具來逗弄秀瑾，發現秀瑾右耳邊有塊天生的胎記，雖然頭髮長一點便蓋住，不注意未必看得見，但還是替秀瑾擔心，怕女孩兒為此有心結。於是，韓敬學學來幾招小把戲，結繩、彈橡皮筋等，討秀瑾開心。

不過，秀瑾嫻靜，有時候很難親近。比較起來，笑起來左邊眼角有個可愛小眼窩的秀代，活潑好動，常愛爬在韓敬學身上，玩弄他的鼻子，他的耳朵，他昨日忘了刮的鬍子。有一回他借了同事的相機來，給兩姊妹拍照，秀代面對鏡頭，眨著調皮的眼睛，笑得毫不羞澀。秀瑾卻縮著下巴，模樣老成，讓韓敬學感到心疼。

去年聖誕節，韓敬學騎車載秀代到廟口麵包店買拐杖糖，那是鎮上唯一的西點麵包店，秀代貼著大玻璃牆面，看麵包師傅給蛋糕擠奶油花，秀代看得入迷，催她回家，她依依不肯，非要看到蛋糕完工裝盒。韓敬學問她想不想吃蛋糕，她用力點頭，是個很有主見的小孩，韓敬學當時心想，兩姊妹個性迥異，未來誰可以讓茉莉倚靠呢？

此刻，秀代嘟著嘴，好似跟他鬧脾氣，隔一會兒，又起身到矮櫃邊敲打收音機，引來茉莉罵她：「別敲啦，能敲出什麼東西嗎？」這讓韓敬學察覺到，秀代對他的期待。

他向秀代招招手，要她到身邊來，「韓伯伯買一台給妳！」他說。未料，秀瑾放下功課也靠了過來，說：「下個禮拜就要播完了。」兩個女孩圍著韓敬學，真把他當成了萬世救星。

但買一台收音機要花不少錢，韓敬學得盤算一下，或者買台舊的，他想，哪天去萬華附近的舊貨商場看看，現在哪戶人家沒有收音機呢。但他得先哄住孩子們，安撫她們的失落感，於是他說：「好久沒坐飛機囉，來！秀瑾先。」

他伸出手，想抱秀瑾坐到他的腳背上，秀瑾害羞退怯，她都八歲了，但八歲的孩子也還愛玩啊。忸怩了一下，秀瑾坐上韓敬學的腳背。韓敬學用力一蹬，把秀瑾蹬得高高的，又頗為吃力地前後左右擺動。秀瑾現在可重呢，沒像小時候那般輕盈，但當韓敬學把秀瑾蹬得高高的，像飛上了天際，秀瑾的臉映照在他前方，右邊缺了一顆牙的牙縫，竟露出了淡淡的一抹微笑。韓敬學嚇了一跳，那是茉莉。

這嚇一跳，秀瑾便在他兩腳鬆軟時，跌了下來，在地板上滾了一圈。茉莉和秀代都哈哈笑了，秀瑾自己也笑，秀代更興奮地靠過來，嚷著：「我也要，我也要。」

他來不及整理情緒，趕緊專注精神，伸出腳背舉起秀代，來來回回飛了好幾趟，秀代還不肯停下來。茉莉一旁說，好了啦，韓伯伯會累耶，但秀代笑聲盈盈，玩得十分高興。突然，秀代皺起眉頭，一臉認真，對著韓敬學說：「韓伯伯，你做我們的爸爸，好不好？」

有那麼一兩秒鐘，所有人都沉默無語，時間像是凝結住了。韓敬學心虛地以為，都怪他剛剛心裡那丁點兒唐突冒犯；茉莉則是生氣這不知輕重的猴死囡仔，又闖禍了。她放下手中毛線，走過來，從韓敬學身上拉下秀代，正色地說：「不要亂講話，下來。」

那晚，臨走時韓敬學忽然想起，叮嚀茉莉：「福州貴那邊，都有按時送錢來吧，有問題，記得跟我講一聲，我去催。」

過年前福州貴該來卻未來，韓敬學陪同茉莉，到福州貴開設的當鋪去，硬是把錢討著，要不如此，真不知年要怎麼過。茉莉衷心感謝韓敬學處處照顧她，她點了點頭說：「真是，太謝謝你了。」

睡前，秀瑾重重推了秀代一把，罵道：「妳這個三八鬼！」她把秀代推到了牆邊。

秀代也很後悔啊，她躺下，面向著牆壁，背後是姊姊和媽媽，她看不見她們，關燈後，她無限委屈，在暗黑夜裡張著眼，像是在懲罰自己。

7

事情是這樣的。搬來新美村，年底，快過年了，憲兵突然來家裡，帶走陳明發，很快，兩個月後即定讞發監，罪名是盜賣汽油、且不吐實，判刑四年。

風暴突然來襲，茉莉驚惶失措，像無頭蒼蠅，四處哀求人幫忙，她明裡暗裡，不知哭過多少回，在兩姊妹面前呼天搶地情緒大崩盤，也不只一次，頭痛的毛病，就是那時候開始的。

某晚，她夢見天搖地晃，一棟兩層樓房在她眼前瞬間坍塌，夷為廢墟。那段時日，她做夢連連，常常驚嚇醒來。房子坍塌的一幕，意外地令她幡然夢醒，想通了，搖搖欲墜的家，是她的責任。她不再哭泣，連著幾晚躺在被窩裡，朝著大腿用力捏了又捏，直到感覺著撕裂的痛，疼痛刺激下，如夢中醒來，無比清明。

為了證明決心，她拿起剪刀，沿衣領齊齊剪掉披肩長髮，對著鏡子說，到此為止，到此為止。望著鏡中緊咬嘴唇的自己，模樣有些滑稽，茉莉竟笑了。

兩姊妹的頭髮都是她剪的，負氣為自己剪髮，還是頭一遭。

她又撕下過期的日曆紙，在紙背逐日記下日常開支，省了又省，月底結算，檢查哪裡可以再少花費一些。

那個綽號福州貴的，從前並未見過，此時突然冒出來。他經營當鋪，私下收購軍油，再轉賣民間油行。憲警展開大搜索，查到陳明發就喊卡，略過了盤商福州貴。茉莉看得出來，福州貴是關鍵，若是供出他，恐怕是地動山搖，拖垮整個汽車大隊。陳明發和另外兩個人一肩扛下，他跟茉莉說，這事妳別管，事情就是這樣，家裡日子不會有問題的。

每月初，長相陰險的福州貴，站在陳家大門口，手指沾黏口水，數算十元一張的鈔票，嘴角邊豎著毛的大黑痣，也跟著抖動。這時，巷弄裡來來往往的眼睛，也跟著朝他們投射過來，茉莉顫巍巍，伸出手，接下了遞過來的一疊鈔票。

憑什麼讓陳明發扛呢？茉莉常常跟自己賭氣，如果可以選擇，她但願日子窮一點，一家人從未被拆散。轉念卻想，陳明發多麼聰明世故，獨自承擔責任，必有他不得不的苦衷吧。可憐她什麼事都不知道，夫妻之間，男人女人，外面的世界，終有一條跨不過的鴻溝。事已至此，這錢是大家欠陳明發的，也是欠她和兩個女兒的，她橫眉冷對，收下了。

家中經濟仍常入不敷出，譬如繳學費或過年時。茉莉有幾枚金戒指，但她得好好計算，用在必要的時候。借貸度日，能向誰借呢？以往常來家裡走動的單身漢，漸漸少來了，不來了，茉莉不怪他們，或許他們覺得不方便打擾。過去這段時日的人情冷暖，茉莉簡直像上了一堂課，已不再是涉世不深的鄉下女孩。

只有韓敬學，幾乎每個月來家裡探望。但茉莉不願跟韓敬學借錢，為了陳明發，韓敬學陪著她四處請託，結果陳明發還是判了重刑。

她到廟口一家毛線店去拜託，讓她接一點生意，幫人編織毛衣。幫傭的診所先生娘，教了她許多女人的事，燒飯做菜、縫補衣服、醃製食物、編織毛衣，甚至女人月事用的丁字帶，先生娘也不吝教她剪裁縫製。她學得慢，但認真，學習這些女人技藝，是她沒出路的幫傭人生裡，一丁點卑微的心靈寄託。她會的編織花色不多，基本款是兩條交織的麻花，另外就是菱形方塊，兩種款式又再混搭變化，如此，她善編織的口碑很快傳揚開來，軍官夫人紛紛聞風而至。

約莫一年後，茉莉慨慨的心情從谷底翻轉，習慣了陳明發不在身邊的家庭生活。她想，千錯萬錯都不是孩子的錯，該讓兩姊妹過點正常的生活。自此，母女三人養成晚餐後散步的習慣，只有冬天暫停。

四月初的假日，茉莉採買食材，包水餃給孩子們吃。包水餃很費事，切菜剁肉，和麵擀皮，調製餃子餡，一道道程序，不得省略。秀瑾露出難得的笑臉，幫忙把包好的餃子一粒一粒排列整齊，秀代搶著剁肉，小不點兩手握著菜刀，在砧板上反覆剁切，看得茉莉心驚膽顫。

麵粉屑漂浮在身邊，像撲了一層蜜粉，母女三人說著話，心情暢快。茉莉開玩笑說，等妳們長大交男朋友，我要考他們包水餃。秀瑾問，男生一定要會包水餃嗎？秀代也問，那爸爸會嗎？茉莉想想，水餃是陳明發教她的，蔥油餅則是韓敬學教的。她說，爸爸當然會，包水餃的男人，可靠，愛家庭。

茉莉告訴兩姊妹，下水餃也有學問，餃子下鍋，要加三道水，等餃子浮在水面，就算熟透了。秀代聽得專心，搶下湯勺吃力地在鍋內攪動，看來真想學這門功夫，茉莉微感意外，她以為秀瑾會有興趣。日常瑣細隱喻著兩姊妹的未來，但要相隔好久以後，命運才會浮出水面，茉莉只覺得，冬天結束了，真好。

到了傍晚，茉莉又想，出去走走吧，都春天了。此時，天色尚未全暗，微有涼意，母女三人添了外套，踏出家門。她們朝廟口方向走，這段路也是秀瑾每天上學的路徑，秀瑾唸的國小就在廟口菜市場的對面。幾個月後，秀代也將在這條路上，展開她的新生活。

因為是散步，走得極慢，安靜的河面籠罩在漸漸褪去的淡金色夕暉裡。村裡的男人常趁著傍晚河水退潮，乘坐著廢棄輪胎，在河面慢悠悠地垂釣，聽說河裡鯽魚肥美，每日總可以收穫四、五條。茉莉啐地一聲，罵這些男人：「真是不要命啊！」

村裡程家的男人，就是釣魚時，輪胎翻覆淹死的。茉莉一家剛搬來，就聽說了這件事，她對程太太很同情，家裡還有四個大大小小的孩子，沉重的生活擔子該怎麼辦呢。但程太太並不領情，見了面很冷淡，程太太是外省那一掛的。

無論如何，茉莉害怕堤下的滾滾波浪，她三令五申，不准兩姊妹到堤下玩耍。如果她知道秀代買醬菜時，溜下河堤採摘酢漿草花，一定不會饒過她，至少罰她禁足半個月。

靠近村子這一路段的河堤，視野開闊，河面寬廣，近堤岸一片黃褐色菅芒，迎風飄搖。再往前，經過一片桑樹園，這是大學設置的實驗林，小學生都到這裡偷採桑葉養蠶。三四月之交是桑樹的結果期，桑果已粒粒飽滿，就等熟透泛紫。即使像秀瑾這樣乖巧的孩子，仍舊童心未泯，茉莉想起去年此時，秀瑾放學回家，興沖沖打開手帕，展示她採摘的桑果，深紫色的果實汁液染紅了手帕，茉莉不免眉頭緊蹙。但秀代可高興呢，搶著要嚐嚐桑果的滋味，兩姊妹吃著，手指頭也染紅了。還有一次，兩姊妹嘗試釀製桑果酒，在玻璃瓶裡放進桑果和砂糖，不久，瓶口浮起一層白色霉菌，被茉莉整瓶給扔了。

還有一事……。茉莉問秀瑾，記得嗎？

秀瑾當然記得。去年發生的事，像受傷後留下的創疤，烙印在皮膚表層，令她深深懊悔。

桑樹園很大，分割成一畝一畝，正午時分，陽光自樹冠穿射進來，光影和樹影重疊，婆娑搖曳，如迷離幻境。秀瑾採了滿滿一手帕的桑果，她心無旁驚，全然沉浸在貪念無限膨脹的樂趣中。不久，她聽到有人高聲喊叫，腳步急促的踩踏聲，口哨和狗吠，園子裡開始有人奔跑，秀瑾跟著跑，身後的嗚哨朝她逼近，她奮力地跑，腦中一片空白，這時，她的書包掉在了地上，有人追上來，狼犬朝她狂吠，她想撿回書包，卻被逮個正著。

茉莉領著秀瑾去跟園方道歉，保證不再犯。摘桑果的遊戲自此結束，秀瑾從此不再踏進桑樹園，上學放學，行經園區的外圍，她目光直視，看都不看一眼。

秀瑾幾乎不曾犯下過錯，她是自我要求嚴厲的孩子。但茉莉偶爾重提往事，每每問著：秀瑾，妳還記得嗎？茉莉每問一次，秀瑾便又難堪害羞一次，好似那創疤還在疼呢。

而秀代則跟著起鬨，笑說：「姊，膽小鬼喔，很笨喔。」秀瑾怒眼相對，嗆道：「不要講啦，不要講了啦。」

兩個孩子個性迥異，茉莉觀察，秀代古靈精怪，有時候腦袋一溜煙跑到其他星球那般遙遠。她剛剛還蹲在堤岸邊，對著堤下河水吼道：「喔，有耶，有一隻大怪獸，五個頭，八隻手，八隻腳，要爬上來囉，要爬上來囉……。」秀瑾呢，她是神祕的夢想家，常常一個人，慢悠悠遙望著遠方。

兩個女孩，都是她的寶貝，茉莉看著她們，心想，我天生是個平凡之人，不祈求富貴，只盼幸福平安。但世道多變，落得一個女人辛苦撐持家庭的局面。但願兩姊妹長大了，幸福平安不再是奢求，不要像我這樣。

晚風習習，茉莉瞄見堤岸下黑壓壓的河濱植物，突然蠢動一陣，又平靜下來，心頭不禁怦怦跳了幾下。她承擔著母親的責任，總是掛心，無一日輕鬆，兩姊妹卻純真浪漫，她們的話語，像是安了一對翅膀，就要拍翅去飛翔。她的責任就是緊緊抓住，莫使她們飛遠，斷了線。

她們已越過桑樹園，來到憲兵營門口，營區旁有座漆著迷彩的防空洞，每回散步到這裡，茉莉就會叫孩子們折回，「回家了吧。」她說。

茉莉從不讓孩子們進防空洞，嚇唬裡面有野狗野貓無家可歸的流浪漢，茉莉講了虎姑婆的故事，加重語氣說，有一種虎姑婆喜歡躲藏在防空洞裡，專門抓小女孩、吃小女孩的手指頭。虎姑婆的故事嚇不倒秀代，但對秀瑾卻極有效。

過了憲兵營，越過斜坡路，再穿過一條巷弄，就到廟口的菜市場了。

茉莉最近聽寶月說，市場新開張一家菜丸店，現炸的。兩姊妹問菜丸是什麼，她們沒吃過。茉莉解釋半天，說是她小時候拜拜才有的食物，魚漿麵粉韭菜洋蔥混合，做成圓形的丸子，入油鍋炸得酥黃。還有其他口味，混了花生的、荸薺的等等。

茉莉心想，好久沒吃炸菜丸了。腦中有那麼一瞬間，恍惚回到遠遠的後山埤，她養父母家。「我阿母做的菜丸，裡面放了荸薺，最好吃。」她無限懷念地說。

回家路上，茉莉突發奇想，禮拜天來做炸菜丸吧，可以炸好幾種口味，韭菜、高麗菜、加了花生的、芫荽的，孩子們一定喜歡。

隨即，她推翻了自己的計畫，過日子可不是玩遊戲，得算清楚每個月的預算。這麼一轉念，她驀然想起來了，啊，不行，跟韓敬學約好，要去看陳明發，這次，可以真正地跟陳明發見面哩。

快到家了，茉莉暗暗怨怪自己，這麼重要的事情，竟然差一點忘了，怎麼可能忘了呢？怎麼可能呢？秀代猛一回頭，望向長長的河堤，河堤的另一頭是什麼地方呢？她感到好奇。同一時刻，秀瑾心裡也想著什麼，但她不露形色，沉靜得像隻貓。

8

飯後，茉莉忙了一陣，張羅好明日要帶的東西。忙完，趁熱端了盤青蒜炒臘肉去找寶月，寶月先生很愛吃她燒的外省菜。

兩人閒閒聊天。茉莉面露愧意地說，不知怎麼搞的，差一點忘記明天的大事。寶月安慰她，反正最後還是想起來了，想起來就好，沒關係啦。茉莉其實是在責怪自己，怎麼會忘記呢，她心慌慌，覺得日子過得正常一點都是罪過。聊著，寶月搬出新買的指甲油，問茉莉要不要水噹噹一下。茉莉搖頭，最近又接了毛衣，編織時容易摩擦指甲。寶月的新指甲油是正流行的珊瑚色，茉莉好奇地問，珊瑚色是什麼顏色。寶月乾脆拉起茉莉的腳，作勢要幫她塗擦。珊瑚色近粉紅、又比粉紅沉緩一些，茉莉慌忙躲開，嚷嚷著，唉喲，不好意思啦，明天要去看他耶。

終於談及正題。茉莉告訴寶月陳明發獄中表現良好，得到特准會面，兩姊妹這次可以真真實實地，當著面見到爸爸。其實，茉莉主要是來問寶月意見，她想讓秀瑾認韓敬學當乾爹，寶月問為什麼是秀瑾，茉莉說了秀代差一點喊人家爸爸的事，寶月笑彎了腰，說：「這隻牛囡仔，牽到北京嘛是牛！」

寶月明白茉莉的意思，秀代連爸爸都喊出口了，讓茉莉委實尷尬，非得阻止這種事繼續發生。但是，若斷絕往來，人家性情忠厚，很實心地照顧著母女三人，又怎麼說得出口。何況家裡沒有男人，韓敬學偶爾來坐坐，家庭裡細細碎碎的事也有人好商量，至少聞得到男人的氣味。寶月第一次說出家裡需要男人味道這話時，茉莉重重地打了她一下，寶月附在茉莉耳邊低聲說：「不要給小孩知道就好。」寶月很愛胡說八道，但茉莉並不生氣，凡事都跟她述說，寶月也常來通風報信，哪個又哪個人家的太太，在肉攤前面黑白講，說看見有個男人晚上到妳家，「下次讓我聽見，把她嘴巴縫起來。」為了這些蜚短流長，寶月常常很激動，靜心想想，認乾爹的確是個好主意，避免那些有的沒的，她說：「對對對，找個好日子，給它辦一下。」

兩個女人又聊起娘家認乾親家的儀式。寶月說，韓敬學得準備一鍋洗乾淨的米，水要多放一點，還要盛在全新的水壺裡。但茉莉記得老家的規矩是雙方各自準備水米，混合一起，再煮了來吃。兩人的娘家都在松山一帶，茉莉家在後山埤，是偏僻農村，寶月家在五分埔，算是街鎮，兩家距離不遠，但規矩不同，或是女孩子離鄉背井久了，記憶已模糊。

最後兩人聊出一個綜合版，茉莉先準備好水米，等韓敬學一到家門口，把水米拿出門外，讓他帶進屋來。茉莉是擔心這羅漢腳，到哪兒去張羅水米。寶月推茉莉一把，笑她：「很周到喔。」茉莉馬上板起臉孔，正告寶月，不要隨便亂開玩笑。

返家時，茉莉走在巷弄，回頭朝廣場方向望去，依稀看得到河堤連接著天空，此時夜空滿布星星，明日應是晴日。兩姊妹正在家門口等她，秀瑾搬了矮凳，坐在門口東張西望。她對妹妹不甚耐煩，板著臉孔。秀代不以為意，自顧玩耍，一會兒又仰頭看星星，自言自語道：「掉下來，掉下來……。」她姊姊嘟起嘴，罵道：「神經病！」茉莉注意到，每回要去探望陳明發，秀瑾便心緒不寧。小三的年紀，已開始有些小大人的心思。

這晚，茉莉收拾廚房，秀瑾跟在一旁幫忙，一面做著瑣碎家務，秀瑾腦海裡盤旋著爸爸的臉孔，忽隱忽現，好似一不集中心智，爸爸便要溜走。陳明發突然從家中消失這件事，像個大大的問號，反覆在秀瑾心裡問著為什麼這樣、為什麼那樣——換作平時，她會刻意不去想爸爸的事。

上床睡了，秀瑾輾轉難眠，翻了幾次身，茉莉被她吵醒，低聲問：「怎麼了妳？」秀瑾嚇了一跳，再也不敢任意動一下。

翌日，果然是好天氣，太陽還有些刺眼呢。韓敬學的吉普車在汽水攤前停下。這攤子右邊一座日本製馬達，連著幾根粗細不一的管子，管子又連到另一個白鐵製大圓桶，電流開關一按下，馬達轟轟轟地震動。韓敬學點了三杯蘇打汽水，一面解釋，看，這是汽水機，白糖水混合一種化學氣體，在加壓桶裡攪打，就變成了汽水，從另一邊流出來。

茉莉接過第一杯汽水，轉頭，高高舉起，讓兩姊妹看看這個冒泡泡的新玩意。轉身時，不意撞上韓敬學，茉莉忙說對不起對不起，這時，又遞過來第三杯，兩人都伸手要去接，兩人的手，一左一右卻碰在了一起，又都慌忙縮了回來。一旁，秀瑾緊盯著媽媽，眼神片刻沒有離開過。

喝完汽水上路，兩姊妹興奮不減，笑說冰冰涼涼真好喝。蘇打汽水，蘇打汽水……。秀代頻頻唸著，她怕隔一會兒忘掉了這個新學會的名詞。鄰居小美的爸爸帶她到新公園喝的，就是這個吧？突然，秀代打了個飽嗝，呃地一聲，全部人都被逗笑了。秀代索性站起身，翹起屁股，說：「我還要放屁！」秀瑾在她屁股上狠狠打一巴掌，她輕聲道：「喔，好痛。」這才安靜坐下。

車子離開主幹道，駛入一條碎石路，又轉了幾個彎。秀代打開車窗，探頭出去，想找她上次留在高牆上的小花，嚷嚷說小花已經長成了大樹。風吹亂她額前的一排劉海，眼睛也瞇成了細線，露出可愛的小眼窩來。秀瑾又想罵她笨蛋神經病，但這一次，她忍住了。她自己也難得感到快樂像蘇打汽水，冰冰涼涼，冒著氣泡，她學秀代打開車窗，享受風吹的快感。

車子停在獄所門口，韓敬學陪茉莉母女進去。在登記室登記姓名，給陳明發的東西，食物衣物等等，都繳交了，駐警指點他們往後面的大樓走。韓敬學叫住茉莉，說：「你們好好聚一聚，我車停外面，就在車上睡一覺，過中午再來接妳們。」茉莉說了聲好，謝謝。

穿過大樓側面的騎樓，轉進中庭，眼前是花木扶疏的美麗庭園，庭中有座圓形噴水池，噴灑著水晶般的水柱，幾名戴著腳鐐的受刑人圍在池邊清掃。茉莉四處瀏覽，訝異這失去自由的監獄竟像是世外桃源，瞧瞧爬滿牆面的攀藤爬牆虎，養護得多好。

所謂特准會面，是獄方安排在單獨的房間內，與家屬直接面對面相聚。一位老班長過來領路，帶她們到大樓裡的律見室。班長說，一個半小時，夠你們好好吃頓飯。

這次來探望陳明發，茉莉打算提一下秀瑾認乾爹的事。陳明發若是沒意見，再跟韓敬學商量。她估量，兩個男人都不會反對。陳明發心裡怎麼想，她不知道，但韓敬學，雖不至於言聽計從，但對茉莉真是好得沒話說。女人家，對於誰是真心待妳好，尤其敏感，似乎也有那麼一絲絲，想要掌握這男人。

一家人坐在律見室裡，剛開始，陳明發低垂著臉，瑟縮在方形長桌的一角。他眼角似乎迸出淚油，頻用衣袖揩去，是心裡想著什麼嗎？其實沒有，他腦袋虛空，心臟卻怦怦怦地劇烈跳動，實在太久沒有和妻女面對面相見了。

帶來的菜餚已擺在桌面，除了青蒜炒臘肉，還有一盤馬鈴薯炒肉絲、蔥花炒蛋和青菜。管理員送來一碗熱騰騰的酸辣湯，說是副典獄長特別送的。難得一家團聚，卻異常生分，沒人開動飯菜，也沒人開口說話。時間寶貴，茉莉心急，終於打破沉默說：「大家吃飯吧。」

吃了一會兒，兩姊妹一前一後舀起酸辣湯來喝，又一前一後哇啦哇啦，嫌酸辣湯太辣，孩子們從未喝過嗆辣的酸辣湯，尤其秀代喝了一口，哇哇大叫，張著嘴，縮著脖子，喊著：「啊，嘴巴快要出火了。」

禁閉久了，陳明發心靈漸趨死寂，再沒什麼事能引起喜怒。但秀代的童言童語，讓他有了點力氣。嘴巴要出火，只有秀代說得出這樣的話來。他終於彆扭地，嘴角擠出一絲勉強的笑意。

一頓飯吃得拘謹，陳明發問茉莉，過年都好嗎？茉莉回說，每年都一樣，平安就好。話剛出口，她想起韓敬學，「糟糕，他沒吃飯！」陳明發知道她的意思，揮揮手，說：「沒關係！」

茉莉其實是想講認乾爹的事，又吞了回去。她生自己的氣，一件坦蕩蕩合該做的事，怎麼吞吞吐吐？又想起寶月笑她心裡有鬼，有什麼鬼呢，我一個孤單的女人，做得還不夠嗎？想著，茉莉幾乎要掉下淚來，趕緊止住，把吃了一半的馬鈴薯塞進嘴裡。

夫妻倆斷斷續續交談，陳明發問起福州貴是否按月送錢來？家用夠嗎？廚房還滲水嗎？上面什麼時候禁用煤球？還有，上回要茉莉幫忙做一個護手腕的毛線套，做好了嗎？到了夜晚，他手腕就會陣陣痠痛，大概是在看守所挨打造成的。

兩人一問一答，茉莉說，福州貴最近常常拖過好一陣子才送錢來，但沒關係，有就好，小孩都不喜歡這個人，給他取了個賽面的綽號呢。陳明發問，賽面是什麼意思，茉莉笑笑，「你聽不懂，台語啦。」至於廚房滲水，韓敬學幫忙修補好了，茉莉笑說：「滲水時，牆壁還長香菇哩。」聽說煤球只能用到年底，村裡太太們聊天常常談及此事，也都是聽說而已，唉，茉莉嘆了口氣，說：「再看看吧。毛線套剛剛交給登記室了。」

茉莉遲疑不決，認乾爹的事始終說不出口，旁邊秀瑾忽然轉過臉來，朝爸爸媽媽燦然一笑。這一回眸，令陳明發驚詫，急問道：「會長大啊？」茉莉沒聽懂，問：「什麼會長大？」等弄清楚是說秀瑾耳後的胎記，忙揮手說：「沒有啦，不要亂講。」

茉莉轉念又想起前陣子養父尋到家裡來，在家裡過了一晚，「他們問你幾時可以回家？叫我搬回娘家住。」茉莉說。

好不容易氣氛熱絡了，何苦講這些呢，茉莉說完，其實是，才一脫口便覺後悔，怕陳明發誤會她的意思。她不是在叫苦，也不是有娘家撐腰。養母以前極力反對他們結婚，撂重話說嫁給外省仔，不如滾去唐山不要回來。後來又獅子大開口開價一兩黃金聘禮，又說要入贅娘家，種種想方設法，無非是阻止茉莉結婚。她等於是私奔逃家，婚後一年才帶陳明發回娘家陪罪，卻料陳明發弄出事情來，養母說話又變大聲，連聲飆罵：「抶見抶笑，不如去死。」

養母刀子口，養父卻是厚道的人，勸茉莉原諒媽媽，茉莉生了養母一年的氣，氣漸漸消了。她是想告訴陳明發，很想回家去看看，就看看而已，不會真搬回去。她發覺跟陳明發講話，話只講一半，有些話竟說不出口，怎麼會這樣呢？她不解地問自己。

飯後，陳明發帶母女三人到屋外，遙望四周的大樓。副典獄長剛好經過，問他差人送的酸辣湯，送到了吧。陳明發立正站好，喊一聲報告長官，酸辣湯好喝得沒話說，又一聲，謝謝賞賜。那副典獄長呵呵笑了幾聲，交代陳明發，下午免去工廠，難得嘛，帶老婆小孩四處走走看看。陳明發恭敬地目送長官離去。人走遠了，他跟茉莉說，最近調去幫長官清掃宿舍，他是個好人。茉莉聽了，心裡滿懷感激，原來監獄裡也有溫情。

獄中共有仁、義、禮、智、信五棟監舍，圍牆邊還有兩座黑色碉堡，看來十分森嚴。其中的仁棟，一樓是行政辦公室和感化教室，二樓以上是供獄友學習鐵工、烘焙、洗衣等工廠。

陳明發被分發到三樓的洗衣工廠，學習洗衣、熨衣、摺疊等等，每天必須做滿十小時。有時還要支援工事，到園子裡修修補補。有一次，他搬不動七十公斤裝的碎石，試了幾次都扛不起來，同舍的小馬靠過來，嘿吆一聲，就上到了他的肩膀。陳明發自此和小馬成為莫逆，有些陳明發做不來的粗活，小馬二話不說。

茉莉第一次聽到小馬這個名字，就一個姓，不知其名，也不知道長什麼樣子、是個好人還是壞人？八成不是好人，一定幹了什麼壞事，好人怎會到這裡來？茉莉心想。

風微微，茉莉有些疲累。臨要回去，她支支吾吾，終於說了。陳明發輕輕嗯了一聲，茉莉問他：「你的意思是？」陳明發說：「知道了。」

暮色中回到家，兩姊妹累極，進屋倒頭睡了。茉莉開口問韓敬學願不願意認秀瑾當乾女兒，說：「如果不方便，也不要緊。」想了想又說：「剛剛也問過小陳了。」

韓敬學頷首點頭，有點訝異，有點勉強，但算是答應了。

夜裡，茉莉輾轉難眠，腦海裡浮影翩翩，今日發生的每一件事，細細瑣瑣，重疊交錯，她全又想了一遍。

韓敬學把車開回隊上，再騎腳踏車回家，天已黑，他心情惆悵，說不上具體的什麼。他住在克難街的巷弄裡，屋子小，但附有廚房和廁所，屋裡亂糟糟，就是那種缺少女主人的單身宿舍，髒衣服淹沒半張床，天漸熱，冬季的厚外套權充枕頭。屋裡還有一股從巷子裡沁進來的垃圾騷味，但他已習慣。

他腦海裡恍恍惚惚，閃過秀瑾晶亮打探的眼神，他已答應茉莉的請求，即將成為這女孩的乾爹。但為什麼呢，茉莉為何要這樣做呢？他想起秀代喊他爸爸的事，是為著這個吧？

萬事想不透徹，他索性打開過年時跟同事喝剩下半瓶的高粱，就著瓶口咕嚕咕嚕地喝。不久，身體有些兒軟了，倒在床上傻傻發愣，等待酒氣貫穿全身發熱發燥發出一身汗。

這是單身漢排遣情緒的方法，非弄到一身酒臭不可。等模模糊糊睡著了，已是半夜十二點。

天亮時，屋內仍舊暗沉，他一眼瞧見那半瓶高粱酒，好端端放在牆壁櫃上，昨夜不是醉了吧？他揉了揉眼睛，清醒了。

9

五月的最後一天，巷弄裡傳來吆喝聲：「來喔，來喔……。」聲音穿透巷弄，太太們聞聲都趕了出來。

那是配送米糧的。操著台灣國語的歐吉桑，駕著一輛板車來。太太們拿著眷補證，跟他換取兩袋米、一袋麵粉、一罐花生油、兩包鹽。女人誰不讓誰，拚命往板車擠。忙成這樣了，好脾氣的歐吉桑，還能跟太太們像老朋友一樣抬槓說笑，動作忙中有序，絲毫不差。

這是民國五十二年新美村的即景，不消幾年，配給制度廢除，從來不知何名何姓的歐吉桑，哪裡去了，沒人知道。

歐吉桑出現時，茉莉總是心情忐忑。陳明發出事後，幸好糧餉保留，米油鹽不愁，有時吃不完，茉莉抱著一小袋米送去給童年玩伴優希口。優希口家的男人原是拉三輪車的，幾年前車禍死了，留下三個男孩，她患有小兒痲痺，走路不方便，生活益形艱難。優希口是日文發音，茉莉從小叫習慣了，有時竟渾渾喊不出正式的學名來。

軍中長官為茉莉留了條生路，不至於被沉重的家庭責任擊倒。但領糧餉時，茉莉總不自在，擠在人群中，感覺有幾雙女人的眼睛，上上下下打量她，不懷好意。於是，每月底的這一天，茉莉總要等到各家太太們即將散去，才出門來，匆匆領完糧餉，跟隔壁老廣家太太點個頭，便鑽進屋子。

領過糧餉，便是福州貴該來的日子。有天晚上，秀瑾埋頭抄寫成語，其中有一句「白駒過隙」，秀瑾一筆一畫專注地寫，茉莉靠過去瞄了一眼，問這成語是何意思，秀瑾以小老師般的口吻說：「就是光陰似箭的意思，表示時間過得很快。」茉莉當即一陣感傷，嘆了口氣說：「是嗎？時間明明是過得太慢了。」

她是想到，福州貴怎麼又遲到了呢？天氣漸熱，端午節快到了，茉莉手頭可用的錢，進來的少，花掉的多，最近快要喘不過氣來了。

這五月，真是諸事如麻，認乾爹的事，茉莉也傷透腦筋。秀瑾堅決地說不要，秀代卻說我要我要，真擺不平兩姊妹，尤其秀瑾心裡到底怎麼想，茉莉始終捉摸不定。且韓敬學一個多月沒見著人影，沒辦法進一步跟他商量，這人怎麼搞的，愛來不來的？

想起瑣瑣碎碎的家務小事，茉莉便覺懨懨不樂。隔週，她按捺不住，擔憂害怕的心情漸漸轉變成憤怒，趁著假日，留兩姊妹在家，她決定去找福州貴理論，又想回程時，順道去大廟參拜，掃去近日的不順遂。

她一個人走路到廟口，再換4號公車。車子繞過新生南路、仁愛路、杭州南路，最後轉到襄陽路，下車再走一段。晴空朗朗，柏油路面蒸騰著火熱之氣，街口賣豆花的擔子，圍坐著男男女女，「涼欸，涼欸……。」豆花擔子的老頭對著茉莉猛招手。茉莉沒睬他，逕往前走，福州貴開設的當鋪就在前面重慶南路和衡陽路的路口。

當鋪門前掛著兩片布簾，裡頭黑漆漆，不見人影。茉莉心裡有幾分遲疑羞怯，轉念又想，怕什麼呢，這是他虧欠陳明發的。

她推開布簾，有個聲音帶笑的男人從暗影裡迎了出來。兩人面對面，福州貴面露驚訝，大喊一聲：「唉呀，嫂子啊。」他臉上那顆帶毛的黑痣，一笑就發顫，勉強抖出一聲：「歡迎，歡迎。」

福州貴的太太跟在他身後，夫妻倆都提早發福，三十出頭便胖墩墩挺著渾圓肚子。尤其迎面而來的胖女人，厚唇大嘴，一副張口要吃人的樣子，茉莉擔心，今日怕是白來了。但她下定決心，非拿到錢不可，「這是他虧欠陳明發的。」她再次告誡自己。

他們沒刁難茉莉，解釋說，生意越來越難做，所以拖延了。福州貴原也是當兵的，政府鼓勵士兵退下來，自謀生計，有幾門行業譬如開設當鋪，還提供補助。原以為這樣穩賺不賠，但福州貴專走旁門左道，人際往來越來越複雜。「生意難做啊！」福州貴嘆息地說。他囑太太進去拿錢，比了個手勢，二，他太太面有難色，回了個手勢，一。

回程路上，茉莉靜靜回想，覺得自己其實是落荒而逃的。

原本盤算，福州貴倘若耍賴，她就大鬧一場，學做潑婦，罵盡她所會所敢講的所有骯髒話：我們家陳明發都是被你陷害的，王八蛋，你叫他賣油，出事他承擔，他坐牢，你們沒事，日子照樣過，照樣汙公家的油，你虧欠他，你們也虧欠我，一毛錢都別想賴……。

這番話，她在心裡演練過無數回，以為都背熟了，真到了那裡，兩尊門神不動如山，她便心生退卻。不但退卻，還像是接受了人家的施捨，拿了一百塊錢草草逃逸。

近乎受辱的逃逸，像一根尖針，在午後熾陽燒灼的馬路上，熱辣辣地扎在茉莉的胸口。這刺痛感，出自於恨。她恨自己低聲下氣地求人。似乎，她也微微恨著拖累她命運的男人。

心情紊亂，茉莉順著馬路胡亂行走，想哭，眼淚已在眼眶裡打轉了，還是沒掉下來。這樣更糟，一顆心拚命向下沉，失去地心引力似地，掉到了宇宙黑洞去。

街景恍惚，喧譁人聲都成了默劇，擦身而過的行人，一一向她身後倒退。一輛三輪車從她身旁經過，車伕問她坐車嗎，她搖搖頭，垂頭喪氣。

走了不知幾條街，她抬頭仰望，雲片低空游移，快要下雨了。她忽然想起秀代，秀代時時刻刻黏著她，她做家事時，秀代跟在她身後，織毛衣時，秀代站在客廳玄關，太陽出來了，下雨了，天空破了一個洞……，百無聊賴地來跟茉莉報告她的氣象觀察。兩姊妹以各自不同的方式倚靠著她，那是一種母親的存在感，有人依賴妳，身體直立立地不至於轟然一聲垮掉，身體又聯繫著靈魂，靈魂她看不見，也不知那是什麼，是一顆怦怦然跳動的心臟嗎？那是她最脆弱的地方，茉莉深知自己並不堅強，倘若不是和一雙女兒相依，她可能早已倒下。

她終於哭出聲來，聲細微，輕輕抽搐，一路哭，滿臉是淚，手帕擦了又擦，路人投來好奇的眼色，她不管了。經過一座街角空地，她蹲在地上，痛快地哭。

一幕幕幻影，有意無意地，從她眼前掠過……。

初結婚時，為一點細故夫妻吵架，大概是那一回，陳明發跟彈子房小姐眉來眼去，她跑去逮人，回家打翻一鍋熱騰騰麵疙瘩。到了夜裡，兩人爭搶棉被，拉過來又拉過去，她搶輸了，涼颼颼地躺在床上，背對著呼呼沉睡的陳明發，腦中浮起前塵往事，養母開價黃金一兩，開玩笑，這是何等天價，一錢兩錢陳明發都沒有，養母轉而催她回去嫁給阿兄，哥哥就是哥哥，沒有血緣，還是哥哥。她認定了陳明發這個外省仔，這是她的婚姻，她要自己作主。即使自己作主的婚姻，夫妻還是會吵架的，是吧？

到了半夜，陳明發用力搖醒茉莉，其實她沒睡，陳明發的臉靠過來，兩人臉孔相對，她看著他的濃眉，男人的濃眉給人扎實的信賴感。男人有雙大眼睛，就不那麼令人放心了。陳明發兼有二者。她心慌慌，不知道自己選擇對了嗎？這長得好看的男人，真的可靠嗎？

陳明發問她，餓不餓，煎荷包蛋給妳吃？他在示好，低低的聲音充滿情意。她起身等他去煎荷包蛋，原先的傷心失落立時消散，心情轉變得如此快速，令茉莉感到羞怯，她的心，很快便被愛戀的喜悅淹沒。

她現在知道了，夫妻間如果只是吵吵架，搶一床棉被，打翻一鍋麵疙瘩，那就是所謂的幸福了。

憲兵來家裡時，她正在廚房做飯，陳明發跟兩姊妹逗著玩，陳明發，你膽大包天？她聽見有人沒頭沒腦叫囂，然後颮風下雨似地，乒乒乓乓一陣。帶頭的憲兵要她在家等消息，她怎麼沉得住，跟在後頭追，耳邊秀瑾叫著媽媽媽媽，陳明發叫著茉莉茉莉，一聲聲呼喚，掩蓋了她的理智，腦袋幾乎要炸開來。

「快去，找韓敬學，叫羅主任來保我。」路燈青蒼蒼，暗巷的盡頭，陳明發窩囊的背影即將隱去前，回過了頭來。她頹喪反身，隔壁老廣家伸出好幾張臉來。

那是搬來新美村不久後的事。往事不遠，但已像幻影般不真切，這讓茉莉感到沮喪難堪，覺得自己，就快忘記這一切了。那個小美的媽媽，說話很傷人的女人，自上回秀代惹禍以後，菜攤前遇見，臉一撇，假裝不認識；那個丈夫溺水死了的程太太，也是。福州貴該給的錢，連續幾個月拖欠；姓諶的上校太太還等著鵝黃色套頭毛衣；兩姊妹冷了熱了；秀瑾要繳錢買愛盲鉛筆；韓敬學到底幾時來……，如今腦海裡就只有這些，芝麻小事。

茉莉懷著愧疚的心情，回憶丈夫離家後，自己所走的每一步伐，好像回憶足以抵抗遺忘。在每個關鍵時刻，她不知不覺，做下冒險的決定，譬如今日貿然來找福州貴索討。這麼說來，她從來不是自己所想的那般脆弱，有句成語怎麼說的，外柔內剛，她誠然如是。

她盡情地哭，把好長一段時日積壓的情緒，統統翻吐出來。手帕上眼淚鼻涕交織，濕濕黏黏，不能用了。她改用袖子去揩拭流個不停的淚水。模模糊糊地，茉莉看見前方不遠處，有個女人正從淚眼迷霧中走過來，女人的身影閃爍，像是另一個自己。等走近了，看清楚，才知是個打扮入時的陌生女子。這麼一擦身，一眨眼，變魔術似的，茉莉竟被自己給逗笑了，怎麼把自己幻想成另一人呢。

茉莉起身去找公車，轉了兩趟，回到廟口。她先跟小販買了兩樣水果、兩個附有龍眼的米糕和一炷馨香。拜拜時，她叮嚀自己凝神專注，不可胡思亂想，虔誠祈求保儀尊王庇佑，全家平安，行大運，又講了幾句福州貴的壞話，說這醜八怪惡人，終有一天惡有惡報。煙霧與馨香繚繞，茉莉像是跟神明衷心交談，雖然時間極短，心境卻意外地沉靜，暫時忘掉了諸多憂煩。回家路上茉莉告訴自己，下次心情不好，就來拜拜。

回到家，頭卻痛了起來。這毛病只有十靈丹可治。她吃了藥，兩姊妹正撕開米糕的透明包裝紙，一口一口地吃。茉莉靜靜地一笑。

10

端午節，新美村發生幾件不大不小的事。

先是某戶長官家裡遭小偷，夫人半夜起床上廁所，發現有個毛小孩在客廳裡翻箱倒櫃，夫人受驚嚇，長長一聲尖叫，跌坐在地。她外派南部的先生立刻趕回來，配合派出所展開搜查。夫人事後到廟裡收驚，口口聲聲說，小偷是士官這一邊的，她一閃即逝看到闖進來的小鬼，很面善，廟裡抽的籤詩也說，防小人近在身邊。

太太們聊起來，罵聲連連，都說自己的孩子絕不會偷東西，又覺得遭到懷疑很不甘心。她們發洩完情緒，又嘲笑起來，猜測櫥櫃裡有值錢的黃金珠寶，要不然大老爺幹嘛立刻趕回家來？如果損失慘重，太太們流露出幸災樂禍之色，齊聲說，活該，算他們倒楣。

又過幾日，住後排某家讀國小六年級的兒子，一聲不響離家出走，留下的信上說，河邊撿到一張藏寶圖，要跟同學到指南山去尋寶。兩天後，兒子被帶回來，他媽媽拿著竹條一路追打，從後排追到前排巷弄，秀瑾推開門，探頭看看，忍俊不住地竊笑。

這些事那些事，村裡的生活向來如此。到了端午前兩天，夜晚九點，村辦公室的廣播突然響起，通知隊上舉行演習，緊急集合。男人們從睡夢中翻身而起，草草拉起褲頭，小跑步趕到廣場。羅家男人臨走時不經意丟下一句：「今年是反攻大陸年，整死人吶！」羅太太哭喪著臉追出去，以為真要打仗了，這外省尪敢會這樣一走了之，那她和孩子怎麼辦？

茉莉保持沉默，不干她的事。唯獨秀代跑出去看熱鬧，她跑到廣場，看著男人們陸續集結，列隊站在一輛大型交通車旁。人數到齊，站首位的雄糾糾氣昂昂，喊了聲「走！」霎時車燈敞亮，發出一束刺眼白光，引擎也呼呼作響，不多時，龐大車體轉了個大彎，朝馬路開去。

廣場安靜下來，人都散去。秀代還蹲在角落，她不曾見過如此不尋常的夜晚，回到家，興沖沖講述，茉莉聽得很專心，秀瑾睡夢中被人聲吵醒，揉著惺忪兩眼，一副漠不關心的樣子。

翌日清晨，男人們回來了。演習順利，特准放假一日。亢奮的男人們，在村辦公室前大聲嚷嚷，講了一上午的話。太太們則是在市場遇見，互相交換情報，羅家太太向寶月坦承哭了一整晚，寶月笑彎了腰，羅太太奇怪她怎不擔心？寶月玩笑說：「阮兜老的無路用啦，免參加啦。」羅太太憑此認定寶月嫌棄自己的尪，她在水果攤前遇見茉莉，神祕兮兮抓著茉莉的手臂說，寶月最近怪怪的，前幾天還跟擺攤賣醬油的少年仔打來鬧去，又嫌棄自己的翁婿年紀大沒路用，羅太太要茉莉規勸一下寶月，不要自以為長得美，人言可畏吶。茉莉不相信羅太太的話，猜想是寶月美貌招忌，便懶懶回說：「袂啦！寶月毋是這種人。」

一整天，村子像一鍋沸騰的水，熱鬧滾滾。茉莉買了菜趕緊躲回家，連帶秀代也被禁足。陳明發若沒出事，前一晚也會加入演習，因為陳明發，茉莉心中有塊陰影，演習這種光榮的大事，令她無地自容。望著壁上的日曆，她喃喃自語：「大後天就是端午節，幹嘛選這時候演習？」

端午這一天，兩姊妹早早趕到河堤，等著觀看龍舟競賽。秀代從人群中搶到一個好位置，日頭赤豔豔，兩姊妹坐在毫無遮蔽的太陽底下，不敢移動。那個年代，凡有慶典活動，無不是人山人海。

遠遠的，泊船頭有七、八艘龍舟整裝待發，鑼鼓響徹，旗幟飄揚，奪標手赤膊半身，站在船頭傲示著健美身材，就等高官老爺社會賢達，開光點眼，敬拜水仙尊王，比賽就要開始。

天空湛藍，白雲如棉絮翩飛，河面鱗光閃閃，四周則人聲鼎沸，連空氣都在鼓譟。兩姊妹耐心等候，無意間，秀代瞄向河對岸，對岸也有一條長長的河堤，也是擠滿了人，擠在一排高高低低如積木的樓房前面。

遠遠的舞台上，長官致詞完畢，原本鬧哄哄的河面，漸次安靜下來。緊接著，哨音與鑼鼓齊發，咚咚作響，紅藍黃綠四艘龍舟向著村子這邊划了過來。其中藍色龍舟速度飛快，選手下槳整齊，船身盪起一波波水花，不消多時，已經超前另三艘船約半個船身。

四艘船越過兩姊妹面前，朝左邊而去，過去不遠，便抵達終點，全程五百公尺。藍色龍舟不負眾望，率先奪標。

秀代全神投入加油的聲勢中，用力揮手，大聲喊叫。秀瑾起先如如不動，其實心臟也怦怦跳。接近終點時，秀瑾終於站起身，兩姊妹都支持藍色龍舟，拔旗的瞬間，兩人相擁，又跳又叫。

比賽來回好幾趟，秀代喉嚨喊痛了，感到困乏，拉著秀瑾要回家。兩姊妹一層層撥開人群，往回家的方向走。剛走到菜攤邊，就看見了。

小美的爸爸躺在地上，她聰明厲害的老婆慌亂無著，呼喊著：「救命啊，快來救人啊……。」

觀望的人越聚越多，圍成一圈人牆，有個人死命從人牆外圍擠進去，往小美爸爸嘴裡塞進一條毛巾，一面喊著：「塞住、塞住，別讓他咬舌頭……。」

秀瑾拉著秀代喊了聲，快走，秀代卻好奇，腳步特意放緩。繞過圍觀人群時，她回頭，從大人一根根直豎的長腿縫隙間，依稀看見躺在地上的男人，身體不斷抽搐，猶如死前的掙扎。他唇邊有一抹白色泡沫，陽光下，好似一團融化的奶油。

死了嗎？秀代心頭浮起一絲疑問。兩天前，小美爸爸威風凜凜，單腳一蹬，俐落地跳上駕駛座，龐大車體一百八十度大轉彎時，這位假日帶著太太小孩四處玩耍的爸爸，看了一眼蹲在廣場角落裡的秀代。

快要走遠時，秀代才注意到被擠在人群外圍的小美，圓圓胖胖的身軀，嚇得直發抖。小美也看見了秀代，兩人互相凝望的瞬間，彷彿無聲地傳遞著彼此的恐懼、無助、呼救……等等萬般情緒。

小美爸爸死了。這個不寧靜的端午節，就算茉莉正午時刻在孩子們額頭上刻意點上幾筆雄黃，晚上又煮了菖蒲艾草洗澡，暑熱晦氣還是驅之不散。

村子裡議論紛紛，傳言鑿鑿，說小美爸爸腦部長瘤，是絕症，無藥醫，演習熬夜導致羊癲瘋發作。又說，小美媽媽到隊上哭鬧，爭取因公殉職的福利。太太們交頭接耳，有人笑說，這一家好厲害，保密防諜到家，竟然沒人知道他們家男人腦子裡長東西，哇，羊癲瘋喔！……還以為是神經病發作！差一點咬舌自盡……。太太們都是第一次看到癲癇發作，話題圍繞著這個神祕的病症，茉莉一旁暗笑，心想，如果可以的話，她也希望沒有人知道陳明發的事啊。

半夜，秀代卻做了噩夢，哇啦哇啦地哭醒，茉莉問她怎麼回事，她搖頭不說，茉莉安撫半天，她才躺下，在黑暗中假裝睡了。她其實是夢到茉莉，小美爸爸躺著的那塊粗石子地上，換成了茉莉。茉莉口吐白沫，全身抽搐，秀代拚命在媽媽嘴裡塞毛巾，拚命塞拚命塞，茉莉還是死了。

隔日，秀代跟姊姊說了夢裡的事，秀瑾慎重交代，這夢不吉利，不可以跟媽媽講，秀代默默點頭。連著幾天，秀代心情鬱鬱，小美爸爸猝死的景象，漂浮在她腦海。她沒有足夠的詞彙傾說心中的感受，只能每晚上了床，緊緊抱著媽媽的手臂，感覺著手臂與手臂之間再沒有任何空隙了，才肯安然入睡。

茉莉心裡納悶，卻沒細問，任秀代用一股強烈的渴求緊抱著她。她想，小孩子就是這樣，需要媽媽的時候就會靠過來。

11

身為長女，秀瑾有著超過八歲年齡的沉著。她個性文靜，固執且喜怒不形於色，比起小三歲的秀代，更得茉莉的倚靠。她的容貌長相也遺傳自茉莉的多，同樣是瓜子臉、細眉、薄唇，而且習慣性鎖眉、抿唇。但她比茉莉多了一層氣味：冷淡。秀瑾盯著人看時，目光似有一股穿透力，韓敬學就嚐過這小女孩懾人的目光。

她不太讓茉莉操心，每日晨起，自己打理，依序做完刷牙洗臉、倒馬桶、吃早餐等工作，然後出門上學。從家裡沿河堤走到學校，即使快步走，也需走約三十分鐘。堤岸景色日日如一，沒有吸引她之處。

在學校裡，秀瑾人緣普通。小女孩喜歡組成自己的小圈圈，秀瑾不屬於哪一個圈，她只有一位稱得上要好的同學，個頭瘦高的方素玉，已經長到一百六十公分了，因為患有先天性心臟病，經常遲到早退請假，所以，秀瑾也常常沒有朋友。

方素玉喜歡跟秀瑾講述她生病的事，常常幽幽嘆息著：不知道我能不能讀完小學、不知道我將來能不能結婚、不知道我能不能開刀……。望著她說話時，眼神流露對友誼的渴求，秀瑾很想安慰她，妳一定可以讀完小學，將來一定會結婚，只要開了刀，妳的病一定會好起來。但因為個性拘謹，秀瑾心裡這麼想，終究還是忍住沒說。

她們的友誼是經過考驗而來的。某日，兩人結伴上廁所，返回教室中途，方素玉嘴唇和雙手突然泛出黑紫色，氣喘吁吁，快不能呼吸了。秀瑾卯足力氣，跑到辦公室通知老師，及時將方素玉送醫急救。這麼一來，方素玉更加倚賴秀瑾了，常常半開玩笑地喊秀瑾「救命恩人」。方素玉的媽媽為此送了一盒金雞牌餅乾，秀代歡天喜地打開來，說她以後也要當同學的救命恩人。

秀瑾的謹慎求好，也表現在功課上。小一學注音符號，她功課稍微落後，之後就超前。月考時清晨四點起床讀書，她早發現晨起讀書比熬夜苦讀效果更好。她的功課不必茉莉操心，茉莉甚至以她每學期穩穩前三名的好成績為榮，丈夫令她顏面盡失，幸有女兒帶來榮耀。每學期末，茉莉將秀瑾領回的獎狀，貼在客廳牆壁上。韓敬學來時，總會站在牆壁前仔細觀看，一面誇讚秀瑾是好學生、好孩子，將來啊，茉莉就靠秀瑾了。

但秀瑾國文課的作文不行，說話課老師點名上台，她抵死不肯，期末成績單上老師給的評語是：勤學認真，功課優良，作文內容貧乏，說話課表現消極，要加油！

茉莉只讀到小學二年級，中文字認識無多，聽秀瑾讀著紅色硃批的字句，好奇問消極是什麼意思，知道了，忍不住噗哧一笑，韓敬學也在，也跟著笑，沒人責怪她，因為知道要秀瑾多說幾句話，比登天還難。

畢竟秀瑾八歲了，她漸漸對韓敬學懷有戒心，開始留意韓敬學的每一個動作，他跟媽媽說的每一句話。茉莉要她認韓敬學乾爹，她猜得出媽媽的聰明算計，這樣一來，大笨蛋陳秀代就不會喊韓敬學爸爸。「陳秀代是笨蛋！白癡！」她在心底不知罵過多少回。

茉莉第一次跟她提認乾爹的事，秀瑾賭氣地拒絕了，她說：「我不要。」茉莉未料秀瑾的反應，婉言相勸，說韓伯伯對妳這麼好，對我們全家這麼好，韓伯伯沒有小孩，他很喜歡小孩，妳就喊他一聲乾爹嘛。秀瑾卻差一點衝口說，他可以自己去結婚，自己去生小孩。

秀瑾彆扭的脾氣最後還是軟化了。只是乾爹而已，乾爹不是爸爸，她心想。

她是道德感極重的人，對於某些既有的狀態突然被改變，容易有激烈的反應，要花較長時間慢慢去接受。韓敬學和她們的關係日漸加深，更像是家人，自己的爸爸反倒越來越疏遠，這層改變，秀瑾已然察覺到。

兩年前的傍晚，茉莉從廚房裡追出來，憲兵粗魯地一把推開，茉莉差一點跌倒在地，陳明發過去攙扶，憲兵又推了一把，拆散了兩人。茉莉頻頻問：幹嘛這樣？幹嘛這樣？你們要帶他去哪裡？一個高個兒憲兵回過頭來，斜眼瞪著茉莉，冷冷地說：「奉命行事，妳等消息吧！」

當時，茉莉不想讓孩子目睹這一幕，機警地趕兩姊妹進屋去，但秀瑾站在臥室門口，默默看著客廳發生的事，從此難以忘懷。

陳明發再也沒有回家，剛開始，韓敬學陪著茉莉，他們幾乎天天結伴外出，四處請託長官幫忙，最後仍是白忙一場。有一晚，茉莉淚流滿面對韓敬學說：「求求你，救救陳明發！我求求你！」韓敬學一籌莫展，重重吐出一口氣，說：「妳要有心理準備，恐怕要三五年。」那整晚，客廳裡氣氛凝滯，秀瑾覺得自己快不能呼吸了。

暑假開始後的第一個禮拜天，韓敬學要來了。大清早寶月就過來探問，準備好了嗎？茉莉說，好了好了。寶月女兒馨儀也跟著來，長得像洋娃娃的女孩，卻是天生的啞巴，永遠睜著一雙柔弱似水的大眼睛，安靜跟在寶月身旁。但寶月常常跟人解釋，馨儀不是啞巴，她可以說話，說一些單字，要，媽，好，螞蟻，之類。茉莉猜想，那大概是一種神經有問題的病，外人最好就不要多問了。

秀瑾還在屋內，茉莉要她趕緊換好衣服。秀代無所事事，在客廳閒晃。寶月問秀代，幹嘛臭著臉，「姊姊的乾爹，也等於是妳的乾爹啊。」這話讓秀代稍感安慰，從抽屜裡翻找出白雪泡泡糖來，要給馨儀，寶月卻趕緊阻止，說馨儀不能吃，怕她吞下肚去。

韓敬學終於來了，依約先在門外敲門，茉莉聞聲，趕緊從廚房端出一鍋水米，叫寶月動作快一點。寶月奔出去，大嗓門立時在巷子裡迴盪，她說，韓大哥，水米幫你準備好囉，韓大哥，你以後就是我們秀瑾的乾爹囉，秀瑾靠你照顧啦……。對門羅太太聞聲出來，寶月又跟羅太太說，韓先生要認秀瑾當乾女兒，今天是好日子。

認親並無特別儀式，就是把水米煮成稀飯，茉莉在裡面加了紅糖，甜滋滋，分給每人一碗。韓敬學給秀瑾買了件領口滾蕾絲的雪白洋裝，以及一盒六十入的白雪公主泡泡糖。他沒有忽略秀代，遞上一只生生皮鞋的紙盒，秀代打開來，裡面是一台二手收音機，秀代興高采烈地搬出來，放到矮櫃上。寶月見韓敬學如此周到，起鬨說韓大哥好大方，那茉莉有沒有禮物？茉莉瞪了她一眼，回頭跟馨儀說：「妳媽媽啊，阿達馬……，空空。」但馨儀沒有反應。

中午，韓敬學邀母女三人到西門町上海飯館吃飯，本來也客氣地邀約寶月和馨儀，寶月推辭，說馨儀不宜出門太久。其實寶月正害喜，懷了第二胎。

進入餐館，韓敬學點了雪菜黃魚、四鮮烤麩、什錦蝦仁，以及一鍋醃篤鮮湯和上海菜飯，都是平常吃不到的。秀代心情大好，食量驚人，大口大口地吃。忽然，她頭一偏，問韓敬學：「為什麼飯裡面有菜？」

韓敬學和顏說：「上海人喜歡這樣吃啊。他們稱這個叫做，菜飯。」

秀代又問：「他們每天都吃菜飯喔？」

「我不是上海人，哪知道上海人是不是每天吃菜飯。妳愛吃，再來一碗。」

秀代很愛發問，她一發問，茉莉就擔憂，怕她說出不得體的話來。趕緊打斷她，說：「小孩子，有耳無嘴，乖乖吃飯啦。」

韓敬學微笑端詳秀代，覺得小孩子吃飯的模樣，緊握著筷子，大口地嚼，真是好看。秀代很快扒完一碗飯，瞪著眼說：「韓爸，我還要再吃一碗？」她自己也不明白，怎麼就脫口而出，給韓敬學安了個新稱謂，乾脆再補一句：「那以後我就喊你韓爸？」又轉頭問茉莉：「媽，好不好？」

因為韓敬學先點頭答應了，茉莉不好說什麼，今天是難得歡欣的日子，秀瑾也未如先前擔心的耍脾氣，茉莉只是略微不安，不知不覺地，秀代又惹了麻煩。

飯後，四人相偕走出飯館，兩姊妹第一次到西門町，興奮又好奇，尤其秀代，曾經因為西門町，和鄰居小孩打過一架，如今終於見識到這個車水馬龍的鬧區。她像部火車頭，直往前衝，秀瑾像是她的剎車，追在後面緊緊拉住她。

對街正在興建商場，到處圍著木板隔籬，看起來是個大工程。馬路上行人絡繹，陽光亮白，晴朗的夏日令人心情愉快。兩姊妹走在前面，但茉莉不敢大意，緊盯在後。夏日微風，茉莉的淺棕色及膝圓裙，輕輕地款擺，韓敬學忍俊不住，偷瞧一眼茉莉裙襬搖動時少女般春意蕩漾的裙角，雖然只是輕輕的一轉頭一瞄眼，茉莉仍感覺到身旁的男人，目光在她身上快速流轉，她一陣緊張，慌忙低下頭。

她和韓敬學有時沉默，有時聊著家務瑣事。茉莉說，決定買電爐了，隔壁老廣家也改用電爐，雖然電力慢，但比較便宜。還有，暑假過後秀代要上小學，已經天天在盼望著呢。韓敬學回說，秀代很聰明，功課一定跟姊姊一樣好。茉莉卻搖頭，擔心地說，秀代心思花得很，不像她姊姊。兩人拉雜閒聊，茉莉出其不意地問：「你還記得范主任吧？我們去過他家。」

怎麼會忘記呢，陳明發出事後，韓敬學陪著茉莉四處找人幫忙。陳明發跟過范主任，當過他的駕駛兵。「記得。怎麼呢？」他問。

「剛剛吃飯時，突然想起。」茉莉說：「范主任是上海人吧。我們去的時候，記得他說，小陳第一天去他們家報到，范主任招待他吃飯。」

「這……，不記得囉。」韓敬學說。

茉莉澀澀一笑，繼續說：「他們上海人吃的，就是剛剛館子裡那些菜吧？」

韓敬學這時想起來了，的確有過這麼一段對話。他們去請託范主任，幫忙把陳明發保出來，剛毅正直聞名的范主任，拉雜講了許多話，其中有一段關於吃飯的事。范主任是說，他為人一向嚴正，你來我這兒任事，我就先讓你看看，你駕駛兵在下人房裡吃什麼，主子家裡也就吃什麼，一模一樣，沒有差別。末了，范主任搖頭嘆息，失望地說：「怎麼就管不住這匹野馬呢？」

一頓飯，勾起茉莉的回憶，大概心裡仍在怪罪長官袖手旁觀，不肯出手相救。女人的心眼真是深邃啊。韓敬學不禁有點兒同情，好言勸她：「那時候的情勢，任誰也救不了。我聽說，范主任跟隊上問過情況，他是正派的人。」

他們並肩行走，馬路對面就是人潮擁擠的新生戲院，高大的電影看板伸向雲端，茉莉和韓敬學不約而同仰起頭觀看。

行人漸多，茉莉邊走邊喊，秀代，妳小心一點，摔到陰溝裡啦，秀瑾，看著秀代啊，韓敬學笑了笑，說：「幾時她們兩個，才能不讓妳操心？」

茉莉心想，是啊，那會是多少年後的事呢？她不敢去想的是，到那個時候，像這樣並肩走著的，會是誰呢？

這麼一閃念，等茉莉回神過來，韓敬學已經不在身邊，她轉身尋找，韓敬學站在路邊賣草帽的攤子前，正東挑西揀，不一會兒，拿了頂大波浪寬邊的草帽來，靦腆笑說：「送給妳，太陽太大了。」茉莉覺得很不好意思，又讓他破費，但已經買來了，只得接受。韓敬學見她表情尷尬，體貼地說：「戴上吧。很好看的。」

晚上，秀代提早睡了，秀瑾還在反覆摩挲她的白色洋裝，夜涼如水，連屋外的青蛙都不叫了，臥室裡唯電風扇吱嘎轉動的聲音。茉莉問秀瑾還不想睡嗎，玩了一天，累了吧？秀瑾反問茉莉，洋裝裙太長，怎麼辦？茉莉回說：「沒關係，我來改。」

「不要改太短，可以穿久一點。」秀瑾說。

「妳不能穿，就給秀代嘛。」茉莉說。

秀瑾一嘟嘴，說：「她乖一點，我就借她穿。」

茉莉笑說：「每個女生啊，都要有一件白色洋裝，下回有機會，幫秀代買一件。我也有，好久沒穿，大概穿不下了。」

「是新娘禮服喔？」

「不是啦，我們又沒有舉行婚禮。」

母女倆面對面，聲音刻意放低，好似怕叨擾了夜晚的寧靜。過日子每天都在追趕，一晃，這個過去，那個來了，腳步停不下來，哪有機會像這樣說著話。秀瑾回頭看一眼床上熟睡的秀代，心裡再次浮起一絲得意，像她肚子痛的那一次，今晚媽媽是屬於她的。

而茉莉則感嘆秀瑾身為長女，一路分擔家庭變故，壓力一定不小，她嘆了口氣，說：「你乾爹真的很照顧我們，我們要感謝他。」又意猶未盡，還想說什麼，略遲疑，還是說了：「爸爸，都是為了多賺一點錢給家裡，才會出事的。妳懂吧？」

這是第一次，茉莉和秀瑾談起陳明發的事，不再含糊地以暫時不在家避過。秀瑾心想，媽媽一定把她當成了大人，才會跟她說這些話。秀瑾的責任感又再驅使她的理智，點頭如搗蒜，茉莉看她一副傻勁，摸摸她的頭，母女倆都笑了，笑聲空靈靈的，帶起一絲輕淺的回響，隨即消散。屋內又沉寂下來。

12

六月時，收到就學通知，秀代就開始期待。報到日，茉莉領著秀代去學校，未料記錯時間，報到已於前一天結束。這也不是太難解決的事，辦事員說，補個手續吧，但秀代卻當眾嚎啕大哭，好似天要塌下來。辦事員靠過來安慰，好半天秀代才停止哭泣，讓茉莉尷尬不已。

辦完手續，往廟口旁的菜市場採買制服。買完出來，茉莉突然慨歎，說：「妳實在太瘦了，跟隻小雞似的，制服最小號還嫌大。」走了幾步，又碎碎唸：「哭的時候，聲音大得很，跟妳爸爸一樣。」經過賣刨冰的攤子，茉莉叫秀代坐下，叫了碗清冰，兩人共吃，尖尖的冰山上，點幾滴鮮紅的酸梅滷，茉莉看秀代大口大口地吃，很開心的樣子，便放下湯匙，捨不得多吃了。

吃完，她們沿河堤走路回家。茉莉一路叮嚀，以後妳就沿這條路上學、放學。不可以到河邊玩，太危險。經過密麻麻的桑樹園，茉莉又說：「不可以去摘桑果，不要跟秀瑾一樣，被管理員抓到，給我惹麻煩。」

轉頭，遠遠看見河邊有幾名小男生，頭快埋進河裡了，他們在捉魚。茉莉輕哼一聲，不屑地說：「猴死囡仔，毋知死活。」接續又是一長串嘀咕。但秀代的心思早已飄遠，飄到了河對岸那麼遠，對於成為小學生，她每天都以漫無邊際的幻想熱切地盼望著。殊不知，茉莉感覺自己母親的角色，從此又多了一層重量，這重量感，是從長時間的孤立伸長出來的。

入學前一夜，秀代亢奮不已，彷彿睡著，一會兒又醒，懷裡始終緊擁著紅色帆布新書包。若不是茉莉阻止，她還會穿著新制服睡覺呢。

天尚未亮，屋外黑朦朦。某戶人家飼養的大公雞輕啼了第一聲。秀代睡不著，躡手躡腳，抱著她的書包下床。她來到客廳，打開書包，再一次清點鉛筆盒裡的文具，兩枝鉛筆、橡皮、一根短尺，以及一張姊姊送給她的白雪公主泡泡糖圖卡。眼皮有點兒發澀，她抱著書包又回到床上，躺下。終於，眼皮開開闔闔，不知不覺渾渾睡了。等茉莉來喚她起床，已是滿室清亮。她翻身而起，緊張兮兮以為錯過了上學時間，茉莉和秀瑾一旁看了，都笑她笨蛋。

早餐是稀飯配油條醬瓜，稀飯熱滾滾，秀代捲著舌頭，稀里呼嚕地吃了。然後她坐下來穿鞋。新鞋是她韓爸買的，黑色鞋面別著一朵白點點的蝴蝶結。

上週日，韓敬學帶秀代去買鞋，自此秀代每日在家穿著新鞋走來走去，走了兩天，後腳跟磨破了皮，秀瑾冷眼旁觀，心裡默默地罵了聲，活該。

兩姊妹登上河堤，魚貫而行。兩人從憲兵營旁的斜坡下去，越過營區，穿入已然熱鬧起來的廟口菜市場，出了市場，學校就在對面了。

踏進學校，秀瑾指示方向後顧自離開，秀代朝走廊走了一段，卻迷糊了，不知該向左或向右，幸好瞥見一名身形瘦高的女生，那女孩胸前的學號牌也是五二開頭，一年級新生，秀代便跟著人家走。兩人一前一後，轉了個彎，很巧，那女生和秀代一前一後轉進同一間教室。

女孩從容穩健，有著大家閨秀的氣質，她找到空位坐下，秀代怯生生緊跟在後，兩個陌生女孩並坐一起，互相望了一眼。

上課鈴聲響，導師踏進教室，秀代認得她，剛剛她嘴裡含著口哨，站在校門口指揮交通，秀代對她前後左右變換的各種手勢，感到新鮮有趣。但這位身材嬌小的導師劈頭卻說：「我很兇，有誰的哥哥姊姊被我教過的？」

秀代肩膀微顫，嚇了一跳，她姊姊好像沒對她說過。導師有雙單眼皮的鷹眼，朝她冷冷放射過來，問：「妳幹嘛？」她旁邊的女孩，後來知道名叫雷安娜，好意拍了拍她的手腕，提醒兼安撫的意思，兩人又再對望了一眼。

雷安娜成為秀代結交到的第一個朋友，下課時兩人手牽手到校園閒晃，聊起住家到學校都要經過河堤，女孩褐色的眼睛眨了眨，甜甜一笑，說：「那我們同病相憐耶！」她住在河堤中段那一帶的樓房。

第二天，雷安娜一進教室就靠過來跟秀代說：「我媽說，我們不能叫同病相憐，同病相憐是很可憐的意思。我們應該是，天涯若比鄰。」

幾天後，秀代想通一事，雷安娜說話時特殊的優雅成人腔，以及她高人一等的成語能力，還有她的西洋名字，洋娃娃般漂亮的臉孔，原來是來自家境富裕又知識淵博的家庭啊。雷安娜住的那一帶，錯落著幾棟兩層樓高的洋房，散步經過時，秀代總是頻頻張望，以為可以找著聖誕卡片上外國洋房配備的煙囪。

不久，雷安娜有了新的朋友，她牽起另一女生的手，兩個小女生嘻笑出去玩耍，秀代獨自枯坐，眼角餘光偷瞄窗戶外兩人相偕攜手、漸漸走遠的背影。

放學回家，秀代跟媽媽傾訴了委屈。茉莉曾經告訴秀代，等你進入小學，一定可以認識很多朋友，她哭喪著臉說，媽媽騙人，雷安娜不想跟她交朋友。

茉莉聽完秀代的描述，心裡唉嘆一聲，心想，誰叫妳去招惹有錢人家的小孩？

秀代失落的情緒來得快也去得快，雷安娜換到後面的座位，秀代轉眼忘掉了人家，改與新結識的女同學要好，她們是楊秋芯、田美秀、黃惠芳。回家的路上，她還遇見了小美。

很長一段時間，秀代回家後的話題，圍繞著她的新朋友。孩子王國裡發生的事，茉莉聽聽就忘，秀代卻吱吱喳喳，來龍去脈，講得口沫橫飛，茉莉忍不住提醒她：「佇學校，毋通厚話，有聽著無？」

秀代的同學中，有個名叫魏力宣的男生。女生們在校園裡玩耍，小眼尖嘴的魏力宣，常常忽地竄出來，嘻嘻笑笑。他自稱老鼠，尖著嘴靠到女生身邊說，我今天是天竺鼠，我今天是松鼠，「我今天是土撥鼠，土撥鼠想吃妳的糖糖喔。」於是，同學們給他取了個綽號：老鼠，兇巴巴的女導師有一回課堂上點名叫道：「這個字注音怎麼拼，老鼠，你說。」全班哄堂大笑，老鼠之名再也改不了。

剛開始，茉莉覺得老鼠這男生真可愛，怎麼有人自稱是老鼠呢，暗暗慶幸女孩兒沒有太多怪毛病，惹大人頭疼。但不久，茉莉漸漸覺得不對勁。魏力宣不是正常的小孩，他的言說能力超越小一年紀，譬如他衝著雷安娜，嘲笑她是混血兒，唉喲，爸爸是美國人喔。雷安娜不為所動，那壞小子不死心，改日在雷安娜桌上放了隻死蟑螂，雷安娜鎮定看一眼，用作業紙包裹了蟑螂屍體，扔進垃圾筒。

他轉而對付其他女生，嘲笑田美秀是母老虎、恰查某，抓黃惠芳的頭髮。他也欺侮秀代，秀代越生氣，越激勵他的鬥志，他笑秀代是烏骨雞，長不出胸部。秀代備覺受辱，扭著手帕抽抽搭搭地哭，她的死黨好友努力安慰也無用。

瑣碎小事，茉莉聽聽就忘，沒放心上。等秀代講到胸部的事情，茉莉恍然一驚，小一的孩子，太可怕了，趕緊回說：「別聽他胡說八道，妳還小呢！」隔幾日又聽秀代抱怨，說魏力宣拿橡皮筋彈她的小腿肚，有一次還伸手摸秀代的腳踝。種種行徑讓茉莉越加感到不安，心想，該不該去找老師告狀呢。

過幾日，太太們聚在巷弄裡聊天，茉莉說自己沒生養男孩，問男生是否很早熟，太太們於是交換起育兒經驗，邱太太說她家老大已經開始手癢，晚上抓著小雞雞睡覺，「嗄？不是才五歲？」羅太太驚呼。邱太太又說：「我就打他啊，摸一下，打一下。」

茉莉心裡納悶，綽號叫老鼠的男生，說不定和邱家老大一樣吧。男生成熟得這麼早啊？

下次秀代又提起魏力宣，茉莉眉頭一緊，鄭重告誡秀代，離他遠一點。秀代露出一臉冤枉，說：「我沒有，我才沒有……。」

茉莉看了心煩，怪秀代心思全不放在功課上，問：「妳注音符號學會了沒有啊？」這下秀代得意了，「放心啦，很簡單。」

暑假時，茉莉讓秀瑾提前教秀代注音符號，秀代學得零零落落，但大致難不倒她。她還當小老師，教其他女同學。但茉莉還是提醒秀代：「三年級要學九九乘法，很難喔，先跟妳講，現在不用功，到了九九乘法，妳就完蛋了。」

再隔一個月，學校召開家長會，茉莉支支吾吾跟導師提了魏力宣的事，請導師幫忙注意一下，未料惹得導師不高興，反奚落茉莉，「陳秀代啊，上課不專心，愛講話，妳要好好管管她。」

茉莉一陣尷尬，臉面不知該往哪裡放，在教室裡枯坐半天，趁隙脫身，轉往秀瑾班上。秀瑾老師大不同，連聲誇獎，說秀瑾乖巧用功，末了語氣關懷地說：「就是啊，太安靜了。」

兩個孩子各有各的難題，茉莉忽覺壓力千斤重，好想逃，太陽穴又一抽一抽地痛起來。但哪有什麼地方可逃呢，還不是逃回家。她悻悻然回家去，一路上胡思亂想，歸根究柢，兩姊妹的爸爸若是在家的話，就可以有個依靠了。

秀代曾經下巴翹得高高地，跟她的韓爸說：「我現在是小學生。」她說話的神情充滿自信，一副天不怕地不怕的樣子。進入小學，世界變大了，未來的路，卻迢遙沒有盡頭。茉莉想想，輕聲嘆息，如果能夠，讓秀代永遠當個純真的小孩，那該多好。

13

日後編寫年度大事記的人，絕不會遺漏這場無情肆虐的西北颱。起初收音機播報颱風動向，來自關島海面的氣流，即將形成輕颱，沒有太大影響，很快就會北轉。一天後，開始落雨，雨勢稀稀落落，不令人擔心。又過一天，清早還陽光普照，以為一整天都會是晴日。兩姊妹如常去上學，途中眺望堤岸，河面安靜無波，草叢飽含昨日的雨水，空氣裡飄散著淡淡青草香。

過了中午，茉莉出門去上公廁，回家途中，抬頭仰望，烏雲罩頂，心想，快要落雨了。六點過後，遠方天邊滿布紅霞，火燒一般，天氣真要變了。

天氣說變就變，茉莉觀望一會兒，才要回頭，告訴兩姊妹颱風八成今晚即到，話未說出，雨已落下，而且一發不可收拾，很快地，屋簷掛起一簾水幕，望出去滿眼迷濛。

雨越下越大，耳邊盡是轟轟嘩嘩的雨水聲。天黑後，院子裡流動著淺淺的水窪，看情形，再過一兩個鐘頭，積水就會漫到門檻邊。茉莉心裡發慌，找來幾條抹布墊在門前，又和秀瑾合力把家中零碎雜物往高處搬，秀代則負責盯著收音機插播颱風消息。播報員已重複說了幾遍，颱風半夜從東北角登陸，輕度颱，預計一早就會轉向。茉莉舒了一口氣，說：「那可以去睡覺了。」

這不是今年的第一個颱風，七月底，颱風從花蓮上岸，茉莉也是擔心到半夜，雨勢漸弱才放心去睡。住在河邊，每遇颱風可真叫人緊張。

雨勢越來越猛，過了九點，電燈熄了。茉莉摸黑找出蠟燭點著，秀代因此興奮不已，圍著圓桌跳來鬧去。

百無聊賴，只好早早去睡。夜裡風勢不大，豪雨卻始終未歇。秀代亢奮睡不著，眼睛一閉上，眼前全是漆黑夜裡風雨交加樹木搖晃的情景。她置身其中，沿監獄外牆看不到盡頭的長長碎石路，上下左右飄搖。風吹著她，但她不覺害怕，只感到扶著水泥牆的手若稍一鬆脫，人就會飛起來。她遲疑著該不該放手，她知道倘若放手，腦海裡的影像就會結束。

十點多一點，村辦公室的廣播響了，茉莉倉皇坐起，豎起耳朵傾聽。廣播說桑樹園那一帶開始淹水，堤防恐怕擋不住，大家重要財務款一款，趕快到廟口小學避難。母女三人於是手忙腳亂，先把棉被枕頭搬往天花板的橫梁上，穿了雨衣雨鞋，收拾書包錢包，兩枚金戒指平時藏在矮櫃抽屜最裡層，趕緊找出來揣進口袋，其他不管了，茉莉回頭又將一條毛毯塞進懷裡。

巷弄裡穿梭著人，大家沒空搭理。對門羅家夫婦和小孩，快步往前走，羅太太好心回頭問了聲：「陳太太，要不要幫妳顧一個？」兩姊妹馬上抓緊茉莉，好像面臨生離死別。茉莉只得謝謝人家，說，不用不用，我們可以。雨水、人潮，鬧成一團，有人喊說，河堤下坡路段淹水，走不通了，茉莉於是拉著兩姊妹，跟著眾人繞往馬路走。走了幾步，有戶人家的大人，不趕快疏散躲避，拉拔兩個小蘿蔔頭爬上屋頂，其中一個男孩，腳沒踩穩，差點跌了下去，巷弄裡眾人齊聲大喊，啊……，聲音壯觀得好似把飄搖呼嘯的風雨聲，給合掌擋開了。

那男人站在屋頂，居高望遠，發現長官宿舍那邊，軍用車一輛輛從屋子裡開出來，劃開一波波水花。男人伸長手臂，國台語夾雜指著罵：「幹你老母，你們逃得真快啊。」男人在嘩啦啦傾倒的雨水中直立的身影，像一座憤怒的人形立牌，有人看了著急，大聲呼喚：「下來，快下來，危險吶！」

茉莉管不了這些，她左拉、右攬，拚命往前走。雨水從對面撲過來，鞭打一般，打在她們的臉上，又沿著領口灌進衣服裡。秀代大概覺得冷，不斷低頭躲閃，頭快要埋進媽媽腋下了，茉莉自己也覺得冷，打了幾個寒顫。這段路，變得迢遙難行，但茉莉刻意加快腳步，提醒自己，快一點，快一點，她鬆懈不得，擔心再不快一點，連個棲身之地都沒有。

終於來到學校，人擠人，都往二樓禮堂去。禮堂內早已鬧哄哄，區公所派人在入口發放舊報紙和毛巾，舊報紙是供人鋪在地板上，當臨時地鋪，毛巾則一家戶一條。

茉莉順利搶到空位，在禮堂中央位置，鋪上報紙，剛好夠母女三人挨著身體躺下。

兩姊妹在這所學校就讀，秀代安靜不到五分鐘，便四處遊逛去了。玩了一圈，已在禮堂尋到同學，興沖沖跑來說，遇到了誰誰誰，又一溜煙跑開去。

茉莉擦乾身體，坐下，終於舒了一口氣。鼎沸人聲中，她四處張望，隔壁一家共有五人，不是住村裡的，只能禮貌性點個頭。另一邊是住村子後排的鄰居，平日甚少往來。寶月一家落坐在靠近廁所的角落。寶月挺著四個月身孕，不知為何事，好像在跟先生鬥嘴，雖然聽不見她說什麼，但表情看起來很扭曲，嘴巴用力開合，臉蛋的肌肉也跟著抽動。寶月先生則是憋著臉，極力忍耐。

關在密閉的禮堂，聽不見外面的風雨聲，時間像似靜止，幸而禮堂牆壁上方有幾扇小氣窗，茉莉不自覺老往頭頂上瞧，想知道雨是否小了、停了。

秀瑾帶了待寫的功課。茉莉不吵她，任她專心一意。只是，她忽然想起了娘家，此刻應是風狂雨暴席捲半邊天吧？「唉。這颱風！」茉莉長嘆一聲。

人聲雜沓，在這生疏的學校禮堂一隅，行坐躺臥都不對勁，又無事可做，茉莉心頭頓生一股委屈。委屈什麼，她自己也分不清。可憐母女三人，孤零零像似逃難，狼狽至極。

小時候茉莉偶爾陪伴養母，到鄰鎮親戚家做拜拜，煤油火車以龜速駛過漆黑的山洞，車廂裡漫溢著叫人打從心底發噁的煤油臭味，她即使捏住鼻子，閉氣、忍耐、停止呼吸，仍感覺一股臭燻味從胃裡翻湧上來。當山洞的前方露出隱約的亮光，茉莉心中漸漸增強的期待，也跟著怦動。

人生說不定和搭火車類似，穿過黑暗的隧道，天光忽然亮白，世界一下子寬闊起來。茉莉心想。

日子難熬時，茉莉也曾粗魯地咒罵，「陳明發，你死去那裡？」怨怪陳明發，怨怪命運，怨怪這怨怪那，但一轉念，又好似看到前方一抹光亮。女人心，總是在往下陷的時候，自己又浮上來。悲苦憂愁，來來回回，反反覆覆。

果然，在茉莉目光的最遠處，一個慌張魯鈍的男子，軍用雨衣下襬還淌著大顆大顆的雨水呢，他四處搜尋，在禮堂一攤一攤家戶寄居餘下的走道，半跑半停地移動。茉莉起伏的思緒一下子停格，瞬間，無聲晃動的身影牽引著她，眼淚差一點奪眶而出。

看見母女均安，韓敬學放心笑了，說：「唉，雨下得實在太大了。」

茉莉未料韓敬學會冒雨趕來，在她心慌的時候，韓敬學是她的力量。但這是一股無法全然倚靠的力量，她欲迎還拒，說道：「唉呀，幹嘛客氣跑來，我們很好啊。」

過了午夜，四人相守，都睡不著。秀代滔滔不絕，秀瑾則沉默，韓敬學不時討好兩姊妹，對秀代讚美不斷，又對秀瑾呵護關心，頻問學校裡的大小事。但他幾乎不跟茉莉面對面直視，茉莉說話時，他便低頭微笑，兩人既親近又疏遠。兩姊妹終於睡了，同蓋一張薄毯，互相依偎。剩下茉莉和韓敬學，相對無言。

第二天，豪雨沒有停歇跡象，學校停課。一早，韓敬學把自己的軍用雨衣給茉莉穿上，兩人相偕，冒雨回家看看。家裡進了水，約有二十公分高，夾帶著濃重的黃泥。茉莉悵望著廚房裡鍋碗瓢盆散落一地，想彎身去撿，轉念又想，現在收拾也是枉然，還是等颱風過去吧。

韓敬學見她心急，連忙安慰道：「颱風過了，我來幫忙。妳不要擔心！」

他們拿了幾件乾淨外套、茉莉織了一半的毛衣、餅乾。臨走，韓敬學從積水裡撿起一頂陳明發的貝雷帽，茉莉接過拿在手中，望著雨水滴滴答答從帽沿淌下，陳明發戴著帽子和她遊覽台中公園的情景，歷歷在目，全滴落在雨水中。

那日，韓敬學下了班便趕往學校禮堂陪伴，眾目睽睽，茉莉頗覺尷尬，委婉地說，你自己家裡沒事吧？要不要回去看看。韓敬學唔了一聲，沒回答，也沒真的自顧離去。

落腳這裡，三餐由區公所供應大鍋麵，吃飽發呆，無聊至極。晚飯後，秀代說要表演二十四孝圖畫書裡的老萊子，她站起身，歪歪扭扭，煞有介事搖著手，逗大家開心。遠遠的寶月牽著馨儀走來，笑說：「秀代，妳嘛真會演喔。」一面斜眼偷瞄韓敬學，心想，這傢伙對茉莉還真是有心，禮堂滿滿的人，毫不避諱，公然當起茉莉家的男人，他到底想怎樣？

茉莉也覺苦惱，又不好意思趕韓敬學走，寶月來得正好，她拉住寶月，背對著韓敬學，兩個女人靠在一起講悄悄話。

經過兩天，大家都困乏了。入夜，禮堂漸漸沉靜，橫的豎的隨意而躺，能睡就睡，睡不著的，也已無力大聲吵嚷。靜默中，茉莉望著熟睡的兩姊妹，心中無限疼惜，語帶感傷地說：「兩個孩子，也很辛苦啊。」

身旁的韓敬學點了點頭。兩人開始細聲交談，話題不免圍繞逃難到台灣的故事。韓敬學說，軍艦快要靠岸，好熱啊，身上的棉軍服不能脫，裡面光溜溜沒穿內衣，又怕沒穿軍服，被誤認是混上船的老百姓，一群人只好往甲板去吹風，遠遠的，陳明發看見基隆港務局的招牌，大叫一聲：「哎呀，台灣到了。」算算，兩天兩夜。

讓韓敬學心裡過不去的，是上船那日，老百姓沿梯子攀上來，船桅邊維持秩序的憲兵，拚命往外推，就像在熱鍋裡下水餃，人一個一個掉下去。真是九死一生啊！韓敬學說。

這些事茉莉聽過無數遍，當兵的，人生裡就是這些，沒別的了。茉莉想到有一回，家裡包水餃，韓敬學正好來，陳明發逼著他嚐嚐看，韭黃的，好吃。韓敬學勉強吃了幾個，翻胃嘔吐，全吐在地上，陳明發僵住，呢喃說：「這……這麼嚴重。」

他們這些外省仔，心裡像埋了地雷，各有各的地雷區，碰不得，一碰就爆炸，茉莉漸漸明白了。她又突發奇想，好奇問韓敬學：「你在老家，有沒有娶老婆啊？」韓敬學笑了笑，回說：「我大哥把我送到家附近的部隊，託給一位營長，那時我才十八歲。」

茉莉頭一次聽韓敬學講述自己的身世，感覺兩人間氣氛格外沉靜，她只需靜靜地聽，不說話。韓敬學繼續說：「我們家雖然住在城裡，鄉下有塊地放租，但我們是讀書的家庭，我爸爸在家裡開私塾，教人認字讀書，我大哥唸到中學，畢業後在小學裡教書，連我媽也識得一些字，本來，我也要好好唸書的……。」

那晚，茉莉百感交集，陳明發出身鄉下種田的人家，不愛讀書，每次考試考壞了，總挨家人一頓責打，罵他沒出息，他後來私自逃家，隨便搭上一個部隊，年紀小，部隊裡大家護著他，他整日沒事做，就練習開車，像在玩超大型玩具。這兩人出身很不一樣，不一樣又如何呢，他們如今都離家遠遠的，像遠在了天邊那麼地遠。

夜裡兩人無眠，聲音刻意壓低，像是娓娓細訴。純淨的聲音，啟動了靈魂深處神祕的開關，好像有什麼要發生了。夜深，韓敬學有些過意不去，說：「妳躺一會兒吧，外套穿好，別著涼了。」

茉莉不好意思當著韓敬學面躺下睡覺，問他，你呢？「我到走廊找地方休息。」韓敬學說。望著韓敬學起身離去的背影，茉莉感覺兩人之間，似乎跨近了一步。

外頭風雨減弱，但要再過一天，颱風才會轉向。這回颱風，說是輕颱，結果台北城沒有一寸土地不淹水，茉莉聽人說，氣象誤報惹惱了政府，有人要倒大楣了，南部還出大太陽呢，這下台北有水喝，南部可要乾旱，等等閒話也像是泛水災，在禮堂內流蕩。

又過一日，秀代玩累了，倚著茉莉肩膀安睡，茉莉望著她，心也跟著沉澱。秀瑾依然無語，只在韓敬學離去時對自己說了聲：「終於走了。」

秀瑾也非指韓敬學，颱風的確在第三天緩和下來，到了次日一早，雨停了，禮堂裡開始陣陣喧譁，人擠人，大家搶著回家。茉莉喚醒秀代，叮囑孩子們整理東西。終於可以回家，但茉莉又有了新的苦惱，家裡的積水是否已退？拖地抹洗家具，一番整理又得耗時多日了。

14

七月范迪颱風時，中南部的乾旱解決了，但北部天氣燥熱，蓋了好些年的石門水庫，沒想到葛樂禮一來，剛開始蓄水便又嘩啦啦急著洩洪，大街小巷到處是汪洋積水，很多人聽說是一覺醒來，驀然發現床下一大攤水，都快淹上床了。豪雨整整下了三天三夜，到了第二天，氣象所不再強調颱風即將轉向，電台播報員換了套說詞，說是罪魁禍首西北颱一向神祕莫測。

這場西北颱使得新美溪對岸的一座眷村，全遭淹沒。新美村算是不幸中的大幸，因為曾有過淹大水的慘痛教訓，村辦公室眼見雨勢增強，怕像幾年前一樣，河岸潰堤，溪水長驅直入，當機立斷，入夜前緊急通知疏散，整村的人安全遷到學校去。

颱風過後，家家戶戶大清掃，男人捲起褲子，拿著水管沖洗家具、或修理破損的門窗，努力工作的情景，又讓茉莉黯然神傷，一邊清理屋內，一邊自憐自艾。地板上沾黏厚厚一層黃泥巴，必須反覆刷洗，分外吃力，清了幾日，才稍稍看得見成績。

到了假日，茉莉打算一次把家具刷洗乾淨，家具很麻煩，碗櫥矮櫃的底部，沾滿積泥，窗戶也是，必須搬到院子，清洗後再曝曬。幸好韓敬學一早就來，很豪氣地挽起袖子，準備幹活。茉莉怕弄髒他的長褲，拿了件陳明發的卡其短褲給他，說：「穿得下嗎，試試看吧。」

以前家裡大清掃，陳明發負責拆卸窗戶，現在只能靠韓敬學，搬家具這種粗重活，也得靠他。拆卸下來的窗戶，由茉莉和秀瑾刷洗，洗好，再讓韓敬學安裝回去，算一算，這老屋子共大大小小七扇窗十四片玻璃，拆下裝上，敲敲打打，茉莉都陪在一旁，尤其遞送窗戶時，有那麼一時半刻，兩人眼波流轉，茉莉竟心跳加速，耳邊一股熱流，迅速漫溢到臉頰。

洗乾淨的窗戶，閃閃發亮，襯托出一番新氣象，客廳彷彿死去又復活。茉莉怔怔看著，心裡的某處，竟怦然躍動。陳明發離家後，逢到過年，茉莉懶得像從前全家總動員，很多角落布著灰塵，這回倒因為颱風，裡裡外外全掃過了一遍。

累了一上午，還有工作未完，索性不開火煮飯了。韓敬學帶母女三人到馬路邊，隨意找了間麵店，叫了陽春麵外加豬耳朵豆乾滷蛋，就這樣。茉莉已揮去近日心中的慨慨，覺得這頓飯格外豐盛美味，興起還問老闆娘，豬耳朵豆乾滷蛋如何滷得這麼入味呢？回程路上，茉莉甚至哼起歌來，哼的是紅遍大街小巷的梁祝電影主題曲，秀代也跟著唱，唱得荒腔走板，韓敬學一路頷首微笑，一行人唯秀瑾悶悶不樂，也不知道誰得罪了她。

傍晚，大致清掃完畢，只剩家具歸位。廚房的碗櫥泡了水，放置時，有點兒搖晃，不至於解體，但輕輕一推，往左搖，再輕輕一推，往右搖，韓敬學開玩笑說：「哇，成了不倒翁啊。」茉莉被逗笑了，呵呵呵地，發出一長串鈴似的笑聲，又兩手扶著碗櫥，嬌俏地說：「這是我的嫁妝，可不能壞了。」

「好，我來。」韓敬學只好請茉莉拿來鐵鎚、鐵釘，準備在碗櫥背面釘幾塊木條，四根腳柱也加強釘牢。兩人窩在廚房，弄了半天，釘好了，韓敬學讓茉莉再推推看，嗯，這下結結實實，不再東歪西倒。

為了修補碗櫥，暮色中，兩人近距離，身體忽兒錯落，忽兒靠近，因為太專注，也沒多去迴避，但秀瑾恰好在廚房門後，都看見了。

颱風來時，茉莉曾感到心慌，深怕家庭毀於一場天災，但颱風過去，毀壞的家收拾妥當，便忘了那些莫名的憂愁，只覺得清掉許多積存的垃圾，日子難得如此清爽。

望著四壁潔淨的屋子，茉莉的心情卻有著奇異的變化。趁兩姊妹上學的空檔，茉莉織了一會兒毛衣。毛衣剛起頭，織了一上午，已有五公分高，卻發現起針算錯了，人家黃主任的太太沒那麼瘦。她拆掉重來，迷惑地問自己，為何會出錯呢？

她起身去料理中餐，校慶運動會該已結束，兩姊妹快要回家了。她準備煮一鍋麵疙瘩，調麵糊時，黏呼呼的麵糊竟翻灑一地，茉莉趕緊收拾，一面責怪自己，怎麼這樣粗心？

過了中午十二點，她煮好一鍋麵疙瘩。轉身時，秀瑾先回來，像一縷幽魂，杵在廚房門口，讓茉莉嚇了一跳。問她妹妹呢？秀瑾總是獨來獨往，茉莉數落過她，等妹妹一起放學啊，照顧妹妹一下嘛。但秀瑾好像沒長耳朵，老是不聽她的勸告。

不久，有人敲門，是秀代的同學，上氣不接下氣，哼哼啊啊地說，秀代出車禍，頭上流了很多血。茉莉嚇得兩腿發軟，趕緊跟著秀代同學飛奔出去。

不遠處，秀代手摀著頭，坐在馬路邊哭泣，鮮血從她手指縫隙流下來，看了令人心驚。所幸，小孩子傳話太誇張，不是什麼車禍，秀代人來瘋領著幾名同學，往馬路邊一輛大卡車底部鑽，她身先士卒，一鑽進去就撞到車底板，痛得哎哎叫。

茉莉招了輛三輪車，急急送秀代到廟口的診所，包紮止血，打了破傷風。回到家，已是下午二時多，又累又驚嚇，忍不住開罵了幾句。茉莉脾氣好，罵也不疼。秀代反而有點兒怕她姊姊，秀瑾那眼神，斜斜睨過來，秀代嚇得低下頭，吃著碗內已然涼掉的麵疙瘩，左邊頭皮還在一陣陣拉扯般地疼痛，她終於愧疚地掉下了眼淚。

第二天，茉莉買回一小塊豬肝，煮了碗豬肝湯給秀代補血。豬肝比豬肉貴，茉莉分兩次煮，又怕秀瑾說她偏心，分成兩小碗，兩姊妹一人一碗。喊秀瑾來吃，卻換來一張冰寒臭臉。茉莉搖搖頭，女孩兒心眼真多，有時真快應付不來了。

秀代的傷口大約銅板大，癒合後，結疤處不再長頭髮，這下公平了，秀瑾有塊胎記，秀代有塊結痂。

而茉莉，則是忽然有了一種大夢醒來之感。

15

茉莉近時的歡悅心情，頗接近戀愛。她實不願朝這方向去想，腦子裡稍稍出現綽綽晃動的人影，趕緊一甩頭，忙做家事去。她編織毛衣的速度因此加快，孩子們上學去，她埋首毛線堆，手指不停地交錯纏繞，到了晚上，手臂竟痠疼不已。

做家事時，茉莉也頻頻失誤，打翻這個那個。有一晚，彎身撿起地上的湯匙碎片，「那，他會怎麼想呢？」這聲音驀然冒了出來，嚇得她一陣暈眩，不敢繼續胡思亂想，寧可相信，都是自己單方面的脆弱寂寞。

到了夜深人靜，身旁的孩子聲息起伏，孩子們睡得很熟，很平安，茉莉卻清醒難眠。在這隱密的暗夜，腦海裡的波濤大浪，如滾滾洪流。她大膽思念著，大清掃之日，那倚著窗，勾動心魂的一轉神，一擦身，並為這些肢體動作，配上自己幻想出來的情節對話。

於是，她伸出手，按壓在身體下面的陰暗地帶，輕輕地搓揉，很快地，混合著痛苦與快感的神經抽動，逐漸向上竄升，在茉莉流下淚時，稍縱即逝。

茉莉羞愧交加，她轉身向右，為秀代拉了拉被子，再轉身向左，為秀瑾撥開面頰上的頭髮。孩子們永遠是她安定神魂的一帖靈藥。

她並做了決定，去探視陳明發。入秋後的假日，沒帶孩子，午餐備妥，茉莉叮囑兩姊妹自行吃飯，便踏出家門。

隔著玻璃，手握話筒，茉莉述說驚險颱風夜，家裡積水，在學校禮堂睡了三晚，不過，一切均安，滿目瘡痍的家也已清理好。茉莉心裡，還有另外一絲聲音。這場颱風差一點令她信心崩潰，心中一波一波的翻騰，每晚來驚擾。她不斷地告誡自己，夫妻見了面，必能找回堅定下去的勇氣。以往也是如此，她望著對面的男人，就算隔著一層玻璃，仍感覺到夫妻同心，站在同一陣線努力維繫家庭。

但陳明發的反應竟平平，茉莉問他，這裡颱風夜淹水嗎？陳明發笑笑道：「銅牆鐵壁，就算共產黨打過來，照樣很安全。」原來如此啊，茉莉輕輕喟嘆，難怪不知道外面颱風下雨，有多麼嚴重。

兩人閒話一陣，問秀代上學可好，兩姊妹怎麼沒來，秀代又惹禍受傷等等。無話可說了，陳明發欲言又止，囁囁道，最近送了假釋申請，快的話，三個月後會有消息，記得吧，許長官，許副座，對我挺好，也沒有把握，試試看吧……。

有段時日，茉莉常常掐指計算刑期過了多久，還剩多少日子，夫妻分離很煎熬，怎麼也沒料到，假釋這等大事，竟像桌上的東西不小心掉到地上，咚地一聲，就掉到了腳跟前，來得太突然，反令茉莉不知所措，分不清是喜是憂。

她當然不能說不高興，只是心裡沒這個準備。原本是想看看人，見到人，心安，有了力氣，可以重新振作起來。她有自己的私心，站在懸崖邊緣，忐忑害怕，她期望陳明發拉她一把，把她牢牢抓握住。

也或許，這不是她此行想要的答案……？

回程，她沒有直接回家，多轉了趟車，來到克難街，在彎彎曲曲的巷道裡，尋找韓敬學的住處。她心情浮躁，有一瞬間心中暗想：「我到底想要什麼……？」

徬徨的聲音一旦浮起，茉莉隨即責備自己荒唐愚昧，深深吸吐一口氣，堅定心志，告誡自己：早知道陳明發即將假釋，絕不會像個無知少女，飄飄浮浮，神魂不定……。

她記得跟陳明發來過這裡一次，也不知道住址，反正找找看。她下了車，稍稍整頓心情，嗯，就說是來通知好消息。但急什麼呢，三個月後才知道結果，那或者，跟人家說聲謝謝，颱風善後，多虧了人家幫忙。

至於心中飄浮的女人心思，無人知曉，就當作一趟了結吧。她盤算著，早一點讓韓敬學知道陳明發假釋的消息，一切就過去了，就過去了。

她已認不得韓敬學的家，印象裡是好幾戶並排的水泥矮房，每戶有扇小門和小窗。但眼前的房子沒有窗，她不斷在錯落的巷弄裡轉來繞去，想找有窗的房子，巷弄窄小骯髒，到處是紙屑果皮，牆角還有爬動的蟑螂，環境比新美村還破敗，她心裡泛起同情，孤身一人落腳這裡，真是可憐。該勸勸他，找個合適的女人，成家吧。

終於找著巷弄的出口，轉至大街，往前走一小段，隨即看見韓敬學遠遠過來。這男人低著頭，鴨舌帽掩住他半張臉。他緩慢走路的姿勢，若有所思，西裝褲腰拉得太高，簡單形容，這遠遠走來的男人，是個不知在想著什麼的小老頭。這男人對我真有心嗎？茉莉默默自問著。

她朝他揮手，喚著：「敬學，敬學。」

韓敬學快步過來，以為家裡發生了什麼事，茉莉安撫說，沒事沒事，是有好消息。

兩人順著街道，朝附近國民小學的方向走。茉莉問他星期假日上哪兒去玩啊？他是跟幾個單身同事，到淡水街上的茶室喝茶聊天，跟台灣小姐胡扯八道。幸好及時趕回，若是讓茉莉白跑，他說不出那是什麼樣的遺憾。

但他不好說自己的去處，只傻呼呼搔著頭。茉莉說了陳明發申請假釋的事，他感覺這次真的希望滿大，便露出高興之色，說道：「恭喜，你們要闔家團圓了。」

向晚時分，暮色沉沉，兩人並肩行走，深秋的晚風反方向吹來，茉莉不時伸手撥弄額前被風吹亂的劉海。這不經意的嬌媚小動作，韓敬學看在眼底，心裡柔情似水，卻感覺像是在道別。

繼續走，兩人沉默的時候居多。韓敬學忽然感慨萬千，說：「辛苦了小陳，也辛苦了妳和孩子。」

這話說得客套，冷冷淡淡，一句恭喜，又一句辛苦了，證明人家是正人君子，心裡沒那個意思。那茉莉到底在乎什麼？還想等待什麼？想至此，茉莉不自覺地，從鼻腔發出冷冷地一聲，哼。她是在嘲笑自己。

兩人無語。茉莉還想說些什麼，該回一句客套話吧，謝謝你幾年來的照顧，謝謝你真心對兩姊妹好，謝謝你，謝謝你。話到了嘴邊，但她腦中忽然興起奇異的念頭，該謝他什麼呢？真要說謝謝，總得把話說清楚，把事情弄個明白。

認真說起來，陳明發的事情，茉莉始終一知半解，彷彿知道又不真切地知道。這期間，有些從前沒見過的人，來來去去，出現又消失，似乎跟事件有關，卻沒有人告訴她，都是些什麼人。

出事前，茉莉全心照顧小孩，秀代喝奶期間，光是清洗尿布，一天就要好幾回，她覺得體力被秀代吸光了，常常顧著秀代，忘了秀瑾。坐完月子，陳明發上班前交給她一張字條，陳秀平，字寫得潦草，她看不懂，匆匆趕到戶政事務所報戶口，回家才知秀平成了秀代。陳明發罵了聲：笨啊，為此茉莉哭哭啼啼一晚上。睡前陳明發問，有這麼嚴重嗎？是啊，茉莉自己也不明白，有這麼嚴重嗎？她就是想哭。那段時日，她也對性事索然，很怕陳明發碰她。晚上孩子睡了，她勉強跟陳明發講幾句家常閒話，講完倒頭便睡。一覺醒來，又是反覆的一天。

自從有了秀代，陳明發在外面的事，她一概不知，陳明發也漸漸不多說。等出了事，則是沒機會再問。

她腦海裡冒出幾個人影來。陳明發被憲兵帶走，臨走回眸那一聲「去找羅主任……」回音似的經常在茉莉腦海迴轉，引發無限聯想，陳明發為什麼叫我去找羅主任？究竟為什麼呢？

韓敬學曾陪伴茉莉去找羅主任，兩次，一次他下南部出差，沒見著，另一次託辭開會，可能是故意避著不見。審訊時倒是來過，陳明發面露急切，頻頻向著他張望，好像有話想說。茉莉猜想，案子跟羅主任一定有密切關係，這人卻連一聲慰問都沒有。至於那個不時擺臭臉的福州貴，她後來聽村裡的人講，隊上的駕駛兵都認得他，他私下有門路，轉手賣汽油，再跟駕駛兵六四分帳。

茉莉曾經要求韓敬學，把陳明發的事一五一十全告訴她，韓敬學唔，嗯，喔，沒見過一個大男人，說話這樣溫吞。「就，賣汽油，用不完嘛，嗯，唔，大家都這樣。」他說。

韓敬學當時只用了這麼一句話，就把她敷衍過去了。從韓敬學那裡，茉莉沒有知道更多的真相，她只好自己去拼圖，試著告慰自己：部隊裡，憑票領油，油用不完，薪水少得可憐，養家很辛苦，用不完的汽油賣給民間油行，不是什麼大不了的罪過，就是讓家裡好過一點，大家都這樣，只是陳明發比較倒楣……。

此後，有意無意地，韓敬學總是安撫茉莉，別想太多，忍耐幾年，小陳就回來了。這話茉莉聽過無數遍，每個人見了她，總是跟她說，別想太多、別想太多。連她自己都告誡自己，過日子要緊，不要想太多。

韓敬學曾不小心透露，案子牽連甚廣，上頭交代，就辦到陳明發為止。這牽連甚廣是何意思？究竟是誰害怕被牽連呢？一個又一個模糊的疑問，壓在茉莉心底，在這個心情迷亂的時刻，疑問像蟲子爬進她腦中，她開始想知道，所有的一切。

望著茉莉迷惑的眼神，韓敬學不禁納悶，這賢良好女人，傷心難堪的日子即將結束，何不忘了吧，一切重新開始，不好嗎？偏偏女人心，海底針，真是難懂，簡直像是故意……鬧脾氣？哪裡惹她生氣了？他很想安慰茉莉，說幾句討她開心的話，怎麼說才好呢？他該拍拍她的肩，甚或是，抱抱她，也真是委屈了，她的堅強勇敢，他是看在眼底的。但他不敢，他的身體像是被綁縛，動彈不得，茉莉是他好朋友的太太。茉莉是朋友妻。

他心裡，還有一絲難言的罪咎……，是的，他對不起茉莉和兩姊妹。

那年代的黃昏街道，行人稀少，車輛以緩慢速度錯身而去。天色漸暗，兩人已走到國民小學門口，韓敬學問茉莉要不要進去走走，茉莉抿嘴搖頭，流露出女人彆扭起來別想輕忽她的模樣。

陳明發的事情，韓敬學刻意不讓茉莉知道太多，部隊裡人事盤纏糾結，女人不懂這個。另一方面，這也是男人的想法，女人不該為男人承擔。或許真是錯估了茉莉，韓敬學心裡隱隱萌起一絲後悔。

事情發生時，憲警早已布線，他們早看汽車大隊不順眼。陳明發莽撞大膽，車停在馬路邊，福州貴那邊派來的人，明目張膽嘴巴啣著皮管，吸一大口，紅色汽油嘩啦嘩啦灌進油桶，憲兵就靠過來了。

人家抓了他，又放他走，為什麼？韓敬學陷入回憶，說道：「當然是，放長線釣大魚。」

茉莉問：「早就鎖定他？是這個意思吧。」

韓敬學回說：「跟小陳同時進去的，還有兩個，都是當場逮到，賴不掉的。一個罪刑輕，第一次賣油，送馬祖當勞役兵，另一個說不定也快出來了。羅主任，沒錯，他管油庫，大家都得孝敬他。找他沒用的，他自保都來不及。再鬧下去，如果變成政治事件，小陳會更慘。」

同案另兩個人，出庭時茉莉見過，她跟其中一人的太太還約了見面，交換案情，兩個女人哭成一團，拿不出主意。之後就各過各的苦日子，刻意不再相見。其實，重提往事並無意義，這也不是茉莉真正想要追究的答案。那她究竟想要什麼呢？

韓敬學繼續說：「大家都揩油，當兵的，誰都想混個有油水的單位，那些幹長官的，揩起油來，才是不擇手段，不揩油，難道要我們揩幾張十行紙？」又說：「小陳挺住了，大家都要謝謝他。」

茉莉陷入沉思，小陳挺住了，大家都要謝謝他……，她思索著這句話，半晌，她抬起頭，姿態倔強，冷冷瞪著眼，問了個極挑釁的問題：「那你，有沒有參一腳？」對，她就是想知道，陳明發扛了誰的罪過？還有誰？

韓敬學已察覺到茉莉的心思，他準備好了，他不想欺騙她，毫不遲疑地，他應答了一聲：「有。」

「你沒事？」

「供出來就有事了。」

話到此，再難繼續。茉莉停下腳步，側身看著身旁這男人，韓敬學霎時覺得冷冷寒寒又犀利的眼神，似曾相識，那是秀瑾。

茉莉不曾這樣看他，下巴且微微翹起。韓敬學記住了茉莉這最後的一抹神色，日後每每想起，總是任這恨意深深的表情躍入腦際，悵然陷入一片懊悔的深淵。

兩人繼續往前，但步伐慢了，彷彿是拖著痛苦的步子，作最後的告別。到了十字路口，綠燈剛亮，茉莉像說著夢話，她說：「男人在外面闖禍，女人在家裡擔憂受苦，好不甘心啊。好像是，一場騙人的把戲。」

說完，她加快腳步，向著對街奔去。韓敬學想拉住她，她頭也不回，裙襬揚起，還是那麼婀娜，但清新的身影卻似一陣風，即刻沒入昏沉的暮色。

綠燈閃了兩下，切換成紅燈。韓敬學怔忡相望，在他身旁，一輛老舊公車緩緩駛過，接著，一名老人推著賣麵茶的推車，步履蹣跚，夜色蒼茫，老人經過他面前，回頭一望。

路旁的第一盞路燈，此時亮了起來，接著，整排路燈像河水流過，一盞一盞，全都閃亮起青綠色光芒，逼人光束立即改變了眼下的街景。

韓敬學幾乎無暇反應今晚發生的事，只感覺一輛又一輛的車，從他身旁掠過。從此，在他的心中，茉莉沉到了夜的最深處。

16

街道的另一頭，茉莉悲傷地行走，腦中一片混沌，一時間，分不清是離別的愁緒，還是被愚弄的悲涼憤慨。走了一段，又回過頭來，悵悵尋找著對街的殘影。

她看到一個飄忽的黑點，在燈火閃耀的夜色中，一秒，兩秒，終於沒入車輛疾駛形成的大片黑暗。

那是他吧？

剛剛脫口而出的那一聲「有」，彷彿仍在耳邊，不，不是彷彿，是的的確確，不斷的嗡嗡作響，且逐漸鏗鏘有力。

她之所以向著對街凝望，好似還有重要的事，仍未確認；還有待說的言語，仍未述說；還有一絲情意，仍未吐露……。但都不需要了。再清楚不過了。

陳明發扛下所有的罪過，其中包含韓敬學的。這是他盡心照顧她們母女的原因。

也才不過幾天之前，茉莉像個懷春少女，在眼神流轉間，意圖證明身為女人，情感需要有所寄託。那波濤起伏的慾念，差一點讓她不顧一切，飛蛾撲火。

她坐上公車，準備回家。回家的意念，先是重重撞擊在她胸口，隨即像一團溫暖的氣流，將她密密包覆。

她感到有一抹微笑，那是她的孩子，在她頭頂的前方，向她招引。

或許還有一絲遺憾，終究沒有得到想要的答案。但她不想再探究，今晚累了。

快到家時，她對自己說：「若是早知道，陳明發即將假釋歸來，我不會這樣，我一定不會這樣的。」

然後，她任憑腦袋空空，頹然下車，步入已然寧靜的新美村。她想，忘掉那個男人。

下篇

父與女

0

茉莉問秀代：「妳都沒有煩惱嗎？」

秀代感到訝異，瞪大了眼睛回答：「我還是小孩耶。」

就這樣，一閃即逝。

秀代是夢到了媽媽。她不知道做了什麼頑皮搗蛋的事，茉莉放下手中織著的毛衣，問了她這個問題。醒來，秀代悵惘良久。

這夢並非無中生有，秀代五歲時，還沒上小學，白天家裡只有她和茉莉。大多時候，茉莉都在編織毛衣，陳明發離家的時日裡，編織是家庭重要的收入來源。

茉莉也替秀代和秀瑾織毛衣，如今打開抽屜，滿滿是茉莉織給兩姊妹的毛衣。那是茉莉幫人家織毛衣剩下的毛線，各種顏色收集起來，拼拼湊湊織成的橫條紋毛衣。

秀代討厭橫條紋毛衣，穿著出門成為明顯的標記。看啊，這是我媽媽偷偷攢下來的、別人家的毛線。

每到冬天，兩姊妹仍須靠媽媽織的毛衣禦寒。茉莉極有遠見，毛衣織得寬寬大大，即使秀代的身形比起多年前頎長許多，至今還穿得下呢。

茉莉織毛衣的時候，秀代就在一旁玩耍。冬天，秀代爬上窗檯，在玻璃窗上呼氣。到了夏天，秀代的玩具變成小花小草，那是她大清早在堤岸草叢裡採摘的酢漿草、牽牛花之類。茉莉嚴禁她到河邊玩耍，但茉莉忙碌於織毛衣和瑣碎家務，不曾問過秀代花花草草從何而來。

有時下著雨，不知為何，秀代記憶裡的往昔時光，大多是落雨天，耳邊不時聽見雨水滴落在屋頂滴兜滴兜、規律單調的聲音。她站在紗門前，觀望屋簷掛著一排霧氣朦朧的雨簾，喃喃自語著，媽媽，下雨了，媽媽，雨停了，哇，媽媽，雨下得好大啊……。

雨天很無聊，秀代自籐椅爬上跳下，爬上跳下，反覆不停，茉莉喝止她：「安靜一點，椅子被妳跳壞啦。」秀代不聽，依舊玩著跳躍的遊戲。這麼簡單的遊戲真不知秀代為何玩不膩，且發出呵呵呵的笑聲。這時，茉莉放下手中的棒針，搖著頭說：「妳怎麼都沒有煩惱呢？」然後秀代就一副無辜的樣子，回答道：「我還是小孩耶。」

秀代當時或許覺得小孩子就只懂得，玩玩玩，怎麼會有煩惱呢？煩惱屬於大人，譬如茉莉，她緊抿嘴唇或愁蹙眉頭，盡是重重心事，耗去她太多精神。

如今，秀代已不是茉莉眼中的懵懂小孩，純真的童年已然結束，放學途中，她常陷入自問自答的失神狀態，譬如問自己為何做這個夢呢，早就不那麼幼稚了啊。

回到家，她照例換上家居服，天氣燥熱，她著短袖上衣，白底桃紅碎花的燈籠褲。褲子是用茉莉的舊洋裝改的，直統統兩條寬鬆褲管，腰間和褲邊各以鬆緊帶收束。麗卿替她和秀瑾各做了一件，兩姊妹都嫌樣式寬大邋遢，或許，還有其他的情緒，讓兩人穿得不情不願。

換好衣服，秀代轉往屋後的菜園。

搬到現在住的地方，屋後有一塊閒置空地，茉莉翻土播種，栽植了幾畝蔬菜，並利用隔籬種了爬藤的佛手瓜。每隔三五天，空心菜、番薯葉茂密擠成一團，多到吃不完，茉莉常叫秀代採了送去給寶月。

白天的工作結束後，茉莉便埋首菜園，鋤地拔草、澆水施肥，或只是坐在園子裡休息發楞，遙望遠天的雲霞。田畝間的野草，生命力旺盛，每隔一兩天就得費力清除，蝸牛也是，好像永遠除之不盡。

茉莉要求秀代下課後到菜園幫忙，田事枯燥，秀代心有不甘，喋喋抱怨，尤其怪秀瑾偷懶。茉莉是想，她小時候也是這樣生活過來的，女孩子該多一點磨練，當母親的，總不能永遠保護孩子。但秀瑾，就讓她好好讀書吧。

秀瑾幼時很勤勉，會分擔許多家務，後來成了讀書狂魔，惟功課考試至上，說家裡太熱、太吵，搬出各種理由，不是留在學校讀書，就是窩在房間裡，且戴起四百度近視眼鏡。家裡有個愛讀書的孩子，茉莉和陳明發覺得未來有望，於是盡量讓秀瑾專心讀書，秀瑾越來越像包覆在繭殼裡，自成一國。

茉莉問過自己，我這是偏心嗎？她給了自己一套合理說詞，兩個女孩個性大不同，秀瑾認真自律，知道自己的人生方向，不必操心；秀代嘛，傻呼呼，得要嚴格磨練，免得走岔了路。

遠天一彎橘金霞光，秀代換上輕便衣裳，推開菜園的柵門，輕喚一聲，媽。此時，茉莉總是背對著，恬靜專注，蹲在菜園裡。

秀代蹲下來，與茉莉並肩。兩人一邊拔草、澆水，一邊聊天講話，茉莉愛講關於種菜的事，清除毛毛蟲蝸牛、剛播種了菜籽之類，秀代則哼哼嗯嗯附和，好像有一次，秀代問媽媽：「幹嘛種菜？到市場買就有。」茉莉淡然回答：「我小的時候，就是這樣。」

秀代則是趁這段時間，跟茉莉說學校裡發生的事。班上一夥頑皮的男生，愛玩湊對的遊戲，他們把長相白皙的班長跟秀代配在一起，「你們是一對」這種玩笑，一整個學期沒有停止過。玩笑越開越過火，有人當著秀代逼迫班長表態，問他：「你到底愛不愛陳秀代？」秀代火山爆發，大吼大叫：「放狗屁，黃仁和，我才不愛你。」

茉莉聽了，呵呵呵地笑，笑這些孩子，哪懂得什麼愛不愛的，瞎起鬨罷了。她想起令她擔心過的小男生，「那個魏什麼老鼠的，還欺負妳嗎？」茉莉問。

「吼，他更可惡，跑來跟我說，黃仁和是好學生，偷偷跑到老師家補習，他怎麼會喜歡妳，叫我不要耍白癡。關他屁事，我就用力踢他，把他趕走。」秀代說。

聽著小孩王國裡的這些事那些事，茉莉並不嫌幼稚之趣，總是耐著性子，認真地和秀代對答。這時刻的茉莉，說話時的笑顏映照著晚霞，漾著薄薄一層金色的光。

「秀代，去，摘兩個瓜。」

即將結束田間工作時，茉莉常會吩咐秀代，去竹籬笆上摘幾顆佛手瓜，晚上好煮來吃。佛手瓜的葉子密密爬滿竹籬，像一片窗簾，一陣雨後，掀開綠葉簾子，裡面便張掛著幾顆滴著雨露的瓜。

但今日摘下的瓜，模樣很奇怪，殘缺變形，像被切掉了半邊。「媽，妳看這個瓜……。」

傍晚時分，從菜園這個角度，可以看見夕陽從河對岸緩緩下沉。就在秀代呼喚媽媽的時候，那落了一半的暈紅火球，直直朝她衝擊過來，秀代話到嘴邊，兩眼接觸強光，本能地闔上雙眼，隨即眼前出現一片黑，她腳步踉蹌，就在這一瞬間，茉莉的幻影消失了。

1

假釋申請意外地曠日廢時，收到陳明發返家的通知，已是農曆年過後的初春三月。

過午，茉莉踏出客廳玄關，一眼看見院子地上，靜靜躺著一封信，她立刻猜想，該是好消息來了。她急急入內，攤開信紙，喚秀瑾快來。秀瑾看著信，臉上漸流露出喜色，茉莉便知道，真的是好消息。

陳明發的字跡如一團雜草，斜斜歪歪，塗改又塗改，語氣卻像個文謅謅的老人。茉莉急問，妳爸怎麼說，秀瑾唸著：「三月三十，我將回家團圓，過往三年餘，真是對不起。」

三月三十，那不是下週二嗎？「唉呀，怎不早點通知，好準備準備？」茉莉搓著手，高興中有些六神無主，語氣裡的小小抱怨，倒像是女人撒嬌，聲調甜甜的。

到了下週二，茉莉大清早便出發，在山莊外面等候，看看手錶，等了快兩個鐘頭，仍未見人影。茉莉心想，進去容易出來難啊。不過，能夠出來就好，就算等上一整日，也是要等的。

天邊游移著灰黑的雲，天色由晴轉陰，快要下雨了。有個人影此時從山莊低矮的側門出來，由遠而近，茉莉再按捺不住情緒，哀喜參半的眼淚，奪眶而出。等那黑影子朝茉莉飄移過來，看清楚了，是陳明發，茉莉又忽然想起了什麼，手裡揮舞著一頂陳明發的舊帽子，急急招手，大聲叫喚著：「不要回頭，不要回頭……。」

回程途中，毛毛細雨越落越大，這季節的第一聲春雷也從遠遠的山頭傳來。茉莉撐開雨傘，陳明發卻矜持，一個箭步往前，獨自走入雨中，茉莉只好自己靠上去。兩人並肩走在傘下，身體稍一碰觸，茉莉竟覺觸電一般，渾身不自在。傘外，雨霧模糊，兩人距離切近，心卻離得很遠。

走進新美村，幾個昔日同事遇見，熱情地過來招呼，陳明發滿臉尷尬，耳邊一聲聲嗡嗡作響，幾乎聽不見人家說的話。河堤那一頭，雨停了，太陽露臉，他稍往那方向遙望，竟覺刺眼，趕緊瞇起眼睛。耳朵眼睛，都不適應，他只好逢人一個勁地微笑點頭，嘴巴一咧一闔、一咧一闔，等茉莉發現他臉色鐵青，猜想他受不了，趕緊擋在前面，代陳明發鞠躬稱謝。

踏進家門，秀瑾怯生生喊了爸爸，秀代卻躲進圓桌底下。陳明發摸了摸秀瑾的頭，轉身移步至圓桌，他彎下身，盯著秀代瞧，心想，這孩子害怕成這樣啊。他喊了聲：「妹。」他其實想拉她出來，想抱抱她，剛伸出手，又縮了回去。離家那天，他唱著老家的童謠，你吃辣椒，辣了誰的屁股眼……誰啊，猜猜是誰啊……，秀代在他懷裡，笑得東倒西歪，舉手搶答，我，我，我，然後傳來憲兵急促敲門的聲音。如今姊妹倆均已長大，不能再抱了吧。

家裡的一切，既熟悉又陌生，陳明發一百八十度左右觀望，每件家具仍擺置在從前的位置，但光澤樣式卻和印象裡不一樣，窗戶也換了新的漆色，淺藍色，很好，是明朗的顏色。他又注意到牆上掛著一頂女用寬邊草帽，他靠過去，拿下草帽戴在頭上。他揣想多日，想像著踏進家門必有一陣尷尬。他設計了幾個招式，其一就是裝扮成小丑，總之，得讓久別重逢的氣氛好一些。

兩姊妹果然被他戴著女帽的滑稽模樣逗笑了，秀代甚至爬出桌底，但茉莉卻有些尷尬，草帽是韓敬學買給她的。

他走到矮櫃旁，撫摸櫃子上的收音機，問道：「換了新的？」然後扭開按鈕，賣藥的咋呼咋呼的聲音流洩出來。他轉頭問秀代：「聽說妳喜歡聽廣播劇？」秀代這才靠到爸爸身邊，伸手轉弄頻道，說：「這裡，星期天晚上，我們都聽廣播劇。」秀代和她爸爸，是這樣開始說話的。

不久，屋外傳來高拔之聲，有人高聲喊：「陳明發——。」是那個大嗓門的小山東。「啥時候回來的？俺來看看你。唉喲，瘦哩吧嘰的呀！」不等人開門，那粗漢子自己闖進屋來，呼嚕呼嚕一陣風，拉著陳明發說上一長串的話，最後問他，幾時要回隊上報到？

小山東走後，又來了幾個，住對門的羅太太，後棟的楊太太，連隔壁老廣家的男人，也難得過來客套問候。再晚一點，寶月也來了，跟著寶月來的是吳太太，她帶來一只印著佛像的紙籤，說：「恭喜恭喜，一家團圓了，那以後啊，就平平安安。阿彌陀佛。」茉莉鞠躬道謝，一面跟兩姊妹擠眉弄眼，意思是，連阿彌陀佛也來了啊，兩姊妹看媽媽俏皮的表情，終於從緊張的情緒中釋放，擠在一起呵呵地笑。

屋內終於安靜下來，茉莉端出豬腳麵線，替每個人夾了紅燒豬腳，陳明發的雙倍量，「你多吃一點。」她說。一家人便這麼靜靜地，吃了闔家團圓的第一餐。

飯後，茉莉洗碗出來，瞥見矮櫃的抽屜敞開著，陳明發兩腿跨開，蹲在地板上，翻弄著矮櫃裡的雜物。櫃子裡其實沒什麼東西，就熨斗、算盤、指甲刀之類。「找什麼，我幫你找？」茉莉話到嘴邊，又收了回去。讓他自己來吧，這是他的家。

入夜，兩姊妹先睡了，夫妻倆坐在床沿，一陣拘謹。一張大床已夠擁擠，今晚又多了一人。

屋內燈光昏暗，陳明發側著臉，避免看向茉莉，他有話想說，卻不知如何開口，腦子裡浮現新婚夜的情景。時移事往，自是不同了，那時多麼喜悅，像兩個調皮的孩子，互相捉弄玩耍，此刻夫妻間卻恍若陌生人。茉莉正想躺下，陳明發怕再不說，就要錯過機會，急沖沖問了句：「要睡了？」茉莉輕輕嗯了一聲，心裡想著，只要度過這尷尬的一夜，就回復從前了。但陳明發有話如鯁在喉，囁嚅半天，終於還是說了：「妳，還能接受我嗎？」

茉莉未料他會這麼問，心頭微顫，嘆了口氣說：「哪有什麼接不接受。」又想，這三月天，夜裡仍有幾分涼意，順手扔了床薄被給陳明發，說：「睡吧。」

暗黑的夜裡，茉莉緊繃著身體，提防著什麼似的。兩姊妹也並未真正睡著，大人低聲的話語，悠悠傳進她們耳裡，她們互相凝望，心照不宣。秀代尤其一整晚，心裡迴盪著她父親「妳還能接受我嗎？」那卑怯的聲音。

2

靠巷道的圍牆和住屋之間，隔著一條細水溝，水溝很淺，若非下雨，通常是乾涸的，裡面散落著葉片紙屑。陳明發入獄前的腳踏車，像堆廢鐵，躺在水溝裡。

陳明發準備出門，返家以來，這是頭一次。他搬出久違的腳踏車，擦拭乾淨。車前置物籃裡有條男用手帕，像是使用後揉捏過，有一部分沾黏在一起。他取出，隨手扔在牆邊地上。太久沒騎車，他跨上，擺動車頭，可以了，便騎著出門。

他不想見到熟識的人，穿過廣場時，左邊右邊瞄一眼，這時間，熟人都去上班，沒人發現他。他加快速度，登上無人的堤岸。天氣漸熱，烈日如焰，腳踏車發出遲鈍的嘎吱嘎吱聲，不消多久，他已汗水涔涔。河岸風景漸漸吸引住他的目光，堤岸下，濃黑的河水緩緩流淌，水邊草叢幽深，看得出來正一寸一寸侵蝕原本的河面。

搬來新美村的年底，他就蹲進去了，以致腦海裡全無這河水堤岸的一絲絲印象。但茉莉告訴過他，他不在家的時日，母女三人經常沿河邊散步，茉莉說，這是她們的苦中作樂。時間裡的事情，錯過了就是永遠的斷裂，很難再縫補。他失去的，恐怕不只是人身自由，還有和老婆孩子的關係。

來到憲兵營附近，他停車，在草坪邊坡坐下，點了根菸，噴了幾口菸霧，陷入沉思。

東張西望時，他發現不遠處有道石階，他起身，沿石階而下，跨過一叢一叢的野草堆，即抵達河邊。他先在河邊撒了泡尿，蹲下來，注視河水緩緩流動。其中有一處水流，被石塊擋住，河水沿著石塊周邊流淌，發出輕輕地低嗚，這水流之聲，是他從未聽過的。

返家後，陳明發足不出戶，剛開始是見太陽光就暈，後來則是心煩，怕見人，怕說話，即使待在家中，也是沉默的時候多。闔家團圓，家庭漸次恢復如常，但其實，已和從前不一樣了。

此時，他腦中思緒紛飛，想起返家的第二日，他醒來，床頭上方的小窗透進一抹晨曦，刺痛了他的眼睛。其實，整晚他睡睡醒醒，並未真正睡著。屋外傳來野鳥鳴叫，又是公雞啼，然後附近人家鍋碗乒乓碰撞。他仔細聆聽這真實世界裡的聲音，胸口有一股氣流不斷迴旋。他甚至伸手，摸了摸屁股下的木板床墊，確認不再躺在冰冷的洋灰地上。他的手，摸索之間，突然碰到了那裡，像觸電一樣，他被強烈的電波撼動，竄流全身，再也沒了睡意。

他走進廚房，四處探看，找不到屬於自己的漱洗用具，略猶豫，他拿起大概是茉莉的牙刷，擠了牙膏，伸進口中，隨即停止，覺得自己冒犯了茉莉。

茉莉就在身後，面色惶惶，連聲說，對不起，對不起，說有替他準備，但收在櫥櫃裡，唉，記性真差啊。陳明發心想，刷牙這種小事，怎好意思怪罪呢，是自己把大家搞得一團亂，於是滿懷歉疚地說：「給妳添麻煩了。」

出事後，他的時間感就錯亂了，老覺得時間慢得像老牛拖車，度日如年，回到家依舊如此，夫妻間客套來客套去，日子過得緩慢且沒勁。

他每日主動找些話題，關注兩姊妹學校裡的事。有天秀瑾回家晚了，陳明發關心地問，功課這麼多啊，秀瑾回答得簡短：「全班都這樣，老師規定的。」

秀瑾功課漸沉重，下課後必須參加課後補習。茉莉哪有錢給她繳補習費，私下去懇求導師，能不能少收一點。導師疼愛秀瑾，爽快答應半價優待，只要求別讓其他同學知道。守口如瓶這事，最難不倒秀瑾，於是，秀瑾每日總要天黑以後才回家。

陳明發聽茉莉說，秀瑾不讓人操心，學校老師都疼愛她，他有次站在牆壁前，仔細觀看貼在牆上的獎狀，明白了女兒每日的辛苦，所為何來。他問茉莉，那秀代呢？

陳明發的記憶裡，秀代個性活潑，又機靈，以為回家後，和她相處最沒問題。豈知她躲得老遠，見著他，縮著下巴，一副很害怕的樣子。怕什麼呢，秀代尚無足夠的語彙解釋自己的感受，大概害怕她爸爸眼睛放射出來的寒光。陳明發一靠近她，她身子一縮就游走了。如今，連心愛的收音機，也拱手讓給了陳明發。

有幾個晚上，穿著軍服的部隊同僚提著水果來探望，他們和陳明發坐在客廳說話，不消多時，匆匆離去。其中一次，韓敬學跟著眾人來，秀代開心迎上去，喊著韓爸韓爸，未料氣氛冷淡，連茉莉也不怎麼搭理，躲進廚房去。

福州貴也來過一次，陳明發叮嚀茉莉，把孩子帶出去。屋內只餘兩個男人，他們講起不堪的往事，漸漸地，兩人的音量都提高了。那晚，陳明發交給茉莉一個信封袋，裡面是幾張百元鈔票，他說：「有一批油壓在他那裡，以後沒有了。」

又一日，一位軍中同事好心來探望，送來一包貝殼形狀的通心麵，包裝上都是英文字，沒人懂，茉莉一整包下鍋，遇熱膨脹，煮成滿滿一鍋熟爛的麵糊，一家人吃了好幾天。這同事跟了個有辦法的老闆，答應幫陳明發探路，問問哪個單位可以安插個職務，跑腿送公文也好，算算，兩個多禮拜了，沒有回音。

客廳籠罩在傍晚慵懶的日影裡。陳明發到處翻找，茉莉想幫忙，問他找什麼，陳明發說，有雙黑皮鞋老找不著。茉莉記得，那是雙真皮好鞋，有一年陳明發和韓敬學在衡陽路鞋店各買了一雙。陳明發入獄後，那鞋擱在玄關的鞋櫃上，又不知被誰挪到院子邊邊角，和兩姊妹幼時玩的公雞車堆在一起，不久便滿布灰塵。茉莉想了想，想起來了，說：「上次颱颱風，沖走了一隻，我只好把另一隻給扔了。」

話聲甫落，出乎意料的，一隻拖鞋從陳明發那頭扔了過來，越過秀代，在茉莉腳跟前落下。「妳到底扔掉我多少東西？」陳明發憤憤地吼罵。

屋內三人驚訝得彷彿失語。陳明發被自己的衝動嚇壞了。他驚嚇、自責，狼狽地低下頭。想想回家來，他盡力了，努力壓抑心裡亂七八糟衝撞的意念，重新學習父親和丈夫的角色。但對這個家的陌生感，卻與日俱增，新生活比預期的困難，什麼都不對了，那狠狠拋擲出去的拖鞋，也收不回來了。

坐牢已夠有失顏面，他對不起家庭，竟然還發脾氣，或許茉莉會看不起他，覺得他可憐、可恨，覺得這個丈夫，腦子壞了。拖鞋飛出去時，陳明發看見秀代的肩膀，微微顫抖了幾下。那一抹飛越的拋物線，想必讓秀代更加害怕他、討厭他。

那次之後，陳明發決心改變自己，每日跟自己說，不能再這樣下去，不能再這樣下去。

出門前，他告訴茉莉，回隊上看看，見面三分情，找個長官說說看。出獄時的大光頭，兩旁鬢角已長出髮髭，茉莉讓他戴上帽子，帽子舊了，邊緣有些鬆弛，但尚可遮住頭頂一圈袒露的頭皮。他坐在玄關穿鞋，動作遲緩，像個老頭兒。站起身，一身舊衣舊褲，腳上是出獄時穿的黑頭膠鞋，昔日勤抹髮蠟修整衣裝的酷帥形象，一去不返。

他坐在河邊抽完一根菸，再次告誡自己，總要去一趟的，走吧。心裡還殘存些許猶豫，他像趕走身旁的野狗般地，碎叨一句：去踏媽的，然後起身，踩上車，朝汽車大隊騎去。

情況並不樂觀，樓上樓下轉一圈，陪笑鞠躬，耳邊不斷聽人說：「退了好呀，部隊沒啥好混，就那麼點吃不飽餓不死的薪水，外面機會比較多啦。」他感覺沒人歡迎他回來。

他去找了管人事的林主任，探問哪個單位有缺，可否幫個忙。林主任很熱情，招呼他到附近館子吃牛肉麵。末了，正色說，近兩年吶，管得特別嚴格，大隊長是前線調回來的，有自己的人，不好說話。

這結果並不意外，人在人情在，像他這樣惹過麻煩的，任誰都害怕。他又轉去油庫找羅主任，一個傳令小兵回話，羅主任去部裡開會了。

過午，陳明發捧著一盆蝴蝶蘭回家，告訴茉莉，隊上預算花不完，拚命買盆景消化預算，林主任指著中庭說，喏，少說有三、四十盆，你挑一盆帶回去吧。他把蝴蝶蘭擱在客廳地上，便不肯再說話了。他成了沉默寡言的人，連他自己都感到訝異。

這是他三月初回家至今的生活。生活裡許多芝麻綠豆的事，令人難堪尷尬。上午他在河邊，撿起一粒小碎石子，往河裡用力擲過去，咚地一聲，石子落入水中，看不見了。當時他想，如果自己是那顆小碎石子，就永無天日了。他當下頭皮發麻，恐慌得手腳發軟。

身為男人，一顆心，忽而沉下去，忽而浮上來，夠丟臉的了。更深層的恐懼是，他怕自己成了廢物，在茉莉面前再也抬不起頭。茉莉是他最後的浮木，他緊緊抓住，逼迫自己泅泳上岸。

隔日，陳明發鼓足勇氣對茉莉說：「想了一晚上，決定，退了吧。」茉莉面露驚訝，他趕緊溫言安慰，不要擔心，就算討飯，也不會再讓妳和孩子吃苦頭。

至於前幾天發脾氣扔拖鞋的事，原本想說聲對不起，依舊難以啟齒。旁邊，兩姊妹窩在一起玩紙娃娃，秀代抬起頭，向爸爸媽媽拋來一抹好奇的眼色，這時陳明發開口說：「我們搬家吧。」

這個丈夫，好不容易回家來，日子還沒著落呢，有事自己拿主意，退伍、搬家，沒有商量的餘地，茉莉像遭到一陣疲勞轟炸，難以招架。

3

搬家像是逃逸。清晨四時，天光朦朧。按茉莉娘家的習俗，每人手捧值錢的東西，但茉莉僅存一枚黃金戒指，只好另準備一碗米、一根掃把、一張椅子，勉強象徵家道不衰。

陳明發走在前頭，一家四口排成一列，魚貫穿過寧靜無聲的巷弄。兩姊妹窸窸窣窣低聲談笑，鄰居還在睡夢中，沒遇上好事者，幸好是如此。

新家距離新美村不遠，位於菜攤旁，短短一條街，約莫十餘戶，黑色屋瓦，格子拉門，家戶緊緊相鄰。遠遠望去，街邊有棵龍眼樹，夏季枝葉繁茂，結實累累，附近小孩聚集在樹下，採果玩樂，那龍眼真能吃，很甜呢。

街尾還有間雜貨店，賣餅乾糖果油鹽衛生紙，旁邊的空地矗著土地公廟，女人從這裡經過，總會雙手合十，虔誠膜拜。只有一個女人例外，她不信土地公，不信神明，她是這條街上的奇異之花，是秀代不久後新結識的朋友的媽媽。

兩房一廳，比舊家空間寬敞。但其實，屋況簡陋，陳明發費了一番功夫整頓。屋內幾扇門均已破損，陳明發重新安裝鉸鍊，又在屋外加裝了水龍頭。客廳裡，新漆的米白色油漆，仍可見坑坑疤疤的水泥摺痕，兩扇老舊的窗，漆上端正的咖啡色，那以後，異常悶熱的夏季，總是敲敲打打，方能打開窗戶，讓屋內空氣流通。冬天也是，敲敲打打關上窗，堵住河堤吹來的刺骨冷風。再裡面是廚房、廁所，兩間臥室，大人小孩各一間，門對著門，從此，兩姊妹不再挨著媽媽溫暖的身體睡覺。

搬家前一晚，趁天黑無人，陳明發和茉莉相偕到新家，在屋外張掛起「光明洗衣店」的招牌，此後，他們重新開始，靠此營生度日。

客廳成了洗衣店的門面，除原有的圓桌、籐椅和矮櫃，靠牆是陳明發釘製的L型工作檯，一方接待客人，轉個身，則是夜晚燙衣服專用的熨床。

搬家日，瑣細之事忙不完，附近的新鄰居卻已登門，看熱鬧、打招呼，東張西望。有位自稱阿濟的太太，捧著幾片西瓜來，茉莉趕緊謝謝人家，請人家多多照顧。阿濟笑說，鄰居厝邊本來就該相照顧，她住街尾雜貨店旁邊，歡迎來坐啊。茉莉接收到阿濟的良善美意，對未來的新生活，暗暗舒了一口氣。

再來是住隔壁的阿娥。這名字是日後知道的。阿娥短捲髮，上排牙齒微凸，講起話急急如風，音量又大。她早探聽過，知道茉莉家有段不光彩的故事。這幹練的女人走進來，兩手抱胸，說：「阮遮攏講台語喔。」又問：「啊恁的洗衫仔店，啥物時陣開張啊？」茉莉仍是禮貌應答，拜託人家多多照顧。阿娥熱心地說：「會啦、會啦，我兒子有在上班，下回拿他的衣服給你們洗。」又說兒子的衣服質料有多好多好，暗示茉莉可要特別待遇。

茉莉不喜歡這女人，感覺不實在，勢利眼。搬來這裡，住這種低低矮矮的破房子，大家都是甘苦人，兒子有工作又會有多好，膨風吧。又看見陳明發面露不耐，故意對著阿娥發出一長聲含著痰音的嘆息，茉莉擔心陳明發發飆，忙跟阿娥說，剛搬來，家裡亂，改天拿衣服來洗，算妳便宜一點。

陸續又來了幾人，茉莉勉力招呼，其中有一對小姊弟，姊姊剪了齊耳的學生頭，一雙微翹眼尾的杏眼，漂亮迷人。弟弟則精瘦黝黑，頑皮搗蛋的模樣，他們一前一後探頭進來，伸舌頭，裝鬼臉，然後淘氣地轉身跑開。

隔幾日，洗衣店正式開張。陳明發一早起床，敞開格子門。他估計幾天後才會有客人，畢竟不是賣小吃，需要耐心等候。豈料，阿娥搶了頭香，抱著兒子的燈芯絨長褲來。茉莉拿在手中，暗暗竊笑，她是想起了陳年舊事，某年，陳明發和韓敬學在西門町巷子裡，各自訂製了一條半羊毛的長褲，筆挺無皺痕，拉風得什麼似的。

她把燙得齊整的褲子摺好，心裡興起幾分感激，感謝阿娥願意給她鼓勵，讓洗衣店順利開工。她又猜想，說不定人家是面惡心善的大好人呢。不久，阿娥來拿衣服，道了聲謝，沒準備付錢的樣子，只說晚點再來，之後再無人影。

等了幾日，茉莉猜想阿娥不會來了。她不敢跟陳明發說，正好寶月來探望，兩人聊起新家附近的鄰居，不知道都從事什麼職業，表面上看不出來，反正家家戶戶都講台語。茉莉又問寶月認不認識隔壁人家，到底什麼來歷，這樣欺侮人。寶月問怎麼啦，茉莉把阿娥占便宜的事說了。寶月一面聽一面罵，夭壽鬼，死沒良心，貪小便宜，末了感嘆地說：「還是村子裡好吧？」村裡真比較好嗎？茉莉抿嘴苦笑，不置可否，她可是嚐盡冷暖的。

接下來，便是日復一日的辛勤工作。

早晨起床，茉莉弄好一家人的早飯，替陳明發額外煮一顆水煮蛋，接著去買菜。做完這些，便蹲在門前刷洗衣服。洗衣店的口碑日漸遠播，廟口憲兵營的阿兵哥，紛紛拿軍服來洗。軍服質料比一般衣服厚實，衣領沾黏著一層操練過度的汙黑汗漬，茉莉得蹲在地上，用刷子反覆用力地刷，再一道道清水浸泡、踩踏，最後放進大木桶，在麵粉調製的粉漿裡漂一下。每日，陳明發和茉莉依序做完這些工作，已是太陽高照的中午了。

每日近午，橄欖黃軍服一排排，晾掛在屋旁空地，茉莉忙碌地穿梭其間，直到那像一雙雙男人臂膀的衣衫，漸漸遮蔽茉莉渺小晃動的身影。偶爾，寶月趁買菜過來看看，喚一聲，茉莉……，搬了家，寶月不時掛念，又怕耽誤茉莉工作，常常就這麼喊一聲，揮一揮手，便轉身離去。

望著寶月離去的身影，茉莉總會想起從前，寶月來家裡，敞開嘩啦嘩啦的大嗓門，所帶來的活力與歡樂。

現在，茉莉不編織毛衣了，洗衣店的工作已夠忙累。而且，她有了新的寄情之地，她在屋後開闢了一片菜園，她喜歡待在菜園裡，挖地鋤草，好似那是她唯一的，恬靜時刻。

天黑後，茉莉在廚房喊，吃飯囉，兩姊妹立即起身，幫忙盛飯端菜準備碗筷，傍晚從菜園現採的青菜端上桌，其中有一盤會添加肉絲或蛋絲，給成長中的孩子補充營養。

晚餐一向安靜，茉莉偶爾傳播著新美村的人事，哪家的孩子考取軍校，哪家的媽媽跟人跑了。陳明發一貫苦寒著臉，沒有反應。

飯後兩姊妹輪流洗碗，收拾妥當後，便在客廳的小圓桌上寫功課。秀瑾的獎狀如今張掛在矮櫃旁的牆面，她的功課維持前茅，若是某一科未達滿分，便見她趴在桌上嚶嚶啜泣。某次月考後，陳明發望著秀瑾的一疊考卷，臉上堆起笑容，他拍拍秀瑾的肩，說：「妳是我的希望啊。」

秀代開始長心眼了。她爸爸看著她的考卷，六十七分，七十分，六十一分，都在及格邊緣，起初只是緊皺眉頭，到了下一次月考，便開始飆罵：「老子養妳，給我這種王八蛋的成績？」但怎樣的成績才能讓爸爸滿意呢？秀代感到委屈，她畢竟不是秀瑾。

晚飯後，陳明發照例在熨床前熨燙衣服，先灑水，燙衣領，燙得平整堅挺，兩手扣住衣領兩端，動作俐落地左右一翻，開始燙衣領背面。待衣領燙好，拉直開襟，燙扣子縫隙。然後是袖子、前片、後片、摺線。

陳明發一面燙衣服，一面收聽武俠廣播劇，如今收音機的控制權落在他手上。再不久，他心血來潮，一聲號令：「過來。」秀代乖乖站到熨床邊，開始五乘五二十五、五乘六三十，背誦下去。陳明發很嚴厲，秀代背錯一個打一下，每當陳明發手執籐條朝秀代打過來，秀代緊張得全身緊縮。

約莫九點，茉莉為陳明發端上宵夜，很簡單，就熱一下晚餐剩下的飯菜，陳明發害了胃潰瘍，一餓就喊胃痛。夫妻倆偶爾為細故吵架，陳明發老毛病，隨手拿著什麼就甩出去，茉莉的對抗則是拒絕做宵夜，陳明發只好自己弄，一個人在廚房叮叮咚咚，一面為自己爆發的脾氣懊悔不已。

秀代遲遲未習慣新家的生活，夜裡一翻身，再也踢不到茉莉的大腿。某天夜裡，她做夢，夢到溺水，兩隻腳不斷踢打，又不斷踢空，整個人在透明的液體裡載浮載沉，嚇得她大叫，媽媽——。

有一陣子，秀代神經兮兮，屋子裡有股濕濕霉霉的異味，她擤著鼻子四處嗅聞，最後在臥室角落一疊紙箱的後面，發現一隻死了不知多時的金錢鼠。

那年的尾聲，冷風開始灌進這老屋子，搬來好些時候了，不時仍聽見秀代受了驚嚇的尖叫聲，啊——地一長聲，從臥室傳到後面的廚房，令茉莉也無端緊張起來。

4

搬家對陳明發而言，有一個預料之外的效果。他用獄中習得的洗衣技能拚搏生活，連帶的，也奪回一家之主的地位，家庭的重心，漸次以他為主。

這年的農曆新年，兩姊妹添了新外套，秀瑾是天空藍毛呢大衣，秀代是她堅持挑選的粉紅色夾克。除夕夜，她們穿著新衣，匍匐下跪，給陳明發磕頭拜年。陳明發笑了，難得地呵呵呵連聲地笑，一面發給壓歲錢。當孩子們對他說，新年快樂，恭喜發財，有一瞬間，甜美稚嫩的女孩聲音，回響在他耳畔，他渾渾以為過往那些爛事，已經過去，生活回到了正常的軌道。

大年初一，清早吃過年糕湯，茉莉帶兩姊妹去大廟拜拜，下午又往新美村，跟老鄰居拜年，家裡剩陳明發一人。靜默中，斷續傳來鞭炮聲，睏了，他小睡一會兒，被窩溫暖，他沉沉熟睡，睡夢中，右手食指和無名指的關節，陣陣抽痛。半夢半醒間，他心想，又開始了。這是在裡邊挨打的緣故。

偶爾閒下來，陳明發習慣劈劈啪啪掰著手指，茉莉勸他別掰啦，洗衣燙衣還要靠你的一雙手呢，他回說：「大不了，直著進來，橫著出去。」在裡邊，這話用來形容政治犯，有時大家也拿來自我調侃，不自由毋寧死。

掰手指的時候，浮凸的手指關節會發出酸酸澀澀的疼，不很強烈，獄友教他，要讓手指頭運動運動。想來，這手指運動已無效果。

年初二，茉莉帶孩子回松山娘家。陳明發無所事事，不想睡，坐在熨床邊木然噴著菸，這是他固定坐的位置，他微仰著臉，一口一口，菸霧飛散，思緒停頓。

抽完一根菸，他起身去廚房煮碗雞湯泡飯，剛拿起鍋子，手指頭忽然一陣酸軟，好像有根針，刺入關節的縫隙。他慘叫一聲，鍋子哐噹掉在地上。

稍晚，茉莉帶孩子返家，看他靠在床頭，左手抱右手，表情扭曲。問他怎麼回事，他深吸一口氣，說：「這裡，好痛。」

茉莉問他這裡是哪裡，快說啊，哪裡痛，又靠近他，說：「那去看醫生，掛急診，好不好？」

一聽說要去看醫生，陳明發抬起頭，圓凸著嚇人的眼珠子，「我不看醫生，死也不看醫生。」他說。

入夜，屋外傳來喜氣洋洋的鞭炮聲，兩姊妹睡了，茉莉端了盆熱水，用熱毛巾幫陳明發熱敷。茉莉緊緊握著陳明發的一隻大手，輕輕緩緩揉搓他疼痛的食指和無名指，一面問他，還有哪裡疼，有沒有好些，怎麼會突然疼起來，以前也這樣嗎，茉莉說話的聲調，委婉溫慰，陳明發全心感激，心想，真是無可挑剔的好老婆。

兩人說著話，大多時候是茉莉說，陳明發享受著照拂。茉莉突然想起，問，這樣痛了幾年啊？陳明發算一算，應是進去第二年開始的。

水漸涼，最近家裡裝了瓦斯爐，火柴點燃，很方便，但陳明發說，已沒有下午那般疼痛，不用再敷了。茉莉端著水盆正要轉身，陳明發拉住她，茉莉回頭，發現拉住她的，正是叫痛的那隻手，她嫣然一笑，「哇，不痛了？」

夜裡，陳明發趴在茉莉身上，一切順利，彼此的需索慾念和惜愛之情，達到少有的飽滿一致，陳明發尤其動作柔軟，全心愛撫，呢喃著，妳還愛我吧，嗯？妳還愛我吧？伸進去時，陳明發卻突然哎哎哎，連叫幾聲，茉莉的腰壓住他右手，疼痛又起。此時，屋外傳來咻地一聲，哪戶人家燃放沖天炮，砰，清脆爆裂一聲後，接著又再射了好幾發。炮竹聲徹底擾亂了寂涼的夜，陳明發滿心無奈，頹然放鬆身體，倒臥床上。

兩人躺下要睡了，茉莉自言自語：「手這樣痛下去，萬一沒辦法洗衣燙衣……？哎，真是麻煩。」陳明發壓抑著心底的懊喪，陷入沉默，連翻身都懶，手臂神經仍一抽一抽地痛，他乾脆闔上眼假寐。

到了六月，快過端午了。陳明發某日外出回來，通知茉莉，訂了一台東芝牌電視機，分期付款。茉莉不免嘀咕，又是沒商量就自作主張。電視機隔日送來，外殼有道拉門，還有鎖孔，兩姊妹好久沒這麼高興過，興奮全寫在臉上，茉莉心想，好吧，這樣秀代就不必整天往阿濟家跑。此後，陳明發負責管理電視，什麼時間開機、關門，由他決定。

到了國慶日，陳明發又有新主意，這次，他難得先跟茉莉徵詢，說：「找一天，照張全家福。怎麼樣？」

茉莉問：「貴不貴啊，不會花太多錢吧？」

這事，陳明發盤算多時，洗衣店靠苦力賺錢，生意尚可，足夠日常維生，照說還得加油，為家庭積攢儲蓄。但他很想彌補對茉莉和孩子的虧欠，他沒什麼新鮮主意，就只想到拍張全家福，紀念一下。

結婚時，茉莉和陳明發去照相館拍照，留下一幀結婚照片。婚後兩人去台中公園遊玩，也照過相，照片裡茉莉綁馬尾，穿淡色洋裝，是她最青春美麗的年紀。此外再想不起拍過什麼夫妻合照了。兩姊妹倒是拍過許多，都是陳明發的同事新買了相機，拿來獻寶，捕捉下小女孩純真的童顏。

這些居家相片，茉莉收在一只牛皮紙袋裡，葛樂禮颱風時，浸了水，相片邊角留下水漬，偶爾翻出來，仍百看不厭。每幀照片都是珍貴回憶，的確該添張新照片了。

選了個暖陽之日，一家人閒閒漫步到廟口，那兒有家照相館。經過憲兵營，迎面遇見常來洗衣的少尉軍官，休假日換了便服，俊帥英挺，正要去跟女孩子約會。寒暄一陣，陳明發彷彿沾染了戀愛氣息，伸出手，攀住茉莉的肩，還重重地摟了一下。

進到照相館，攝影棚內擺著一張華麗雙人椅，陳明發和茉莉顫巍巍坐上去，兩姊妹則一邊一個，分站大人身旁。灼亮的燈光籠罩下，他們應攝影師的要求，笑一個，來，再笑一個，再笑一個……。

隔幾日，茉莉抽空去照相館取回照片，照片裡，就只秀代笑得燦爛，其他三人都撇著嘴角，笑容僵硬，但還是一幅幸福滿溢的全家福啊。茉莉當即買了相框，加洗成二十吋大幅照片，擺放在客廳矮櫃上。

邁入陰涼秋季，茉莉蹲在屋前洗衣，起身時發現地上一坨血塊，她怕鄰居看見，趕緊舀水沖洗掉，轉身進屋拿了她慣用的手提包，出門去看醫生。

當晚，母女三人在廚房裡。晚飯後的這段時間，茉莉常一邊洗碗收拾，一邊跟孩子們閒話家常。茉莉毫不隱瞞，告訴兩姊妹，肚裡懷了小孩，可惜流掉了。茉莉講述時，像一時疏忽掉了個零錢包，語氣分外平淡。

接著幾日，陳明發特意體恤，攬下洗衣的工作，好讓茉莉休息。茉莉偷閒，端了張板凳坐在屋前，看陳明發的一雙粗糲大腳，在洗衣盆裡反覆踩踏。堤岸吹來一陣涼風，滑過茉莉的髮際，茉莉打了個哆嗦，臉上似笑非笑，閃過一絲輕淺的情緒。

睡前，秀代問了一個笨蛋才會問的問題，那個流掉的弟弟或妹妹，哪裡去了？秀瑾罵她笨得跟豬一樣，「就是死了嘛。」秀代驚駭莫名。無眠夜裡，上層床鋪的秀瑾傳來輕微呼息，睡得沉熟安穩；秀代卻驚嚇難安。

秀代曾發現，爸媽臥室的房門，夜裡有時緊閉，有時敞開，這其中，似乎有著某種規律。有過幾次，她夜裡起來上廁所，從敞開的房門，看見陳明發坐在燈光暗影中。等秀代從廁所出來，房門已然緊閉。翌日，晨光中，茉莉做著每日例行的家務，煮一鍋稀飯，稀飯裡加一顆給陳明發補身體的雞蛋，喚秀代去菜攤買醬菜，蓄水洗衣等等，臉上隱隱散發殘餘的笑意。

這些大人的事，秀代不曾費心思索，她只是，看見了，知道了。但流產之事，卻令她神傷，單獨一個人時，簌簌掉了幾滴眼淚。幾天後，愁煩的情緒漸漸消散，家裡像沒發生過什麼事。

5

約莫是茉莉流產後，久違的韓敬學來了。

有件事，秀代始終不明白。自從搬來新家，韓敬學來家裡的次數屈指可數，不再像從前，心裡想著念著，人就出現。秀代常常想念她的韓爸，但她不敢說出來，不知不覺地，秀代有了心機，隱隱察覺在家裡哪些話可說或不可說，她把想念壓抑在心底，這是不可說之事。

陳明發已不跟舊日朋友往來，如今來家裡的，換成獄中認識的朋友。每次來，陳明發和他們窩在廚房喝酒，酒喝多了，聲調越發激昂，粗話連篇，隔壁阿娥八成聽得一清二楚。

茉莉和陳明發鬥嘴吵架，多半為了這些人。朋友越聚越多，凡有人出獄就辦一場接風慶祝宴，隨時隨地轟隆一聲，一群人就出現在家門口。即使獄中並不相熟，這樣吃吃喝喝，也成了朋友，他們還組了個自由黨，聲稱從此自由自在，又是一條好漢，但有人緊張兮兮揚手阻攔，不可不可，組黨要殺頭的，七嘴八舌，自由黨改成了重生會。

他們喝酒喧譁，茉莉張羅下酒菜，蔥花炒蛋、乾煎四破魚、皮蛋拌豆腐等等，家裡有什麼吃什麼，並不講究。但茉莉覺得委屈，她不甘願，他們邊吃邊講述在裡邊的往事，一遍一遍反覆地講。她跟陳明發抱怨，不是應該忘掉過去的事情嗎？茉莉也不讓兩姊妹跟他們同桌吃飯，端了飯碗進臥室吃。茉莉跟陳明發勸說，抗議，吵架，都無用，陳明發喝了酒，失神一般喃喃自語，說道：「我還有幾個朋友啊，一點度量都沒有，嫌棄人家啊，對，我們就是一堆爛人，踏馬的一堆倒楣鬼，難道要我們去死啊，嗄，要我們去死嗎……。」

陳明發的牢騷，茉莉聽了心煩，她討厭陳明發每次吵架就拿死來相逼。她覺得自己撕成兩半，有半個自己理解丈夫的創痛苦悶；另外半個，真真實實的，討厭這些有汙點的人，或許她更討厭的是，無法重來的人生。

尤其那個小馬，竟然賴著住下來。陳明發弄來一張行軍床，讓他夜裡睡在廚房。一個星期了，還不走。茉莉和陳明發躲在房內商量，她堅決反對，快要哭出來地連聲說，不要不要，我不管，我就是不要……，她連理由都懶得多說。客廳裡，小馬弓縮著身體窩在椅子上，他的心扭攪成一團。

陳明發從房間出來，小馬逢迎地呵呵笑。陳明發欠小馬人情，在裡邊多虧他照顧，他盤算著，讓他小住一段時間，十天半個月，還完人情，兩不相欠。但茉莉連日吵鬧，陳明發無奈，拿了點錢遞上，說，老婆不准，發脾氣了，你另外找地方住吧。他覺得自己的心是冷的，講這種無情無義的話，輕而易舉。

有一晚，來了四個人，照例窩在廚房喝酒，其中一人說了小馬的事。新聞上了報，小馬跳河了。報紙說，跳河前他拎著一袋橘子，分給路邊嬉戲玩耍的小孩。幾個人喝酒議論，聲音高亢，男人的悲傷被壓抑到酒杯底。

隔日傍晚，茉莉陪陳明發到堤岸下燒金紙，火光熒熒，陳明發呢喃著，小馬，這是燒給你的，謝謝你的照顧，一路好走，到了那裡，手腳放乾淨點，別再偷了，再偷，就上不了岸了。河面吹來的風，吹亂了灰黑的冥紙屑，茉莉遙望，心裡陣陣發酸。那晚，陳明發悶悶不樂，惆悵如潮水，有那麼一瞬間，他想起韓敬學。

隔天韓敬學來了。他很長一段時日沒來，這個家不再歡迎他，他感覺得到。他已無法捉摸陳明發的脾氣，心情好，招呼他吃飯喝酒，心情不好，冷冷地說：「忙著呢，你回去吧。」他忍耐著，期待友誼像生了場病，終有痊癒之日。

兩個男人不甚熱絡地，聊著近期聽聞的軍中人事，某個人得罪了哪個爺、哪個爺升了官、哪個官的爹當過總統的侍衛之類。話題又拉到他們逃難的老故事，他和韓敬學流落上海街頭，猶豫著該回鄉或是追隨部隊。在一輛燒毀的戰車旁，他們遇見失散的部隊長官，長官說，道路斷了，走不通啦。夜裡，八路軍的機關槍，在遠處滴滴答答地掃射，兵臨城下了。一念之間，他倆倉皇決定了往後的人生去向，匆匆趕到黃浦江邊，投靠剛上船的師部。

談起往事，韓敬學也無特別感慨，大概無話找話講，隨口說：「當時就像是擲骰子，拿生命來賭啊。」

另一邊，陳明發卻想著，如果命運真像擲骰子，為何獨獨自己擲的這一把，把他拉進黑暗大牢？

他是想起了裡邊的日子，他和最近跳河的小馬以及一群落難兄弟，在窄仄的斗室裡，必須仰起頭，方能從高高的小窗看見一絲光亮。於是，每個人都習慣仰頭發呆，觀看天光從白天變換成黑夜，日復一日。

獄中的影像彷彿是拍壞的照片，皺折、失焦、泛黃。但講起這些，陳明發卻十分帶勁，拉高的聲調裡分不清是怨怒還是亢奮，或這就是他的人生了。韓敬學拿命運當骰子，走在正常軌道上的人，不懂擲壞了一把是什麼滋味，在某個命運交叉點上，他們分道揚鑣，友誼褪色。陳明發很清楚，兩人不再是朋友了。

韓敬學卻不懂這個，他說：「都過去了嘛，小陳。」

沒那麼容易過去的；陳明發繼續說道：「刑期定讞，苦是苦，下工廠，日子好過一些，至少不再挨打；一間房住八個人，晚上睡洋灰地板，裡頭有個塑膠痰盂，每天洗，還是臭，噁心的臭，受不了，就對著洞門，呼一口新鮮空氣；洞門是外邊送飯用的。日光燈日日夜夜亮著……；三不五時，有人哭，男人也會哭，他們是政治犯，沒指望了，有的剛進來，有的捱了冤枉；有的看著別人出獄流口水……；樓下還有幾個神經病，白天晚上，大吼大叫，敲打牆壁，大家都說，這些人是瘋狗……」

韓敬學想阻止陳明發說下去，他替老友擔心，這些瘡疤，恨憾之事，早該拋諸腦後了。他勸說著：「小陳，不要老想過去的事，多想想現在吧！」

但陳明發停不下來，「鐵門打開，嘎吱一聲，每個人都抬頭……；頭頂上有扇玻璃氣窗，可以看見外邊的天空，三不五時，外邊的麻雀一頭撞上來，玻璃窗上紅紅一攤血……，後來牢房裝了電喇叭，每到吃飯就播音樂，我討厭踏馬的唱軍歌……。」

韓敬學此次來訪，是因為生涯即將有重大轉變，他站在命運的十字路口，意興高昂，以為老友會為他舉杯祝福，遺憾兩人間的距離，漸行漸遠。顯然，他是一廂情願了。但他仍想給陳明發一番鼓勵，人吶，不能老停留於過去，人生轉個彎就是全新的風景，陳明發也該要這樣才對。他再次打斷陳明發的話，那些久遠的故事，回不了的家，受苦的靈魂，他說：「人吶，不能老停留在過去。」

陳明發不理會他，一個勁地講述窮酸發臭的往事。話題終於來到韓敬學的人生規畫。韓敬學工作之餘唸函授補校，已拿到高中學力證明，他懷抱雄心，準備申請退役，最近並受洗成為基督徒。對此，陳明發嗤之以鼻，臉撇向一邊，語氣輕蔑地說：「堂堂中國人，跑去信外國教，你丟不丟人啊？」

韓敬學耐著性子解釋，基督教有一千多年的歷史，名門正派，教會裡的人也很和善，大家互相照顧，一起唸聖經，心情變得很平靜。何況，「教會鼓勵我去唸大學。」他說。

陳明發隨即反駁：「唸大學，你吃什麼喝什麼，基督教養你嗎？」

「我可以在教會裡兼差。」

「煮飯嗎？給上帝煮飯嗎？」

「掃地拖地，我都願意。」

如此一來一往，韓敬學越是正經八百，陳明發越覺得厭憎，越是反脣相譏。當韓敬學說：「人活著，不能只想著填飽肚子，人要有信仰。我們揹負著罪過，上帝拯救我們。要不然，將來會下地獄。」這下完蛋了，陳明發咆哮聲起。

「踏馬的，你有本事。我下地獄，你上天堂，踏馬的，你上天堂吃香喝辣，我下地獄受苦受難……。你是大學生，我是洗衣工人……。嗄，是吧？是吧？……」

茉莉聞聲，自廚房奔出來，看陳明發身體發顫，活脫是一頭暴怒的獅子。她趕緊隔開兩人，好言勸說：「哎呀，他是說，要去開餡餅店……。」

陳明發轉頭瞪起牛眼，逼問茉莉：「妳怎麼知道？嗄？妳怎麼知道？」又一個轉身，揚起手，指著韓敬學罵道：「我告訴你，沒那麼容易，你會做嗎？你有本錢嗎？你有店面嗎？沒那麼容易！」

韓敬學終於生氣，鐵青著臉說：「幹嘛老澆我冷水？太不夠意思了。你要一輩子洗衣服嗎？就不替你老婆小孩想想嗎？」

陳明發換了一副臉孔，聲調放緩，噘著嘴冷笑，喃喃著沒那麼容易，沒那麼容易，「我老婆小孩靠你來養嗎？」

兩人吵鬧半天，陳明發忽而聲調高昂，忽而冷嘲熱諷，韓敬學難以招架，懊悔自討沒趣，悻悻然起身，說了聲，我走了。

秀代目睹全程，心急如焚，追上去喚了聲，韓爸，韓敬學沒理她，客廳裡氣氛凝重，陳明發一雙吃人的眼冒著火星，秀代無奈，往房間奔去。

兩姊妹的房間有扇窗戶，憑窗可以看見屋外的街道。秀代趴在窗邊，想再呼喚一聲，卻見韓敬學怒氣沖沖的背影，在他踏出陳家大門時，回身一望，然後步入茫茫市街。

韓敬學落寞的回眸，令秀代感到深深的絕望，她跌坐床上，明白了她的韓爸，再也不會回來。

6

韓敬學退伍後，當真改行去賣餡餅小米粥。主要客源是店面附近空軍總部的官兵職員，店裡經常是穿著靛藍色空軍制服的南腔北調。

生意漸穩定，他和合夥人卻開始意見分歧。對方希望增加水餃、蔥油餅、小籠包等等，韓敬學認為稍安勿躁，等生意穩定後再說。兩人越發意見不合，芝麻綠豆的小事都能鬥嘴吵架，對帳目也互不信任。幾個月後，韓敬學拿回本錢，兩人分道揚鑣。退伍時，隊上同事都不看好他轉業，包括陳明發，他想，現在真給人看笑話了。轉念又安慰自己，投入的資金沒少一分，已算幸運。他不再猶豫，買了一疊教科書，準備讀書考大學。

賣餡餅期間，他去學校探望過兩姊妹，帶了餡餅給兩姊妹嚐嚐，順道探問家裡的情形。他對茉莉有份特殊的感情，淡如水卻又牽腸掛肚，這情分到底是什麼？他不敢多想，期待有朝一日鼓起勇氣跟教會牧師傾吐，上帝必能告訴他，給他開釋和解脫。

此時是學校的午休時間，秀代趴在桌上，從抽屜透出半本漫畫，偷偷摸摸地讀。漫畫講述唐玄宗和楊貴妃的愛情，已讀到最高潮的馬嵬坡事件，楊貴妃命在旦夕，斬、還是不斬？這時廣播聲響，六年四班陳秀瑾，三年八班陳秀代，請到川堂。

遠遠地，秀代看見韓敬學和秀瑾，站在高聳的麵包樹下說話，韓敬學遞給秀瑾一個紙袋，秀瑾伸手接下，轉身離去。

紙袋裡裝著牛肉餡餅，渾圓焦黃，內裡包滿緊實的肉餡，湯汁也滿溢肉的油香。秀代也有一份，她迫不及待咬了一口，內餡的湯汁瞬即從她嘴角溢出。

兩人簡單交談，韓敬學問，好吃吧？又問，我賣這個，一定可以賺大錢，是吧？這問題太難，秀代無法回答。韓敬學也不真期待秀代回答，比較像是自言自語。為學做餡餅，他練習了幾個月，過程中也曾猶豫，這種事又不好去問上帝，或是教會新結識的教友。

又說了一會兒話，不外是爸爸好嗎？媽媽好嗎？洗衣店生意好嗎？秀代瞪大眼睛問：「韓爸，以後你不到我們家了？」

韓敬學一時無言，大人吵架，為難了小孩，他只能顧左右而言他地說：

「等我開店賺大錢，招待你們全家。」

臨走，韓敬學塞給秀代一張字條，上面寫著他家的住址，住址下面是一串數字，韓敬學叮囑秀代，到村辦公室借電話，撥打這個數字，就可以找到他。交代完，韓敬學鬆口氣，目送秀代轉身，消失在川堂的廊簷。

兩姊妹回家，都沒說韓敬學去學校的事，但茉莉知道。收拾廚房時，她發現菜櫥裡放著一個紙袋，打開來，裡面是吃了一半的牛肉餡餅。茉莉便明白了，是秀瑾留下的，韓敬學果真做了餡餅的生意。

夜裡，秀瑾熬夜苦讀，兩個月後便是生死交關的大考。兩姊妹同睡一間房，茉莉早交代秀代，不可吵擾姊姊，要學習姊姊用功讀書。秀代默默觀察秀瑾讀書的表情，嚴肅得像廟裡供人拜拜的神像，她偷偷竊笑，顧自玩著她的蜜粉盒子。

手掌大的蜜粉盒，是茉莉給的，秀代把韓敬學的字條，一層一層摺好，放進盒內。摺紙條、放置、蓋上盒蓋，簡單的動作，秀代卻慢條斯理，在緩慢的手指活動間，感到她的韓爸依然在不遠處，陪伴著她和他們的家。這個蜜粉盒，成了秀代喜愛的私物。

7

清晨四時，天色微曦，屋後菜園傳來第一聲鳥鳴，接著群鳥像老友相聚，鳴唱四面而起。

茉莉在鳥叫聲中醒來，稍躺一會兒，靜靜聽著屋外嘎咕、嘎咕的低沉聲響。這樣鳴唱一陣，突然無聲無息，鳥兒散去，天幕開啟，屋內僅剩陳明發一長一短的鼾息聲。

起床，屋內磨蹭著家務，又到菜園去巡一遍。茉莉想不起來，冬季時也是這樣日日被鳥兒喚醒嗎？冷冬的園子裡，看不到野鳥的蹤跡，都躲往何處呢？搬來小街，漸漸習慣了這裡的作息，她後來發現，名喚彎嘴畫眉的野鳥，夏天時喜歡躲藏在竹籬間隙。

秀瑾剛考完初中聯考，秀代也放暑假，大家都鬆了口氣，茉莉讓兩姊妹多睡一會兒。剛剛經過孩子們的房間，她輕輕推開門，看兩姊妹睡得可好？秀瑾側身弓曲著兩腳，秀代卻是舒展全身。兩姊妹個性差異大，這屬正常，每個孩子都不一樣。

相較起來，秀瑾因為功課好，受到陳明發較多的呵護，秀代卻令人操煩。剛搬來時，陳明發在熨床旁放了一根籐條，挨打的多是秀代，連秀代沒事愛咬指甲，陳明發見了，也提起籐條，嚴詞恫嚇她。茉莉有時也感到為難，不好多說什麼，找到機會就勸秀代乖一點，不要外出趴趴走，乖乖地讀書。

秀瑾三年級快結束時，月經提早來了，從此便安靜不好動，在學校裡，若非上廁所，一整天都待在教室，端正坐著。下課時，她習慣一手撐著臉，一手翻動書頁，眼睛卻守株待兔，觀察著教室內的動靜。她冷靜而機敏，舉手投足優雅自持，像個完美主義者。可憾的是，她越來越渾圓發胖，她自己也深感苦惱，洗澡時忍不住看著一圈腰圍，又摸摸耳後的胎記，心頭閃過一絲失敗的惆悵。

這一年的暑假，秀代學會接待送洗衣服的客人，她坐上工作檯，負責填寫收據，收據一式二份，中間墊一張複寫紙。寫完撕下一份，遞給客人，笑著露出左眼的小眼窩，說：「謝謝你，大後天來拿。」

秀代很喜歡做填寫收據的工作，她笑臉盈盈，很有做生意的天分。年輕無聊的阿兵哥，常趁機逗弄她幾句，說，妹妹，妳好可愛喔，妹妹，來，叫哥哥，秀代便噘嘴一笑，別過臉去。

生活一點一滴變化著。最近秀代常跟鄰居阿濟一家，到東門町的戲院看電影。阿濟很有辦法，到了戲院，讓秀代弓起背脊混進去，若是被攔阻，阿濟就好言好語，拜託收票小姐放行。晚飯後，秀代常一溜煙，跑到土地公廟前，聽某戶人家的阿公講古，老人家最近講到烏盆記，回家秀代重新轉述一遍，陳明發斜眼一瞪，破口罵她，踏馬的，聽些沒用的東西。秀代聽之藐藐，改日又跑出去聽故事，茉莉嘆口氣，心想，唉，這隻牛，牽到北京還是牛。

秀代在外溜達的時間越來越多，她還交了新朋友，那個搬家首日跟弟弟來探頭張望的美麗女孩。女孩年紀比秀代大一些，奇怪她不跟秀瑾靠近，卻跟秀代要好。

名喚阿綿的大姊姊常來找秀代，兩人相偕到河堤散步聊天，或是逛遠一點，到憲兵營旁的防空洞，她們躲在洞內說話，用腳趾頭猜拳，跳房，啃芒果乾，學跳時髦的阿哥哥舞步，傍晚太陽下山，她們把堤岸邊坡的青草地當成滑坡，從上往下滑。

阿綿並帶秀代到河邊看人游泳。兩人下到河道的彎處，河水平靜無波，好似一座天然泳池，一群野性男孩在河裡嬉鬧玩笑，其中一人是阿綿的弟弟。那精瘦的男孩看到姊姊，立即從水面拔起，短褲頭灌滿了水，沉沉往下掉，秀代看了，摀起嘴笑到歪倒。

混熟了，兩人慎重選了一天，阿綿帶秀代回家。她們在四處堆疊著衣物、碗盤、各種雜物的窄仄客廳裡，翻滾玩鬧，拿鉛筆當麥克風唱歌；在牆面沾黏著油漬的廚房，尋找食物；又躡手躡腳，從臥室偷出阿綿媽媽的口紅，阿綿像畫畫般，在秀代的嘴唇上塗描豔色，然後攬鏡，對視大笑。累了，阿綿取出她的月餅盒，裡面收存著一疊男生寫來的信。阿綿將信箋摺成一艘艘淡藍、粉紅、青綠的帆船，秀代拿在手中，左看右看，心頭顫顫發慌，覺得情愛的旅程如此神祕，而她珍愛的蜜粉盒如此渺小。

玩樂中，傳來一陣拖鞋磨地之聲，阿綿媽媽出現在客廳，手裡叼著菸，氣若游絲地問：「妳們好吵，嗄，幾點了？阿弟呢？」

秀代怯怯抬眼，這是她頭一次見著阿綿媽媽。同住一條街上，阿綿媽媽和街坊的太太們截然不同，秀代從她爆炸似的亂髮間，看見一張飯碗般小巧的臉，配著一雙微翹眼尾的美麗眼睛，秀代心想，莫怪呢，原來阿綿遺傳了她媽媽的美貌。

那日回去，陳明發表情不悅，罵道：「妳野嘛，王八蛋，我忍耐妳很久了……。」父女倆繞著客廳一前一後追逐，秀代輕輕一扭，泥鰍似地靈活躲開，氣得陳明發髒話不斷。茉莉上前解圍，秀瑾則冷眼旁觀，默默啐一聲，事不關己地轉身回房。

安靜幾天，秀代又溜出去。她和阿綿逛到廟口，繞到大廟後方中庭，那裡有人用大鍋熬煮素肉羹，假日裡免費布施。阿綿熟門熟路，帶著秀代排隊，領了兩碗，兩人蹲在牆邊吃起來。

吃完，又轉去前庭，對著廟內不知名的神像，合掌膜拜，阿綿喃喃道：「這是我妹妹，請菩薩保佑我們。」秀代頻頻點頭，她明白阿綿的意思，菩薩面前，這樣算是結拜當乾姊妹了，她點頭，是真心願意的意思。

回到家，陳明發又是一頓責罵，秀代忍不住回了一句：「你管我？」這還得了，陳明發怒氣沖天，一巴掌打過來，打在秀代臉上。

秀瑾在屋內讀英文，客廳傳來吵鬧聲，她不耐煩，重重嘆了口氣。

畢業時秀瑾獲得市長獎，獎品是一本英漢辭典，辭典像天書，密密麻麻，令秀瑾沮喪。大考過後，她鼓起勇氣去找小學導師幫忙，導師對英文也不在行，講好只教字母。一個禮拜後，秀瑾把二十六個英文字母全背熟了，導師張大眼睛，驚訝於她的早慧和毅力驚人，「陳秀瑾，妳將來一定前途無量。有困難，來找老師。」導師讚嘆地說。

她摸索出一套死背強記的方法，替每個字母標注同音的中文。譬如J，是賊，O是歐，P是批，輕聲地批⋯⋯。秀瑾心中心機飄浮，初中入學考試，除了踢毽子和跳箱成績不理想，其他學科很順利，應該可以考進好學校。暑假不能空白，她的小學同學已開始進補習班，她也必須提前偷跑，等升上初中，就不會輸給別人。

喃喃背誦時，一旁的秀代哈哈哈笑倒床上，她把P當成了放屁，笑說：「英文會放屁。」

秀瑾很討厭秀代這類無心的笑鬧，好像被人看出自己的愚笨。的確，一個個由字母組成的單字，該怎麼讀呢？這是秀瑾背熟字母後面臨的困難，她著急焦慮，茉莉看在眼底，有日隨口問，要不要去找妳乾爹，他懂一點英文，還準備考大學。秀瑾不置可否，思忖多日，終於開口跟秀代要了韓敬學的電話，那幾日，她對秀代特別好，再不像平日動輒對嗆。

兩姊妹結伴來到新美村辦公室，裡面都是熟識的叔叔伯伯。秀瑾在老師的辦公室見過黑色轉盤的電話機，但不曾使用過。兩人摸索討論，該怎麼用呢？操著鄉音的伯伯遠遠傳話來，電話筒拿起來再撥號碼，不要弄壞了呀。

話筒裡發出嘟嘟嘟的聲響，沒人接，秀瑾難掩失望，放下，又撥了一遍。這樣試了多次，最後還是放棄。秀代問道，會不會電話壞了？還是號碼寫錯？又建議明天再來試試，但秀瑾的氣餒轉為埋怨，把寫著電話號碼的紙條扔還給秀代，悻悻轉身回家。

秀代不死心，留下來又試了幾次。電話裡，傳來韓敬學低沉的聲音，秀代嗎？怎麼啦？還好吧？有什麼事嗎？聽得見聲音吧？

打電話給韓敬學的事，兩姊妹沒跟茉莉講。一整天，茉莉都忙著，要不就是喊累小睡去了。到了下午，秀代嘰喳不停，講起學校營養午餐的奶油高麗菜湯，有多好喝多好喝，拜託媽媽讓她下學期繼續訂營養午餐，她學起陳明發飆髒話的口吻，發出一聲：踏馬的，每次都被男生喝光光……，話聲才落，陳明發勃然大怒，拿了牆角的籐條，欺上來一頓責打。茉莉從廚房追出來，攔住陳明發，說：「你自己做得好榜樣，還不是學你的，你還打還打。」

陳明發像犯錯的小孩，頹然坐下，陷入慣常的沉默。秀代蹭著腳進屋去，又啪地一聲，重重關上房門。晚飯時，茉莉喊了幾聲，秀代不肯出來。再晚一點，茉莉進去看看，見秀代的小腿上，留下橢圓形的鞭痕，一圈青一圈白。

茉莉靠過去，輕聲問：「肚子餓不餓？」秀代不理睬她。茉莉能說什麼呢，客廳裡，陳明發默默燙著衣服，今晚武俠廣播劇不聽了，他又何嘗願意成為這樣的父親呢。

隔幾日，茉莉從市場買回兩件新衣衫，一件給秀瑾作為犒賞，剛剛放榜，雖然考上第二志願的女中，秀瑾不滿意，茉莉卻覺得光榮，新美村同齡的小孩可沒有這種傲人成績。另一件淡粉色上衣，兩片圓角度的衣領，輕巧可愛，她給秀代送進屋去。秀代抱著新衣，舉頭相望，茉莉嚇了一跳，秀代那眼神，飽含情感，這孩子已不再純真無邪？

有些事，茉莉看在眼底，趁秀瑾不在，她在秀代床沿坐下，吞吐半天，小心翼翼地說：「爸爸有時候脾氣不好，那是因為在裡面，妳知道的嘛，在裡面，吃了很多苦，他以前不是這樣的。他一定會好起來，妳要體諒他。」

這一番話，茉莉百般斟酌，既要體諒陳明發，又想安慰秀代。晚飯後，茉莉感覺特別疲累。她坐下來，想休息一會兒，突然，她摀著胃，皺起眉頭，嚷嚷說胃裡有什麼東西在翻攪，頭又痛了起來，秀代拿出藥袋裡的黑藥丸，倒了杯水，遞給茉莉。

連續多日，茉莉感到體力不支，肚子發脹，頭昏，想吐。茉莉心裡有數，決定到廟口診所做檢查。

清早，陳明發走進廁所，茉莉在裡邊刷牙，陳明發低聲問：「怎麼樣？」茉莉滿口牙膏，含糊回一句：「生了吧。也不好，老是流掉。」

秀代正巧經過，大人的話像風一樣飄進她耳中。不知為何，她眼眶裡莫名蓄起淚水，一整日，淚水如浪，一波一波，衝向胸口那道緊閉的閘門。

清早，彎嘴畫眉嘎規嘎規鳴唱一陣過後，茉莉起床，發現秀代也起來了，聽見媽媽推門進來，回轉頭，對茉莉淡然一笑，那笑，露出她久違的小眼窩，茉莉隨即也回以微笑，茉莉肚子裡懷了小寶寶，這無聲的笑意，是母女間滿滿的祝福。

8

茉莉出事，是隔年開春。惱人的冬季濕雨，讓茉莉感冒不斷，咳嗽了兩個月，胸口經常無端地怦怦跳。她已八個月身孕，大腹便便，就快要生產。寶月為她找了接生婆，剛從苗栗搬來台北三重，說是接生過上百個小孩。幾個月前，接生婆緊抿厚唇，閉著眼，由上往下摸一圈茉莉的肚子，在肚臍附近摸到硬硬圓圓的東西，判斷是胎位不正，胎兒頭在上腳在下。她經驗老到，說：

「安啦！照我的話去做。」

於是，茉莉每日晨昏，起床睡前，照著接生婆教導的方式做運動，先將臉頰側向一旁，雙膝跪地，前胸和手臂平貼床上，屁股翹高，希望讓肚中胎兒的頭腳顛倒過來。

寒假即將結束，孩子們等著開學，寶月的先生突然造訪，支支吾吾，好半天才開口，問知不知道寶月哪兒去了。兩天前，寶月不吭一聲離家，她先生牽著四歲的兒子，到處打聽，五分埔那邊的娘家也去問過。

搬離新美村後，茉莉跟寶月往來較少，乍聽寶月離家，難過又愧疚，但也只能安慰寶月先生，放心，寶月是懂事的人，很快就會回來，絕不會放著一兒一女不管。又問，那馨儀誰來照顧，要不，兩個小孩先送過來，幫忙看幾天，寶月先生搖搖手，回去了。

寶月先生走後，茉莉努力回想，寶月上次來，有無蛛絲馬跡，究竟為著何事，茉莉全然看不出來。第二天，茉莉在菜攤遇見羅太太，羅太太問她知不知道寶月的事，她點點頭，羅太太又低聲說：「搞不好是那個賣醬油的。」

幾天後，寶月倦鳥歸回，去了哪裡，跟什麼人去，為何離家，一概不提，只來跟茉莉說聲謝謝，不用替她擔心。寶月坐了一會兒就說要走，茉莉放下手中工作，挪移著大肚子，緊跟在她身後。

茉莉是想起多年前，兩人從鄰居羅太太家出來，大寒的天氣，兩個女人手挽著手，緊緊依靠，當時茉莉對寶月懷著滿滿的感念，感謝她不棄嫌，願意當她的朋友。現在，或許寶月也需要朋友挽著她的手。

於是，茉莉伸出了手。兩人在暮色中徐徐漫步，任身體的溫度在手臂間傳遞。茉莉不忍問寶月發生何事，有些事未必容易啟齒，她即將臨盆，也很難分擔什麼，她只想陪伴寶月走一段路，送她回家。兩人朝村子方向走，走到堤岸口，寶月說：「累不累？不然，陪我說說話吧。」

最近，區公所沿堤岸設置了涼椅，供人散步閒坐，在時間的縫隙裡，河邊風景悄然改變。兩人找了張乾淨的椅子坐下，閒閒聊著茉莉的種菜心得和洗衣店生意，又回憶起初結識時，在寶月家，兩個女人翻著歌本唱歌自娛，感嘆時光如流水，老了老了，不再唱歌了。

這樣繞著圈子，言不及義，茉莉小心翼翼，深怕口拙說錯話，明明是關心卻成了探問甚至責備，那就不好了。末了，還是寶月自己說了：「我是為了馨儀。」

馨儀怎麼了呢？茉莉默默舒了一口氣，幸好不是為那賣醬油的。寶月解釋說，家裡的死老猴不讓馨儀去上學。「我生他的氣，大吵一架。這幾天，住在一位朋友家，朋友是小時候就認識的。」

原來如此啊，茉莉放心地發出「啊」地一聲。寶月繼續說：「我很生氣，這樣的男人要來做什麼？他說馨儀去上學，很丟臉，還說這是馨儀的命。但我非要讓馨儀讀書，她只是不愛講話，不是白癡。」

關於擺攤賣醬油的，傳言剛起時，茉莉趁買菜特地繞過去探看，也只敢偷瞄一眼，趕緊躲開。小夥子臉部有著勞動者歷經風霜的結實線條，皮膚黝黑，以年紀論，堪稱英俊，但英俊又怎樣呢，油滑極了，開口閉口的大姊、大姊，像是個騙子，讓茉莉很替寶月捏把冷汗。

寶月有著美麗的女人特有的膽量，私心裡茉莉既欣賞又擔心。這是第一次，寶月向她吐露，不避諱地說：「那個人，其實啊，早就不來往了。」

兩人先是言語遊戲，彼此試探，寶月形容他幽默風趣，從未見過這麼有趣的人。後來登堂入室，藉機送醬油進了寶月家，又相約在外頭約會見面。某日，寶月隨他回家，他們家，屋旁有片稻埕，擺滿醬油缸，有個老人家從屋裡出來，往稻埕走，在一座醬缸旁蹲下，不知嗅聞什麼，那小子朝老人喊了聲，阿姆，寶月卻被瀰漫在熾烈陽光下發酵的臭味，薰得打了個噴嚏。

有天清晨，一覺醒來，寶月腦中忽然冒出個念頭，要是跟了他，這時候該起床照顧老的，然後去照顧屋外一堆發臭的醬油缸。

如果那時沒發生馨儀半夜發高燒全身抽搐的事情，寶月不確定自己的選擇，跟村裡某些女人一樣不顧一切逃家遠去嗎、或是留下來？她兩腿發軟，抱著全身發燙的馨儀往外衝，因為太緊張害怕，踏出家門時咚地一聲，母女跌倒在地，她先生靠過來，抱起馨儀，又一把攙住她臂膀。三個人衝上街，往醫院去。大概因為這樣，寶月的心一下子平靜下來，甚至於，感覺自己和先生，也算是共患過難了。

「有人跟我家老頭打小報告，我死也不會承認的。這是我的祕密，只告訴妳一個人。」寶月說著：「女人哪，這樣愛過，就夠了。女人的命運不是自己的，是老天爺給的，我們女人沒有自由。」

晚風習習，寶月悠悠述說，漸漸地，分不清是風的聲音，還是女人心底的聲音。茉莉自覺遲鈍，感受著寶月的委曲衷腸，卻一時理不出頭緒，眼下只感到抱歉，讓寶月懷著這麼深重的心事，無人可訴說。但寶月太見外了，「幹嘛不早跟我講？」茉莉說。

「妳這麼忙這麼累，不想煩妳。」寶月說。

茉莉忍不住問：「那馨儀怎麼辦？」

寶月兩手往腰間一扠，撂狠話似的：「不讓馨儀上學，我就跟他鬧到底。」

這下，茉莉又瞪大了眼睛。

各自回家後，茉莉心緒紊亂，反覆撫著肚子，一面尋思寶月的話。要睡了，她想起了韓敬學。

寶月講起女人的命運，這是她最不想去碰觸的話題。她自己的命運也曾經一團混亂，但她是個保守的人，絕不像寶月，膽敢去追求。想及此，她伸手摸摸自己的胸口，那心停頓的地方，因為懷孕，跳動加快。她是想起，多年前那場颱風，她幾乎要對韓敬學動情，很快地，她重新調整到人生的正軌，不讓命運變色，幸好道德將她及時拉住，沒做出後悔莫及的事。她想，寶月先生雖然年紀大了點，但是個好人，脾氣也溫和，這樣的命運還能怎麼奢求？

但實情並非如此。當年，她著實動了情，決定去找韓敬學，心緒懵懂，以為就是去看看，看看而已，她沒想清楚究竟要什麼，僅隱隱感覺，到了該做決定的時刻。末了，那個最該問的關於情愛的問題，終究沒有膽量問出口。

那個絕望的夜晚，她腦海中，「這個男人讓陳明發替他頂罪」，被這個電波一般強烈的意念箝制，終致反身飛奔。很長一段時間，茉莉極想不開，韓敬學對她和兩姊妹的百般之好，有了全然不同的意義。她心裡漸漸產生羞恥感，責備自己是個無知受騙、不知自持的女人，差一點向人投懷送抱。

經過這麼些年，茉莉已原諒自己。那是因為她終究守住了，是這條道德防線，讓她可以面對自己。她從未問過自己，是否愛過韓敬學，愛，太渺茫，令她膽寒懼怕。但或許，世上有一種愛，猶如站在山巔，以孤獨的身姿擁有了愛的祕密。寶月說，女人哪，這樣愛過，就夠了，同樣的意思吧。她們終究必須回到萬家燈火的紅塵人間，從此擁著自己不敢去撕開的祕密。妳愛過他，他愛過妳，不再重要，是那個祕密的全然擁有，成了生命的分量。這麼說來，茉莉心想，改天也該跟寶月吐露自己的歷程，人生吶，每個階段的想法都不一樣。

一整夜，她睡得很不安寧，開始水腫的小腿肚，半夜抽筋，她痛得醒來，卻聽見身旁粗漢帶著濁氣的鼾息聲，她翻身困難，仍勉強背過身去。

翌日，如常一般幹活，又過一日，茉莉感到肚疼。疼痛感日漸增強，最後終於忍耐不住，竟至再也沒有機會跟寶月，她的知交暱友，交換女人的心事。

9

茉莉最近老記掛著還有什麼事沒交代清楚，鎮日跟兩姊妹碎唸不斷。選了個假日，讓秀代陪她上街，採買生化湯、紗布、麻油等坐月子用的東西。辦完這些事，就等小傢伙出來報到了。

回程，母女相偕，徐徐行走，秀代幫忙提物，不斷左手換右手，問她很重吧？

秀代搖搖頭，笑說：「我是大力士。」

茉莉欣慰地笑了。但她仍有懸念。幾天前在菜園裡鋤草，已跟秀代說過，她大腹便便，走得極慢，趁機又再提醒秀代，「秀瑾很會讀書，再怎麼辛苦，也要供她讀書，將來去讀大學。如果妳像姊姊，我也一樣，絕不會偏心，所以，妳要好好用功，要做個，好孩子。別跟那個阿綿走太近了。」

秀代喔地一聲，不置可否。她讀書缺乏專注力，成績差強人意，大人反覆承諾不會偏心，反令她不自在，好像真有偏心這回事。

母女說著話，不知怎麼提起的，秀代講到韓敬學留給她電話號碼的事。茉莉起初驚訝，「啊，他裝了電話。」想想，又跟秀代說：「他是好人，是可靠的人。」

這是茉莉預產期前的一個月。身體負荷愈來愈沉重，蹲在屋外洗衣，必須扶著牆，才能慢慢站起。幸好，冬寒已退，洗衣工作稍稍輕緩，一整個冬季，每日刷洗厚重的軍用外套，還真是要人命。

清明節正午，娘家養父從後山埤來探望。坐了一會兒，養父跟茉莉說，養母身體無爽快，鎮日頭眩目暗，筋骨痠疼，等孩子生下，做完月內，回家看看吧，老母的時間不知剩下多少。

茉莉心懷歉意，允諾一定回去。養父臨走，茉莉遞上一袋現採的青菜，並跟養父一鞠躬，說：「真歹勢，攏無有孝阿爸阿母，恁愛保重。」

養父嘴裡嘀咕，像是在說，客氣啥，又不是生離死別。他扶起茉莉，塞了幾張紙鈔到茉莉手中，說是阿公阿嬤給金孫添營養，茉莉沒有拒絕，收下了，頻頻說著，阿爸阿母愛保重。

茉莉未再見著寶月，買菜時遇見羅太太，說寶月打算搬家，買了公寓房子。茉莉不敢奢望有朝一日住進新穎的公寓樓房，但她很替寶月高興，這表示，馨儀的事已經解決了。

又一日，茉莉的童年玩伴優希口，多年不見，清明過後突然一跛一跛地找來，興師問罪地，問茉莉為何搬家都沒通知，她是到新美村問人才知道。茉莉驚覺疏忽了朋友，連聲說，歹勢歹勢。

午後的陽光斜照著半邊客廳，久違的兩個女人，難得輕鬆坐著說話。優希口兒子中學畢業後，在外國人開的電子工廠做焊接，家裡有了固定收入，生活改善不少，茉莉問，那小的呢？優希口挑著眉得意地說，也唸中學囉，等大兒子去當兵，正好二兒子畢業，可以接替電子工廠的工作。

「妳呢，過得好不好？」優希口關心地問。

茉莉含糊應對，洗衣店工作辛苦，但新生命即將到來，她的責任沉重，再沒有可以抱怨的了。她帶優希口去看她的菜園，說：「像不像我們小時候？」優希口搖頭嘆息，勸茉莉少操勞，這樣會累死自己。

優希口吃過晚飯，要走了，茉莉也送上一袋青菜，不好讓客人空手而回。又叮嚀優希口，腳不好，路上小心。

一整個下午，陳明發板著臉孔，磨蹭著拖鞋從房間踱步出來又進去，他不喜歡茉莉的朋友。茉莉敬畏憐憫，強忍住，想著這男人，要是沒有她擔待著，該怎麼活。

晚上，茉莉進廚房拿東西，秀瑾正在清洗便當盒，從背後看去，圓圓胖胖的身影，令茉莉心疼。她年輕時瘦骨嶙峋，被養母笑說一副薄命相，但秀瑾身材圓胖，也令茉莉擔心，怕她遭人譏笑。

又想到，秀瑾升上中學，功課壓力更大，做媽媽的，總是操心不完。她靠上前去問秀瑾，功課還好吧，沒去補習可以嗎？秀瑾回說，功課不難，只是，很怕老師解剖青蛙。茉莉不禁一哂，這丫頭，從小就怕打針流血這些事啊。

孩子們和陳明發有道難以跨越的鴻溝，茉莉常常居中扮演潤滑劑，秀代鬼靈精，還在作文簿裡形容爸爸是秦始皇。茉莉很同情陳明發，比較起來，她不擔心秀瑾，秀瑾對爸爸入獄前存有較多印象，且她功課頂尖，陳明發以她為榮，三不五時發豪語，要全力栽培。但秀代漸漸開始頂撞，有幾次還奪門而出，說來，陳明發對秀代實在太嚴厲了。

或許，即使親如父女，也有緣深緣淺的分別吧，秀瑾跟爸爸比較有緣。茉莉靈光一閃，交代秀瑾：「以後，妳要多多照顧爸爸。」

秀瑾露出迷茫神色，不明白媽媽為何這麼說。她曾經對媽媽懷有莫名的敵意，這是她深藏心底的祕密。但最近，她感覺自己的心像奶油般慢慢融化。

晚上睡了，後面菜園裡傳來蟲鳴，吸引茉莉專注聆聽了一會兒。不久，肚子又鬧疼痛，連續幾天疼了好幾回了，她心想，陣痛應該就在這幾日。

恍惚中，她再次想起韓敬學，一股思念翻湧而起，茉莉突發奇想，如果秀瑾跟爸爸有緣，難道，秀代是跟韓敬學有緣？自己的爸爸不親，反跟一個外人親，人生世事，真是難解。

翌日一早，洗衣時茉莉就覺得不對勁，下面那裡感覺很緊迫，一抽一抽的，像有什麼東西要衝出來。到了晚上，陣痛開始，先是約半小時痛一回，疼痛越來越密集，她忍著，好不容易等到天亮。

除了陣痛，其他症狀並不明顯，茉莉便如常工作。中午洗好衣服，下面沉墜感加重，該通知接生婆了。

接生婆很快就到，在茉莉肚子摸了一圈，皺起眉頭，問：「不是教妳要做運動？」

茉莉看著接生婆的表情，略顯緊張，忙回答：「做了，做了，請問怎麼樣？」。

「頭腳沒有倒回來。」接生婆說。

按接生婆的判斷，孩子不會這麼快來，恐要再等幾天，但頭腳顛倒的事，讓她頗為煩惱，這樣會增加接生的難度，接生婆搔搔頭，笑說：「看我的本事啦。」

傍晚，茉莉挺著肚子到菜園巡一巡，順手摘了一盆青菜，轉身時，秀代靠過來，母女倆還沒說上話哩，茉莉一陣暈眩，人便倒了下去。

飯後，茉莉坐下休息，感覺有些異樣，伸手一摸，椅子上已是一攤濃濃的血，秀代驚嚇尖叫，茉莉上氣不接下氣地說：「喊妳爸爸。快！」

茉莉送進醫院，人已半昏迷。醫院通知陳明發辦理繳交保證金的手續，陳明發到櫃檯一問，要兩百元，他洗衣燙衣賺的是十元二十元，被兩百的數字嚇到，問改天來繳，或者先繳一半可以嗎？櫃檯小姐說不行，陳明發心裡一急，問怎麼辦？我老婆還躺在急診室裡。一名自稱主任的男人走過來，陪笑說：「這……有點困難，恐怕不符規定。」

陳明發急問：「什麼規定？」

「就，規定啊。」那人說。

陳明發頓時火冒三丈，一巴掌摀在櫃檯上，罵道：「我操你媽，我老婆要死了，規定個屁？」

他衝上去要揍人，兩名穿著制服的警察匆匆過來，將他架開，他一個人對三個，扭打起來，有人在混亂中放話：「再亂來，把你老婆帶回去。」

茉莉緊急開刀，肚裡孩子的性命保住了，是男生，兩千七百公克重。茉莉則虛弱不堪，說是產後出血。陳明發跑血庫給茉莉買血，血庫門前坐著幾名衣衫襤褸的男人，癡癡望著他，像是在問，買不買？他走過他們身邊，心裡怒聲說著，我也要賣血！

保證金的事暫時解決了，陳明發趕回家，寫了暫時歇業的告示，貼在大門，將兩姊妹託給寶月，又匆匆帶著盥洗用品趕往醫院。

連著幾天，茉莉有時醒來有時昏睡，有時像在夢中呢喃囈語。陳明發彎下身，想聽清楚她在說什麼，隔著氧氣罩，卻聞到一股藥物刺鼻的氣味。終於，他聽清楚了，茉莉是說：「什麼時候回家？」他握著茉莉的手，安慰道：「快了快了，妳別急。」

夜裡，他像吃了敗仗的戰士，垂頭喪氣地返家，問兩姊妹吃飯了嗎?秀瑾說，輪流在寶月和阿濟家吃飯帶便當。陳明發帶回一袋麵包，遞給兩姊妹，說，明天早餐吃。然後鑽進浴室，洗去幾天來滿身的臭酸氣味。

翌日，兩姊妹刷牙洗臉，準備吃麵包，秀瑾選了奶油口味，秀代選紅豆。平日早餐都是稀飯配醬菜，吃麵包是稀罕的事，秀代尤其覺得紅豆麵包好吃極了，她用小手指一點一點地舀出紅豆餡，這樣可以吃久一點。秀瑾則探頭看看紙袋裡還剩多少，夠中午吃，便各分兩個，帶著去上學。

傍晚，寶月來喊她們吃飯，問媽媽有沒有好一點，秀瑾說，還在輸血。第二天，寶月把小孩託給對門鄰居，趕到醫院探視，她昨晚睡前打了個寒顫，心裡有股不祥之感。到了病房，才探頭進去，未料，看見陳明發趴在空蕩的病床上，失聲痛哭，她知道，茉莉不行了。

10

黃昏，客廳地板上，有一短暫時間，陽光的殘影，靜止不動。

秀瑾回到家，接著，秀代回來。幾天前盛裝麵包的紙袋，還留在圓桌，溢出腐壞的油蔥餿味，秀代順手拿起，扔進垃圾桶。略為收拾後，她甫一坐下，就感覺頭暈，好像椅子上，還留著她媽媽的污血。秀代反覆擦洗過數遍，包括靠背的縫隙，確定不再有血的痕跡。

但她心裡仍覺得血色還在。先是微微懼怕，懼怕越來越擴大，大到終致一坐下，就覺得暈眩。

稍晚，大門砰然一聲，兩姊妹目光全投向踏進家門的陳明發身上。陳明發抹去一臉的淚水，哽咽說：「媽媽，沒有了。」

寶月跟在陳明發身後，一面啜泣，一面又再說了一遍：「媽媽沒有了。」

事情來得突然，兩姊妹一時無反應，呆若木雞。

很長一段時間，屋內燈光昏暗，沒有人說一句話。突然，陳明發一拳打在牆壁上，發出一陣嘶吼：「狗屎，踏馬的，狗屎的人生！」

隔日一早，寶月來接兩姊妹去醫院，「冰櫃很冷，秀瑾，給媽媽帶件厚外套。」她說。

陳明發在房內睡著，幾日來終於沉沉入睡。秀瑾打開衣櫃，找出茉莉冬季常穿的墨綠色及膝大衣。回到客廳，無意間瞄到矮櫃上的全家福照片。她想起某年去探望爸爸，寒冷的雨天，他們撐著雨傘，縮著身子，緩步前行，她的肩膀摩挲著茉莉身上的毛呢大衣，而漸漸感到摩挲產生的微微溫度。她終於淚如雨下，兩片嘴唇不住地顫抖，嘩地一長聲，嚎哭起來。

秀代坐著不動，腦中一片空白，姊姊的哭聲好似相隔遙遠。寶月催促她上路，她懨懨起身，問道：「阿姨，媽媽有沒有吐泡泡？」話聲甫落，再也無從壓抑，也放聲哭了。兩姊妹哭聲震動，把睡著的陳明發給吵醒，站在房門口頹喪地說：「不要哭，不要哭。」

寶月見著這一幕，心裡悲傷難抑。過幾日，回想兩姊妹先是呆滯、後又激動的反應，腦海裡冒出個念頭，生離死別原來是這樣啊。她帶兩姊妹去給茉莉捻香拜拜，打開冰櫃，裡面躺著原本活生生的人，秀瑾頭一低，轉身躲到角落哭泣。秀代搶過大衣，像個小大人般上前，溫柔地給茉莉蓋上了。

「秀瑾秀代來看妳了，茉莉，妳醒醒啊，妳命苦啊，不冷了不冷了，衣服給你送來了，生孩子生成這樣，怎麼會這樣啊……。」

寶月以一種哭調，喋喋不休地唸唱著。秀代覺得那高揚且不停婉轉的哭調，完全脫離日常的寶月阿姨，卻又似一股魔音，迷亂了眼前的一切。

窗外，中庭院子裡有兩隻無名鳥，像報喪的黑衣使者，鳥尾刷地一甩，力道強勁地閃過秀代眼前。秀代抬頭看了一眼，又是一陣暈眩。

這暈眩持續了一段時間。火化後，茉莉的骨灰罈放在矮櫃上。推門進來，直直地就看見那雪白瓷罈，以及收音機、全家福照片，這些東西，標記著一個女人，短暫的不安穩的人生。黃茉莉，得年三十三歲。

秀代的暈眩，漸次好轉。夏季來臨前，客廳裡灑滿一地殘弱的陽光，他們幸運存活的小弟弟，日也啼，夜也啼，把整個屋子鬧得躁動不已。

小弟弟至今還未取名，啼哭時，陳明發罵他死東西，睡著時，又親暱地喊我兒子我兒子，由於出生時短暫缺氧，右腳神經受傷，陳明發再跟獄中友人借了點錢，每隔幾天抱著兒子上醫院，做電療，老婆走了兒子來了，世界持續運轉，家庭卻被個小嬰兒鬧得天翻地覆，日夜顛倒。

某日，隔壁阿娥過來，說要介紹個好人家收養，她說，可憐喔，一個查埔人怎麼帶小孩。兩姊妹隔著紗門偷聽爸爸跟阿娥講話，心頭怦怦怦地亂跳，深怕事情成真。陳明發沒有點頭，送走阿娥，他破口大罵，這台灣女人腦袋破洞嗎，操，有人把自己兒子送人嗎！

秀代努力幫忙家務，她學會洗米煮飯，照顧菜園，陳明發忙著，她主動看顧弟弟，弟弟哭，弟弟吐奶，弟弟尿床，陳明發拿秀代出氣，怎麼帶的，嗄？笨蛋。陳明發也第一次給了秀代讚許，洗乾淨的尿布，秀代摺得平平整整，陳明發笑說，嗯，妳跟秀瑾，一個功課好，一個會做家事。

傍晚，秀代待在菜園裡，仰望天空，感覺灰霾的雲片飄過心頭，胸口悶得發慌，她想出去，找阿綿姊姊，到堤岸走走逛逛，去哪兒都好，就是想踏出家門。

弟弟半歲了，摔跤過幾回，讓他靠著牆壁練習坐立，咚一聲，斜斜倒下去，陳明發望著小人兒三不五時額頭鼓起的烏青塊，心疼得差一點掉淚，想著這樣下去真不是辦法。

一日傍晚，兩姊妹放學回家，家裡多了一人，陳明發說，這是阿姨，來幫忙洗衣服帶小孩的。

名喚麗卿的阿姨，第一天來，已將家裡亂七八糟堆積的雜物，收拾妥當，桌上也擺了兩道菜，等著兩姊妹回來開動。此後，麗卿白天來幫傭，洗衣、燒飯、打掃、照顧弟弟。天黑前，她打理飯菜，幫弟弟洗澡，方下班歸去。她手腳俐落，凡事輕而易舉，工作時全神貫注，毛茸茸短捲髮蓋住一雙細狹的眼睛，這時候的麗卿，像部機器。秀代這才知道，她媽媽慢工細活，並不是能幹的婦女。

麗卿家住廟口附近的半山坡上，過了些時日，她自告奮勇帶弟弟回家過夜，第二天再帶回。陳明發省事不少，得空翻尋字典，到戶政事務所登記了弟弟的名字，陳澄。

但陳澄這名字，麗卿嫌拗口，她問，頭家，「澄」是啥物意思啊？陳明發翻開字典唸給她聽，澄，透明、清澈，如果講的是人品，就是清清白白。麗卿點頭懂了，轉身發現小陳澄咯咯咯地笑，阿弟啊，對我笑呢，大家快來看喔，她高聲嚷嚷，就是喊不慣陳澄的名字。

不久，陳明發和兩姊妹接受了這幹練女人偏甜的燒菜手藝。什麼菜都放糖，跟她說少放點，糖要錢買的，她嘻嘻笑，端上桌的紅燒吳郭魚，照樣鹹鹹甜甜，陳明發眉頭一蹙，麗卿卻無視，對著兩姊妹說：「兩位小姐，較緊來食呢。」那尾音的「呢」，變成了重音。幾個月後，陳明發狐疑，真奇怪，買菜錢比以前減省許多，這女人是如何辦到的，那就隨她了吧。

陳明發出獄後開始掉髮，茉莉過世，頭髮竟一夕落盡，只餘兩邊鬢角。到了冬天，麗卿從市場買回一頂墨綠色毛線帽，「頭家，戴這個，來。」喜孜孜往陳明發頭上套，陳明發躲避不及，像個大孩子，乖乖聽話。晚上洗澡時，陳明發剃掉嘴邊的鬍渣，戴上帽子，鏡子裡，左看右看，整個人多了幾分精神。

麗卿也占去了茉莉的菜園，剛來時，發現菜園七零八落，她喊一聲，夭壽啊，便挽起袖子下田去，次日，穿了雙塑膠雨鞋來，三下兩下，菜園換了一番新氣象。秀代想幫忙，剛踏進園子，麗卿推了她一把，「囉唆，去讀冊啦。」

秀代站在園子入口，短短的一秒兩秒，想著她媽媽蹲著身子專心植栽的背影。那寂寞的背影，埋進秀代的心靈深處，這裡區區一個轉身的位置，都不再屬於她了。

11

然後，到了暑假。

秀代和阿綿約在憲兵營旁的堤岸見面，她先到，坐在邊坡遙望眼下綠油油的青草地，她想起幼時，和媽媽姊姊散步到這裡，總也是這樣，坐一會兒。她對媽媽的思念日漸強烈，常常想著想著，淚流滿面。

阿綿來了，美人兒尖尖的下巴，微翹的杏眼，渾圓的額頭，透著巧手雕塑出來的冷峭之美。兩人朝市場方向走，在熙來攘往的市場巷道內，找了家麵攤坐下，共吃一碗粄條湯。吃完，經過兼賣文具的雜貨店，阿綿要秀代在門外等她，她進去，不久出來，若無其事地，塞了枝2B鉛筆到秀代手裡。

她們又鑽進附近巷弄，裡面有家專門放映二輪電影的戲院。阿綿熟門熟路，帶秀代繞到戲院後面的防火巷，巷內陰森骯髒，四處堆積著垃圾糞便，大概只有老鼠出沒。那裡有道鏽蝕的菱格狀鐵門，上了鎖，伸手進去就能掰開，自此溜進戲院。

阿綿的小阿姨在郊區外銷成衣廠當女工，三不五時將瑕疵品偷帶出來，她媽媽留下色澤鮮豔的，其他留給阿綿。兩女孩先到戲院廁所換衣服，阿綿穿淡紫色V字領的緊身衣，秀代伸手撫摸衣服綿滑的尼龍質料，掩不住驚嘆，問道：「美國人穿這樣喔？」

對比阿綿黏貼著身體，彎曲的腰部線條畢現，秀代則是套布袋式的淺綠碎花衫，阿綿抱著肚子笑，連聲說：「好可愛喲，好可愛喲。送給妳囉。」

那日，她們看完流行的盤腸大戰武俠片，走出戲院，迎面走來一名瘦高的初中男生，阿綿讓秀代等她，拉著那人到角落去講話。秀代覺得兩人似熟非熟，事後問阿綿，阿棉神氣地說：「隔壁班的，帥不帥？他最近寫信給我。」

阿綿和男生喁喁說話時，不知為何，秀代左顧右盼，極不自在。想到阿綿的餅乾盒裡，躺著這男生寫給她的信，彷彿心臟提高了位置，情緒莫名地亢奮。

阿綿常常講述男生追求她的事，但秀代仍懵懂，情愛的根芽埋在泥土裡，靜待冒長出來。但她從阿綿那裡學會關於愛情的話語，打是情罵是愛，異性相吸，等等。她又憨憨問阿綿，要怎麼做，男生才會喜歡妳？阿綿認真分享她的欲擒故縱術，主動一點點，再故意疏遠一點點。阿綿捏著手指頭，特別提醒：「主動和疏遠，都只能一咪咪，就這麼一咪咪。」

秀代問，還有呢，還有呢？阿綿表演起來，一面說：「女生回頭時，這樣，笑一笑，這一招，最厲害。」秀代心想，是啊，剛剛阿綿和那個男生說再見時，就是這樣。

兩女孩一路開懷暢笑，好像有個楞頭小子即將傻傻入甕。秀代甚且開始期待，擁有一個和阿綿一樣、盛滿求愛的餅乾盒。阿綿安慰她：「等妳上中學，就會有人寫信給妳啦。放心！」

她們從廟口轉往河堤，下到河邊，在蛇籠上跳格子，膩了，折返憲兵營旁邊的防空洞，很快就有阿兵哥過來搭訕，阿綿跟人家聊得起勁，纏著人家相擁共舞，秀代被晾在一旁。觀望之際，秀代發現，阿綿跳舞時，修長的兩腿自然扭轉，真是好看，她兩眼直視，幾乎看呆了。

河對岸半邊天空布滿紫金霞光，該是回家的時刻。轉身時，秀代遠遠望見一個黑影，在草叢裡忽明忽滅。那是她父親。

陳明發一個人來到河邊，在亂草叢中徒步，直達水邊。這是他近年養成的習慣。每當心情煩悶，就一聲不響地出門，對著一彎河水，有時朝著遠處扔石子，有時靜靜抽完一根菸。此時，他停下腳步，轉身回頭，在他視線的最遠處，堤岸上兩個女孩的身影，影影綽綽的晃動。他依稀猜想到是秀代，那身影，一定是她。忽然，秀代拔腿奔跑，朝回家相反的方向，死命地跑。

天暗了，兩女孩仍四處逗留，其實是秀代，忽然就不開心了起來，她不想回家。阿綿問她怎麼啦，她聳聳肩，一時說不上來。

「回家。」阿綿累了，她發出命令。秀代還賴著不走，阿綿臉色一沉，問：「妳發神經啊？想逃家喔？」

秀代望著阿綿一身超齡打扮，緊身上衣，制服裙腰捲了好幾層，噗哧笑出聲來，好奇問，穿這樣，妳媽媽都不罵妳喔？阿綿聳聳肩，回說：「會啊，罵又不會痛。」

阿綿果然是她的大姊姊，秀代覺得，「罵又不會痛」真是神來一筆，她學了起來，下回用來對付自己的爸爸，罵又不會痛，打也不會死。

河面起了風，涼意飄散在空氣裡，秀代轉身時，看見阿綿美麗的臉龐包覆在晚霞的餘光裡，臉部線條發散著一縷清幽的光，秀代不禁讚嘆：「阿綿，等妳長大，去當大明星吧？」

阿綿聽了，略仰頭，呵呵呵地笑，阿綿連笑聲都有一股媚意。

回到小街，秀代心中忐忑擔憂，怕回家又是一頓責罵。離家近了，阿綿也顯得無言，總是這樣，歡樂如此短暫。

低著頭，小心翼翼踏進家門，咻——，陳明發遠遠扔過來一支鞋拔子，秀代閃過了，接著又咻——，是一支蒼蠅拍。

然後，「妳死去哪裡，嗄？別以為我不知道。嗄？老子欠妳的嗎？到處遊蕩、交壞朋友，嗄？……。」暴怒的獅子飆出一長串語音濃重的鄉音，手也隨之揮了過來。

麗卿及時攔阻，她一手抱陳澄，一手擋住陳明發，說：「啊娘喂，阿弟仔被你嚇到啦，吼，頭家有夠歹性地。」

陳明發瞬間熄火。

「秀代，乖，去洗手吃飯。」麗卿一面交代，一面跟陳明發勸說：「囡仔大漢矣啦，袂使按呢閣拍閣罵呢，有話，好好仔講啦，頭家，有聽見無？我欲轉去囉。我抱阿弟仔轉去。你是有聽咧無啦？」

丈夫早亡的麗卿，有個唸高職的兒子，名喚高本源。近時下了課均來家裡等候，這是陳明發主動提議的，讓母子倆安心吃頓飯，給陳澄洗過澡，這才摸黑回家去。如此一來，麗卿待在這裡的時間更長了。高中的年紀青澀卑怯，高本源下了課過來，跟陳明發問聲好，就乖乖待在廚房寫功課，吃飯也不上桌，窩在廚房一角囫圇地吃。兩姊妹跟這位大哥哥沒有交集，同在屋簷下，有時互瞄一眼，更多時候彷彿互不相識。

秀代挨了罵，不知哪來的膽量，回嘴道：「反正，罵也不痛。」陳明發怒氣高漲，衝上前又想出手，被秀代閃開，她滿腔怨怒，重重踏步，正欲進屋，高本源擋在她面前，她賭氣地撞開他肩膀，他沒有反應，木然看著她媽媽。

秀代躺在床上傷心生氣，想不透自己究竟錯在哪裡？為何不能外出玩耍？漸漸地，注意力被家裡窸窣的動靜聲吸引，她父親開始熨燙衣服，偶爾咯地一聲放下熨斗，起身喝口水，咕嚕幾聲，呸地吐掉一口茶葉渣，又扭開收音機，頻道轉換間咿咿呀呀，接著是廣播劇的開場音樂響起……。這些全都是她父親的聲音，似遠還近，令秀代感到脊背一陣沁涼。

不久，陳明發推著腳踏車出門，去接補習夜歸的姊姊。秀瑾唸完一年中學，成績下降，暑假到補習班趕進度。嘎吱嘎吱的車輪踩踏聲漸漸遠去，令秀代想起昔時，她的韓爸載著她，去買聖誕節的拐杖糖。

她起身，到廚房找吃的。在父親和姊姊回來前的短暫時間，廚房屬於她。她端出剩飯剩菜，用大口地吃，減輕內心的痛楚。吃飽了，回到臥室，躺下，閉起眼，開始胡思亂想。她腦中各式影像不斷變換，傍晚時分，她父親堤岸下孤獨飄忽的身影，又再出現。

漸漸地，她終於平靜，轉而沉浸在她近日的幻想裡。

她編織著屬於自己的人生劇本，裡面有個姓唐的大哥哥，她的唐哥哥給了她一封摺疊成小船的信，夢幻的水藍色，她一層層拆開來，秀出潦草的字跡，信的一開頭，唐哥哥輕聲喚著：秀代妹妹……。然後，她把唐哥哥寫給她的信，收藏在餅乾盒裡。

眼前彷彿有一片藍色透明的海，海上有艘小船，載著她，去到遙遠的他方，她感到，星星與太陽交替，再沒有一個時刻，像現在這般的平靜了。

12

唐進榮是固定到陳家洗衣服的憲兵隊充員。通常他和一群年紀相仿的阿兵哥結伴前來，他們經過一番嚴格磨練，體格精壯挺拔，結伴走在路上，旁若無人，卻很引人側目。

他們都講一口台灣腔國語，嘰嘰喳喳起鬨開玩笑，常令陳明發心生討厭。他們前腳離開，陳明發後頭就嘮叨抱怨，賺幾個小錢，聽他們胡扯八道。茉莉還在時，怕陳明發得罪客人，小心翼翼遞上洗好的衣服，頻說謝謝啊謝謝啊，下次再來。其實，茉莉也注意到，陳明發若是外出，這群阿兵哥就愛逗弄秀代，指著開列的收據說，咦，妹妹，我的名字寫錯囉。秀代傻傻當真，問哪裡哪裡，哪裡錯了？一夥人就哄堂大笑。茉莉從後面出來，不免也萌起陳明發同樣的抱怨，賺幾個小錢，膽敢捉弄我家女兒？他們前腳離開，茉莉就開始叮嚀秀代，女孩兒家，不要隨便搭理男生，懂嗎？

接著，茉莉住院、過世，洗衣店歇業一個月，再見這群阿兵哥，已是陳家經歷死亡打擊、且為初生嬰兒慌了手腳的紊亂時期，踏進店裡，迎接的總是小嬰兒的哭啼。有回唐進榮好心幫忙，說他很會抱小孩，伸手接過陳澄，讓陳明發填寫收據。唐進榮離開時，陳明發鐵石心腸鬆軟，終於誠心說了聲：「謝謝你。」

初夏的假日，幾名阿兵哥結伴來到洗衣店，遠遠的，陳家院門外有個女孩向屋內張望，纖瘦的身影和一襲過膝的白底碎花A字裙配白布鞋，在耀眼陽光下，純真如夢中走來。發情年紀的男生不約而同發出噓聲，驚動了女孩，她回眸一望，透出完美的清秀臉蛋，驚鴻一瞥，匆匆轉身離去。男生們於是又一陣嘩、啦、啊地高聲驚呼。萬箭齊發的野蠻呼號，驚動了陳明發，追出來厲聲罵道：「幹什麼啊你們？嗄？混蛋東西！」

男生們回去後瞎起鬨，打賭看誰厲害，最先追上這漂亮妹妹。此後唐進榮單槍匹馬送衣服來洗，幸運的話，陳明發剛好不在，他從提袋取出衣服，放在櫃檯，趁秀代填寫收據時，摸摸秀代的頭，一會兒，秀代抓起他手腕，看他手臂上出操訓練留下的傷疤。這時，秀瑾總是嫌惡的，默默走開。

再隔不久，唐進榮就套問到那漂亮妹妹的名字，簡玉綿。秀代成為兩人間的信差。唐進榮遞上淺淺水藍色的信封，隔一週，阿綿回以淺淺粉紅色。通過幾封信後，約會就訂在暑假之始，秀代也沒缺席，充當電燈泡，阿綿嬌俏地跟秀代說：「妳要保護我喔。」

唐進榮請兩個女生看電影，廟口有家新開張的電影院，專門放映外國片。看完電影出來，三人又到冰果店吃梅子冰。想到電影由喜轉悲，富家子癡戀的貧家女，因病香消玉殞，青春的愛情轉眼成空，阿綿嘴裡含著綿綿冰沙，彷彿化身電影的女主角，若有所思，陷入電影悲傷的結局。唐進榮見了，心中萬般憐惜，原本只是喜歡這女孩的美麗容顏，這下一顆心更是被挑動，態度轉趨殷勤，小心呵護阿綿的情緒變化。一旁的秀代冷眼旁觀，暗中竊笑，阿綿姊姊又在驅使她的魔術了。

他們轉到堤岸的草坡坐了一會兒，聊天時，唐進榮坐中間，兩位妹妹分坐左右，聊到阿綿媽媽在中山北路藝品店當店員，秀代問阿綿，妳長大也要去那裡上班喔？阿綿覺得秀代這話不懷好意，好像是說，也要像妳媽媽一樣，每日穿戴妖嬌，塗脂抹粉，跟外國人送往迎來。阿綿昂起下巴，不悅地說：「我要當大明星，我跟我媽不一樣。」秀代立刻朝著唐進榮說：「好希望阿綿姊姊當大明星喔。可是，她當了大明星，就會把我們忘掉。」

唐進榮感覺兩女孩既是親如姊妹，又似乎彼此較勁，面對兩人的言語交鋒，只能裝傻，呵呵呵地笑，笑了幾聲，不意迎見阿綿漂亮的臉蛋，極其細微地，由柔和轉為陰暗，努起嘴角，冷冷地說：「哼，我不是這種人。」

傍晚時分，太陽雖已西下，天氣仍躁熱，兩張美麗的臉龐在唐進榮胸前左右晃盪，幾番言語，他眼花撩亂。暗想，女孩們都這樣鬥嘴喔？遠遠地，他憲兵營的長官朝他們走來，他說聲，走，領著女孩們趕緊離開。

他先送阿綿回家，不敢太靠近，怕阿綿媽媽衝出來罵人，只輕拍一下阿綿的頭，道聲再見。其實，他更怕秀代的爸爸，兩人並肩走了幾步，前頭就是洗衣店，他說：「快點回家，不然惹妳爸生氣了，下次再帶妳出來玩。」

秀代卻站立不動，側著臉，迷惑地望著他。唐進榮心裡恍恍惚惚，竟生出幾分下午吃冰時對阿綿同樣的憐惜之情。

未料，這使心眼的女孩，直率地說：「唐哥哥，妳喜歡我乾姊喔？我乾姊有很多人追她，你們憲兵營，最近好多人來問。」

這問題很難回答，喜歡嗎？兩個女孩都像是小妹妹。他回到隊上，跟隊友們比了個V字的勝利手勢，得意洋洋說：「成功，我贏啦。」

他的同袍猛地撲過來，揍他、摟他、罵他，那晚，他享受了勝利者才有的、一碗含牛肉塊的油滋滋的牛肉麵。

下回送衣服去洗，陳明發鎮守櫃檯，他匆匆離開，秀代卻繞道菜園追過來，問他：「今天沒有信喔？」

他搔搔頭，對著秀代抱歉地傻笑。秀代兩手扠腰，作勢要生氣，他竟又為這女孩清純的氣質而迷惘了。不禁問道：「喂，妳什麼時候要長大啦？長大才可以當我的女朋友喔。」

暑假過後，秀代將升上六年級，她感覺自己不再是小孩了，嘟著嘴，不服氣地說：「我很快就要長大了。」

唐進榮察覺自己失言，準備離去，卻看見秀代紅潤羞怯的臉，以及她笑的時候左眼邊迷人的眼窩。

那年暑假，他們結伴玩耍。有時是秀代和阿綿，有時加入唐進榮，他們約在黃昏的河堤，在憲兵營附近散步行走，或下到水邊，捕撈無名的小魚，或轉往阿綿唸的中學操場，閒閒遊逛講笑話，餓了，到學校附近的窄巷，吃一碗湯汁濃郁又便宜的牛肉湯麵。

有過一次，他們到北宜公路的鷺鷥潭，晴空朗朗，豔陽高炙，高中生一群群圍在溪邊戲水野餐，溪谷擠滿人與笑聲，阿綿聞到野薑花飄散在空氣裡的芳香，高聲讚嘆，好香喔。於是，他們鑽進深邃的草叢，接近無人的水邊，貪婪地採摘滿懷雪花般的野薑花。

又有一次，阿綿過十四歲生日，唐進榮買了三個杯子蛋糕，為阿綿慶生；又換了兩趟車，來到與動物園比鄰的遊樂園。他們玩了幾項簡單的玩具，最後來到旋轉木馬。秀代選了一匹紅鬃搭配亮金馬轡的木馬，阿綿則是一身黃銅勁馬，兩人開心躍上，踩著達達馬蹄，彷彿前往一場繽紛奢靡的舞會。

啟動了，秀代抱緊坐騎前方的鋼管，速度加快，她目光投向場外觀看的人群，在一張張翹首仰望的臉孔中，唐進榮正對著她笑。她漸漸陷入失焦的目眩神迷，旋轉、旋轉，彷彿失去重量，只感到身體無比輕盈。

第二圈，秀代已然放鬆身體，隨著上下左右搖動的節奏，人像飛了起來。她的唐哥哥，臉孔變得模糊，有一度，秀代遠遠望去，在圍觀人群裡看到了她的韓爸。

韓敬學曾帶兩姊妹來過這裡，秀代特別喜愛旋轉木馬，她的韓爸放任她，一圈又一圈，停下又啟動。

如夢醒來，秀代看見阿綿正大力招手，高聲喊叫著：唐哥哥，唐哥哥……。人群裡的唐進榮則回以熱情的微笑。

風揚起，灌入秀代細瞇的眼裡，這旋轉木馬，恍如迷離幻境，她成了早熟的少女，輕輕吁嘆，這一切，好像不是真的啊……。

歸返的夜晚，兩女孩玩累了，公車徐徐行進，昏暗的車廂內，阿綿靠在唐進榮肩頭睡了，一綹汗濕的劉海，覆蓋過她低垂的睫毛。車窗外，霓虹燈影一束一束打在車窗玻璃上，如幻，如愚弄，如倦怠，秀代和唐進榮相視，竟有些無言。

秀代若有所思，想著回家又是一頓火爆的責罵。唐進榮則迷惑著，和兩位妹妹奇妙的情緣，該繼續還是了斷。他即將退伍，這段瘋狂時日的玩樂，成為他軍旅的紀念，未來不知能否記得，在這夜行的車上，兩位美麗的女孩輕輕倚靠著他。

他照舊送了阿綿，再陪秀代走一段。靠近洗衣店時，他搔了搔腦袋，忽然找不著可說的話，歉然說了聲：「再見囉。」然後看著秀代像貓一般，放緩腳步進屋去。

他才走了幾步，便聽見劇烈的哐噹聲，聽來像是砸碎杯盤的聲音。他猜想秀代爸爸的脾氣爆發了，心裡頓時感到一陣懊悔。

他動念該去跟陳明發告罪，都是自己不好，私自帶小妹妹外出玩耍又晚歸。但念頭剛起，又一絲猶豫，人已往前走了幾步，輕吁聲中，他懷著歉疚走入黑暗的夜色。

亮著燈的屋子裡，陳明發失去了理智，破口大罵著：「妳敢偷我的錢，妳想死啊，妳膽子大啊，妳敢偷我的錢……。」

這漫長的夜，唐進榮心想，秀代要如何度過啊？

13

其實，無所謂。秀代靠著這句話撐過兩天。睡前，她檢查一下小腿，看那屈辱的疤痕消去沒有。籐條打出來的橢圓形疤痕，外圈一層青白，裡面是一團瘀黑暗影，輕按一下，酸酸澀澀的疼痛便提醒秀代，從遊樂園回來的那天晚上，天崩地裂，是如何咬著牙捱過的。然後，她就會再一遍告訴自己，其實，無所謂。

於是，她不說話了，一句話都不說。

唐進榮託附近的小毛頭送信來，在屋外探頭探腦，被麗卿攔住，問他幹什麼，要洗衣喔，小毛頭一溜煙跑了。幸好給秀代的信已塞進信箱裡，沒被麗卿發現。

信中，唐進榮語氣疼惜，輕問秀代，是不是挨打了？痛不痛？短短幾字，一陣熱辣感，從秀代淚濕的眼眶，電擊般瞬間傳到她的臉頰。唐進榮並說，收信後次日傍晚五點，請到河堤，老地方，憲兵營前面。

但麗卿搬了張椅子，抱著陳澄坐在門口，一邊逗弄陳澄，一邊偷瞄客廳裡坐立難安的秀代，顧左右而言他地，以國台語夾雜腔說：「阿娘喂，昨日天氣好好，今仔日隨落雨。」又苦口婆心一番勸勉：「秀代，不要出去啦，不然，妳爸真正會共妳拍死。偷錢啊，毋好啦，有一，就會有二，不要再讓妳爸傷腦筋了，他都是為妳好，真的，他是為妳好……。」她見秀代兩眼斜睨，恨意流露，一副不領情的樣子，嘆口氣，悠悠地說：「唉，囡仔人，還是需要親媽媽照顧啊。」

秀代轉進廚房，趴在窗檯。這窗臨著茉莉的菜園，依稀可見遠處的堤岸。隔著紗窗，雨水淅瀝，視線變得模糊，秀代努力張望，彷彿看到唐進榮徘徊的身影，又好像不是。

雨勢稍微緩和，落雨聲不再鼓譟催人，秀代心一沉，跟自己說，無所謂，天都黑了。

即使和唐進榮見面，秀代也絕不會撩起裙子，讓唐進榮看她小腿上的鞭痕。甚至也不會承認挨了一頓悶打。她會瞎掰個說詞，挨爸爸一頓責罵，傷心難過，特別想念死去的媽媽……。

她當然更不會說偷了家裡的錢。去遊樂園那天，她爸爸吃過早餐，固定進廁所方便。秀代趁此機會，在他爸爸發著嗯嗯喔喔的粗野之聲時，打開櫃檯抽屜，拿走五十元。

遊樂園是秀代提議去的。她懷念旋轉木馬。她想再去一次，一次就好。也不是沒想過後果，但心內就是有股衝動，她想，反正就是挨打，罵又不會痛，打又不會死。

她沒有後悔之意，只是逃避著不去想偷錢的事。秀瑾責問她：「妳幹嘛做這種事？笨蛋。」

秀代抬起頭，回敬以憎惡的冷眼。她繼續保持沉默，一句話都不說，故意讓秀瑾猜測她的憤怒。這討人厭的、她爸爸的希望，將秀代的無知，無所遁形地對照出來。她還能辯解什麼呢，她無言以對，只剩下一點點偽裝的自尊。

然而，身體受到限制，大腦卻異常活躍。胡思亂想時，秀代想起姊姊說過的話，漸漸地，那話音奇妙地轉變成一股暖流，秀瑾罵她笨蛋，或許反而是一種理解。

到了中元節，街坊大肆張羅，家戶先在門前拜門口，再轉到土地公廟幫忙豎燈篙，在長條桌上擺設各色牲禮，雞鴨水果草仔粿，清茶三杯、酒七杯，阿濟和街坊太太一面談笑，一面在供品上插一炷香，擺妥給好兄弟洗面的水盆毛巾，火燒的天氣混合著縷縷煙霧，眾人開始捻香、拜拜、燒紙、撤供，閒話家常，這是寒微小街一年一度的豐年盛事。

麗卿幫忙拜過門口後，倚在門前看熱鬧，她拉了秀代出來透透氣，可憐沒媽疼愛的孩子，已經半個月不跟人說話。

不久，土地公廟那邊傳來女人的尖叫聲，阿綿媽媽一路狂奔過來，這發瘋似的女人，寬鬆的針織長衫凌亂邋遢，腳上是極少女人敢穿的夾腳拖鞋，啪啪啪啪，一陣拖鞋拖拉的聲音，接著是一陣高聲嘶吼，阿綿跟隨在後，她們互相追逐、扭打，夾雜鄰居們的議論，夭壽耶，起痟啦，唉喲，孤魂野鬼，不得了喔，查某囡拍老母囉，此起彼落，都是難聽的話。混亂中，阿綿罵了她媽媽一聲，賤貨，秀代像被人一拳擊中，嚇得怔住。她媽媽不甘示弱，回罵阿綿，關妳屁事，養妳來管我……。

小街一片混亂，人影晃動，聲音喧譁，麗卿喊了聲，啊娘喂，還沒弄清楚發生何事，匆匆拉著秀代進屋去。陳明發交代過她，那個叫阿綿的死小孩，要多注意一點。

從遊樂園回來，秀代沒見過阿綿。胡思亂想時，她懷疑阿綿對她漠不關心，根本不是真心結拜，一切都是虛情假意。又猜想阿棉跟唐進榮私下會面玩樂，而她卻被麗卿禁足家中，失去自由。她心中有股怨怒，一日一日增強，在某個夜深的時刻，忽然懂了，這是背叛，友誼的背叛。背叛的滋味該如何形容，是啊，像條小蛇鑽進身體裡。秀代想起幼時跟鄰居小美打架，同樣的年紀，人家豐衣足食，家庭美滿，那時她缺乏足夠詞彙，無法言說對幸福的羨慕與忌妒，現在她知道了，冰涼黏滑邪惡的蛇身，向著她心靈深處，扭轉，蠕動，刺痛。

然而，中元節所見，那天崩地裂的情景，連日來不斷地干擾，秀代心虛了。阿綿究竟發生何事，她一無所知。依稀感覺，這世界除她以外，又多了一個不幸的人。

所餘無多的假期裡，兩女孩各懷委曲衷腸，沒再見面。開學後，秀代升上六年級，同學間如常的嬉戲歡鬧，秀代卻自覺有了一點點不一樣，夏天裡發生的事故，讓她多了點心事。

開學意味著重新獲得自由，放學經過憲兵營，遠遠看見揹著背包挺直胸膛的唐進榮，將近一個月未見，秀代期待他遠遠走過來，立正站好，跟她說，嗨，妹妹，好久不見。但唐進榮向著她走了幾步，轉身彎進營區。

一顆心，重重提起，沉沉放下，秀代忍住這苦澀滋味，她為唐進榮設想，相隔實在太遠，沒有看到她吧，這不能怪他。

唐進榮也未再送衣服來洗，他消失了一般。上學、放學，秀代經過憲兵營，情不自禁朝營區裡張望，以為可以看見她的唐哥哥走過來，但並沒有。她又繞道阿綿家。那光線黯淡的房子裡，不可思議地，竟重複上演她目睹過幾回的情景：阿綿拿鉛筆當麥克風，搖擺身體學歌星唱歌，她媽媽搔著頭髮，問：「吵死了。現在幾點？阿弟呢？」

秀代把阿綿送她的碎花短衫，用報紙包裹，放在阿綿家的門欄上，還給了阿綿，轉身離去時，她聽見阿綿頂撞她媽媽，說，不要抽菸啦，臭死了。母女間的戰爭，有如刀鋒對決。秀代不免想到自己和父親的關係，一陣悲傷，靜默地走開。

某日，秀代踏進廚房，撞見陳明發和麗卿並肩站立，兩人圍著爐火，不知在烹煮什麼。從背後的側影看來，他們拉扯閒談十分愉快，她爸爸手指關節突起的粗礪手掌，猶豫了一下，終於放在麗卿渾圓的屁股上。

即便是這樣的時刻，其實，無所謂，秀代黯然轉身離去。又過幾日，麗卿拿了封信給她，說：「妳爸爸不知道喔。」

信是唐進榮從鄉下寫來的，信的起頭稱呼：「阿綿、秀代，妳們好。」他已於兩個月前退伍返家。他老家在東北角靠山的小鎮，山上有片稻米田，還有十幾株柚子樹，等著他接手興旺家庭。他信中邀請兩位妹妹抽空來玩，讓他盡地主之誼，他說，鄉下風景很美，妳們一定會喜歡。

秀代讀著信，嘴角上揚，笑了，久違的笑。她以有限的人生經驗，想像唐進榮家鄉一幕一幕的農村情景，她幼時收聽廣播，也是這樣，女主角搭乘火車，火車輪子卡切卡切地輪轉，窗外景色倒退，她如臨其境，腦海裡影像飄浮。

該睡了，她用原子筆塗掉阿綿的名字，將信塞入枕頭底下，此後每日睡前，她反覆閱讀，腦海裡漸漸形成一份憧憬，遙想渺遠的綠色田野，那裡有個人，等待著她。

幾天後的夜晚，秀代洗完澡，用毛巾擦拭身體，朝鏡子探頭一望，看一眼鏡中染上一絲憂傷的臉孔。準備穿衣時，她感覺有濕淋淋的黏液，從右腿的內側向下流淌。她彎身去看，鮮紅色的血跡像一條細細的河流，從大腿流到小腿肚，流到腳踝，滴落在地板。

秀代緊張得不知如何是好，呆楞半晌，方舀水沖洗身體。但經血繼續流，在排水口匯成一攤血水，仔細看，裡面有個肉眼幾乎看不見的暗紅色血塊，她想起了茉莉。

她驚懼害怕，微微顫抖，放聲大喊：姊——。

秀瑾正在讀書，聽到尖利的一聲呼喊，匆匆過來，敲門問怎麼回事，但秀代遲遲不開門，不回答，令秀瑾擔心。好半天，秀代開了門，滿臉張皇。秀瑾明白了，反身回房，拿了月經褲來。

秀瑾蹲下，拉起秀代右腳、左腳，幫忙她穿上，一面說：「肚子會不會痛？裡面再墊一層衛生紙。……這是以前媽媽做給我的，妳用完，要洗乾淨還我。先用我的，明天我去跟阿姨講，請阿姨做幾件給妳，妳一定不好意思跟她講。對不對？我小學三年級就來了，妳現在才來……。」

秀瑾幫忙清理浴室，弄乾淨了，一回頭，見那傻女孩夾緊兩腿，一步拖著一步，慢慢踱步回房間。

夜深人靜，兩姊妹都睡不安寧。秀瑾想起第一次月經來時，血流不止，以為自己害了怪病，跟秀代此時一樣，慌亂無著。

秋夜清冷，秀代感覺濕黏的液體不停地滴漏，她擔心弄髒床墊，又擔心經血不止，還有其他難以言說的擔憂，令她紛擾不安。如此一波波胡思冥想，她哭了起來，在虛空的夜裡，哭聲夾雜著她的夢囈：「媽媽，媽媽……。」

睡夢中，秀瑾聽見悲傷的低吟，彷彿受到召喚，她像隻野地求生的貓，迅速弓身坐起。

14

連續幾天，一早起床，床單沾著血絲，趁秀瑾不注意，秀代用濕毛巾來回擦拭。身上多了礙事的東西，她不習慣，走路時，步履蹣跚，不敢東張西望，生怕一扭身，下面的東西掉出來。

她不免想，這就是長大嗎？女孩有了月經，就算是長大成人了。但她對月經的事情十分陌生，這原該由媽媽來協助教導，但媽媽已不在。幾天前，秀瑾教過她，她照著摸索，卻不敢多問。聽同學說，有了月經，就可以生孩子了。為此，秀代心頭噗通噗通，跳得好快，想起茉莉，她媽媽為了生孩子，失去了性命。

下課時，她安靜坐著，不跟同學玩鬧。有人過來，問她生病了嗎，她神祕一笑，感覺自己有了難言的祕密。

麗卿也問過她，怎麼弄，知道嗎？她點點頭，麗卿終究不是媽媽。麗卿用舊衣服幫她縫製了幾件月經褲，比起媽媽做給秀瑾的，褲底多了一道夾層，可以夾住衛生紙，防止滑動。她心想，麗卿做得比媽媽好。

女孩必經的成長儀式，令秀代惴惴不安，有時像蟬的幼蟲，卯力爬出地底，展現蛻殼羽化後的新生命；有時又覺煩躁，世界旋轉，她跟著轉，停不下來。某日晚飯後，麗卿遞給她半顆橘子，她推開，表情不悅地說：「我怎麼吃啊？」她以為月經來的時候，忌吃水果。

她父親當即擺起臭臉，教訓她：「什麼態度，嗄？」她無言地看向父親，又看向麗卿，恍恍然，兩人的臉相疊在一起。忽然，她強烈地想念茉莉，她媽媽偶爾開心笑起來的樣子。

秀代驚覺麗卿取代了媽媽的位置，她一點一滴地，滲進他們家，讓人對她毫無防備，不知不覺成為這家庭的一分子。她告訴自己，我無所謂。夜深人靜，她越來越細密的少女心思，掰著手指，數算爸爸心目中的排行，陳澄第一，姊姊第二，或是姊姊第一陳澄第二，那麗卿第三、還是媽媽第三，無論怎麼數著手指，她都像排在最後，可有可無。有個問題經常盤旋她心中，為什麼爸爸聽麗卿的話，超過媽媽？她認為，這跟愛的多寡無關，麗卿強悍，具有一種無形的控制力，但媽媽太軟弱。

即將結束經期的黃昏，她沿著河堤步行回家。大概放緩腳步之故，她意外發現幼時的視覺經驗已然改變。那時候，居高臨下，河面寬敞，居住的新美村卻渺小侷促。如今河面縮小，村子卻變大，附近甚至開始興建樓房。

經過憲兵營旁的防空洞，這裡是她和媽媽姊姊過往散步行經之地。幾個月前，她聽麗卿講起阿綿媽媽的事，阿綿媽媽在防空洞裡和人睡覺，被阿綿逮個正著。小街沸沸揚揚，流傳著未經證實的緋聞。

來到幼時採摘牽牛花的河堤坡面，以往夏秋綻放的牽牛花，如今坡面被一種帶刺的爬藤植物爬滿。水邊河岸，入秋後的大片菅芒，隨風飄搖，晚霞依舊耀眼。時間如流水，景物已悄悄改變。

懷著血色的祕密，憂愁，卻也心志堅強。那突然進到身體的東西，必須獨自面對，擦拭，洗浴，觀察經血變化，一天一天，它減少了，顏色變深了，最後剩下乾燥的血絲。

唐哥哥，人長大了，是否比較快樂？我想要長大，又不想長大，為何是這樣呢？

秀代默默在心底，對著影子般的唐進榮，呢喃詢問。今日這一路，她始終在跟唐進榮說著話，那心底漂浮的萬般心緒，都是對著唐進榮說的。她的唐哥哥成為她傾訴的對象，存在也不存在。

夜晚，秀代給唐進榮寫信。她大約一個月給唐進榮寫一封信，唐進榮有時回，有時不回。少少的來信裡，唐進榮總會問起阿綿，這時，秀代就胡亂編織一則阿綿的故事。今晚她又撒了個謊，她說：

好久沒見到阿綿了，這學期幾乎沒遇見過她。她轉學到夜間部，上次聽她說，白天都在練習唱歌，準備參加歌唱公主選拔。好期待阿綿姊姊得到第一名，好期待喔……。

15

候車室牆壁上掛著一只公雞造型的掛鐘，十二點整，掛鐘布咕布咕叫了幾聲，接著從台北開來的慢速火車就進站了。

來到陌生的街鎮，秀代茫茫四顧，撲面而來的灼熱陽光，差一點讓她睜不開眼。她感覺悶熱，把額前鬆落下來的瀏海，用髮夾重新夾好。街鎮比想像中荒涼，視線所及，僅站前馬路兩旁有幾間木造房子，一名老翁慢悠悠推著車賣肉粽，正午時間，秀代聞到濃郁的粽葉香，飢餓感微微興起。她站著，不敢任意挪步，心裡惦掛唐進榮幾時出現？惦掛逐漸增強，像近午焦灼的太陽。

終於，唐進榮匆匆奔跑過來。秀代遠遠地打量，久違的唐哥哥比起阿兵哥時期更為健壯，像是金屬打造出來的壯漢。沒變的是他的笑容，依舊開朗可掬，秀代望著他的憨笑，立刻感到快樂像風，飄到了身邊。

一年多未見，兩人面面相覷。唐進榮憨憨說了聲，嗨，見秀代沒有回應，又說：「我遲到了，從山上趕下來，抱歉抱歉。」

秀代緊張得連聲唐哥哥，都喊不出口。呵呵呵……，唐進榮乾笑幾聲，當年的小女生，站在他面前，嬌羞的模樣，已是少女了。他關心地問：「坐火車累不累？好久不見，長高囉，越來越漂亮了。」他想起阿綿，又問：「阿綿哩？怎麼沒來？」

「她……媽媽，臨時，不讓她來。」秀代支吾著。唐進榮眉毛向上蹙了一下，沒再說什麼。

唐進榮騎了鐵馬來，秀代坐上後座，攀住唐進榮的肩，起步後，逆向吹來的風裡，有股濃濁的汗水臭味，唐進榮解釋：「很臭吼，種田人都這樣。」

轉至較為寬敞的大街，行人稀疏，放眼望去，只有幾戶敞著格子門的住家。街角有棵老榕，樹下幾座攤商，賣豬肉蔬菜和仙草冰。唐進榮一路與熟識的人點頭招呼，有人問，帶朋友來喔，唐進榮回說，台北來的。鐵馬轉了個彎，一名婦人手挽著竹編提籃，揹著小孩，步履蹣跚，唐進榮以台語喚她：「嫂仔，轉來囉？病有較好無？」婦人回說：「唉，嘛毋知有醫無醫，有啦，有較好一點仔啦。」唐進榮又說：「愛保重呢，有閒去阮兜坐啦。」

唐進榮和婦人交談時，秀代很努力地聽著，她不會說台語，困難的辭彙讓她備感緊張，不知不覺，她伸手抱住了唐進榮的腰。不久，鐵馬轉進顛簸的碎石小路，路的一邊靠山壁，另一邊居高臨下，下面是蜿蜒河流以及蔓生的芒草叢。車速放緩，唐進榮開始和秀代聊些生活瑣事，妳爸爸弟弟姊姊可好，洗衣店生意可好。

兩人身體靠近，彼此間卻是難以跨越的生疏。轉了幾個彎，一旁出現稻米農田，時序進入小暑，田裡一片金黃，結穗的稻株以波浪般的緩慢動作迎風搖曳。放眼望去，田地的盡頭是層疊的山巒，唐進榮指著遠處，說：「我家的田在那座山的後面。」

秀代仰頭，訝異地問：「要爬那麼高的山啊？」

唐進榮哈哈一笑，說：「習慣啦，山路開好了，可以騎鐵牛，幾乎每天都要上去巡一下。種田人的生活，就是這樣。四分地，過完舊曆年開始翻土整地，種秧苗，然後佈田遂草，要忙大半年，妳來得剛好，稻子開花結穗，可以喘口氣，抽空顧一下竹子和柚子，過完中秋節，就要忙收割了，我們這裡人說，割稻仔食六頓，做一天工，吃六頓飯，妳看收割是不是很累？」

他們來到河邊，河水是綠色的，捲起小波浪，有艘小船遠遠朝他們划過來。唐進榮說，我家住河的對面，往來就靠這小船。秀代疑惑問，颱風來時怎麼辦，唐進榮笑笑，說：「那就在家裡飼雞飼鴨兼休息睡大覺啦。」

船夫是唐進榮的小學同學，風吹日炙，令他滿面風霜，看起來比唐進榮糙老許多。人車登上船，坐定了，小船徐徐前進。兩個男人似有說不完的話，船夫說，今年無風颱，雨水充足，稻米收成穩妥當了，今年齧屎龜仔較少喔，聽講青蟲仔較濟；阿福叔破病，去病院放血，敢有聽講；最近有欲去宜蘭看電影啊，相招一下……。

兩人聊得起勁，秀代被晾在一旁，只得四處瞭望無邊無盡的綠色世界。不久，船夫注意到秀代，低聲問，台北來的喔，唐進榮搔搔頭，露出難以啟齒的表情，回說：「朋友的妹妹啦。」

秀代不記得確切的時間，大約是月經第一次來以後。每逢週一，麗卿依茉莉的習慣，給兩姊妹十元零用錢。秀代找來一個空罐子，開始意志堅定地，將十元銅板投進去。

畢業前，她寫信給唐進榮，說和阿綿約好去找他。唐進榮很快回信，歡迎她們來訪。秀代對地理位置的想像有限，腦海裡最遙遠的地方，是幼時廣播劇裡的女主角，為逃避愛情難題，坐火車去到南方台灣。唐進榮信上說「坐火車可以到」，這話加深了秀代的意志，像廣播劇一樣，火車會把人送到想去的地方。

暑假來臨，秀瑾參加高中聯考，這是家中的大事，陳明發陪考，麗卿忙洗衣和照顧弟弟，還要替秀瑾送便當，這一日，沒人注意秀代。大清早，陳明發拉高嗓門吼叫，稀飯，稀飯，秀瑾要吃稀飯配饅頭，麗卿，給我一條毛巾，准考證，檢查一下，秀瑾，出發，秀瑾……；她安靜地等待著，籌謀著出走的每個細節，反覆考量隨身該帶些什麼，一件薄薄外衫，媽媽的舊背包，她盛裝小祕密的蜜粉盒，銅板零錢，唐進榮的地址，韓爸的電話。就這些吧。

經期已過，那像異物入侵的悶熱疼痛每月來報到，她已不再害怕，反而因為鬱悶感，確認自己長得夠大了，可以去踐履久遠前的承諾。出發那日，她在公車站遇見同學魏力宣，那個老愛欺侮她的男生。他要搭的公車先來了，左顧右盼間，書包掉落地上，他彎身去撿，車門砰地一聲關上，揚長而去。秀代難得看到魏力宣蠢極的模樣，搗著嘴笑。魏力宣撿起書包，腦中突然閃過一絲意念，等我長大，娶陳秀代當妻子吧。

這日，兩個經年吵鬧不休的孩子有了一段平和的對話。秀代問他去哪兒，魏力宣喃喃說：「補習班啊。」

「你真用功。」秀代說。

「我媽逼的嘛。國中功課比較難，妳也要加油。」魏力宣說。

秀代的公車來了，魏力宣還有話說，想問秀代要去哪裡，幹嘛穿得像仙女，裙襬飄飄，但秀代匆匆說聲再見，登車而去。望著公車揚起的微塵，魏力宣還在訝異剛才腦海裡興起的奇異念頭，有著幾分不馴的女孩，已朝著她渴望的方向而去，且兩人再無拉近的機會。

此刻，秀代坐在唐進榮家二樓的客廳。廳內有座神龕，靠牆有張方桌，桌邊擺著長條木凳，廳內還有兩張籐椅、茶几，一扇面向大街的窗。

有人上樓來，木造樓梯發出嘎吱嘎吱的聲響，是唐進榮媽媽。她一襲淡色家居服，頭髮服貼抹一層髮油，端了碗湯麵來，親切地說：「來，食麵，腹肚枵喔？」

秀代囫圇吃著湯麵，一面聆聽唐進榮媽媽說話。她問秀代幾歲啊，看起來還是囡仔？阮阿榮佇台北做兵，有乖無啊？他每日上山種稻米，還要顧柚子園，很艱苦哩……。一連串的疑問句，沒有要秀代回答的意思。

午後，唐進榮駕駛俗稱鐵牛的拼裝板車，帶秀代上山。山路有時平順，有時蜿蜒，秀代坐在後座，只感到時間像從現實抽離，把她帶到恍惚縹緲的陌生之地，眼前所見，既新奇，又令人忐忑。

他們在一塊高地停下，下到溪邊，循著礫石淺灘慢慢行走。溪水乾淨澄澈，溪谷被樹林包覆，太陽從左側穿射進來，散發迷媚的柔光，秀代眼睛一亮，好像走入離世祕境。恍惚中，她一腳踩滑，整個人撲倒，溪底布滿細石，沒有危險，浸濕的身體清涼無比，秀代嫣然笑了，唐進榮趕緊過來扶她，見她開心，也跟著笑。

兩人脫下鞋襪，涉溪走了一段，走遠了，並坐溪邊，任手指頭大小的溪魚，在腳邊優游。秀代興起，朝唐進榮踢起一窩水波，唐進榮也回敬她，一串串透明玻璃似的水珠，一來一往，笑語喧喧，往日的純真情誼，又回來了。

笑語間，唐進榮想起阿綿，蹙著眉說：「阿綿不能來，好可惜……。」

長長的嘆息聲，穿透溪谷，怦怦怦地敲擊著秀代的胸口，那敲擊聲好像一步一步向她心裡的祕密靠近。她心裡有鬼，說不定早已形之於色，趕緊鎮定下來，笑說：「你忘囉，阿綿姊姊要去參加歌唱比賽，她媽媽要她去當歌星。」

她和阿綿未再見面。她懷著難以言說的機心，在寫給唐哥哥的信中，謊稱兩人將同行，其實她從未將阿綿納入，從來只有自己，這是她一個人的行旅，她想證明給唐哥哥看，她已是長大的女孩。

而在唐進榮的心裡，秀代和阿綿是他的軍旅回憶，即使過了這麼久的時間，想起最後一次和阿綿見面，仍覺惆悵難安，恨不得那樣的事情沒有發生。他望著尚未知世事的秀代，說還是不說，猶豫使得兩人陷入沉默，沉默又令他惶恐。他低下頭，輕輕踢著腳下的一灘溪水，終於悠悠說了那日發生的事。

那次，他託人傳信給秀代，約好的時間，秀代沒來，但阿綿來了。兩人和平常一般，沿河堤散步聊天。接近防空洞時，裡面傳出咿咿呀呀的男女混聲，唐進榮知道不對勁，叫阿綿不要過去，但阿綿好奇，靠近洞口，探頭往裡面瞧，結果，瞧見她媽媽跟一名老頭抱在一起，阿綿非常震驚，非常非常地震驚與憤怒，她撿起一顆石頭，狠狠地砸過去，然後轉身跑開。唐進榮跟在後面追，她跑了一半，停下腳步，回過頭來，聲調高揚地吼叫著，你不要過來，聽到沒有，你不要過來。「以後，我怎麼約她，她都不理我。妳們兩個，都不理我了。」唐進榮說。

山谷寂靜，僅傳來幾聲啊啊啊的烏鴉嗚叫，遠處的樹林裡，還有一隻野猴，棲在樹梢，對著他們張望。唐進榮別過臉來，悵望著秀代，他目光含情，投射在小女孩難以捉摸的凝重臉色中。

中元節阿綿和她媽媽在瀲灩陽光下的兇狠追逐，母女相互撕扯的痛苦，彷彿倒映在清澈溪水裡，令秀代羞慚低頭。從來她只知道自己的痛，卻不知道他人的，她覺得自己，像秀瑾常說的，是個笨蛋。她腦海裡明明滅滅出現阿綿的影子，阿綿對著她怒吼，妳不要過來，聽到沒有，妳不要過來。她不知所措，想哭，喊了聲，唐哥哥……，再抬不起頭來。

唐進榮巧言安慰她，說道：「妹，別難過，阿綿會成為大歌星，她這麼漂亮，一定會大紅大紫。」好一會兒，見秀代神情緩和了，便拉起秀代，駕車繼續往山裡走。彎過幾座山，太陽偏西，天色灰暗，來到岔路口，唐進榮朝岔路轉進去，山坳裡有座農舍，他停下車，對著屋內喊，阿良，阿良！

叫阿良的女孩提著一只水桶走出來，問道：「按怎啦？」

女孩放下水桶，隔著一段距離，凌厲的眼神朝秀代直直逼過來。

那晚，唐進榮安排秀代在阿良家過夜，阿良一家人對秀代親切客氣，款待周到。洗了澡，秀代和阿良同睡一張通鋪，早早睡了。

鄉下靜謐，只有屋外至少三種以上的蛙類聲勢響亮。秀代睡不著，隱約聽見遠處樹林婆娑搖曳，仔細聽，還有一股空蕩蕩的腳步聲，一聲聲逼近，令人發顫。偶爾破空一聲長鳴，隱身林中的鳳頭蒼鷹，劃地飛過，對秀代而言，那是陌生且淒厲的嚎聲。她開始嚶嚶哭泣，阿良被她吵醒，問她怎麼了，秀代心內彷彿有千言萬語，不知從何說起，慌亂說：「我想回家……。」

阿良急起來，這怎麼得了，鄉下不比都市，不能說走就走，只好趕緊安撫，冷嗎，還是太熱，需要什麼嗎，喝杯水好不？妳是阿榮的朋友，等於就是我的朋友，我招待不周，阿榮會罵我咧。

秀代還是一直哭一直哭，停不下來，阿良摟住她，頻頻安慰，保證明早阿榮來，就送她回去，末了，她哎嘆一聲，自言自語說：「囡仔人跑這麼遠來，阿榮你是欠了什麼債！」

這一晚，屋內一團混亂，夏日的鄉下夜晚，被兩個各懷心事的女孩，吵擾得特別漫長。

16

昨日上山後，唐進榮把阿良拉到角落低聲解釋，朋友的妹妹，從台北來玩，住家裡怕引起誤會，跟妳睡一晚吧。阿良爽快說好，不好也不行，唐進榮要求她的事，她都照辦。他們年底要成親，她不知不覺開始認分了。

街坊鄰居都羨慕唐進榮要娶阿良，認為阿良是會興旺家庭的女人。這個典型的鄉下女孩，綁兩根麻花辮子，大手大腳，做起事情動作敏捷，煮飯做菜，包粽炊年糕做發粿，飼雞飼鴨飼豬隻，施肥翻土採竹筍，手編秧籃魚簍蟲篩，樣樣事都難不倒她。除此之外，她們家養了兩頭水牛，她跟其中取名阿三的，感情特別好，唐進榮借用阿三來整地，非得她以溫愛的大手掌，反覆撫摸阿三的頭和下巴，好似舉辦一場莊重的下田儀式，靈性充盈的水牛這才乖乖下田勞作。阿良是這村鎮傳說中的奇女子，仔細看，鼻頭橢圓，兩片嘴唇肥滿，是受莊稼長輩喜愛的相貌，但她可不是弱者，兩眼斜視時，骨碌骨碌的黑眼珠，氣勢奪人，她是未來掌握家庭大權的女主人。

他們自小認識，沒有約會戀愛，雙方父母見面談定，就互相認了。農村的生活日日不變，唐進榮每日上山，經過半山腰的阿良家，兩人站在稻埕閒聊幾句，就這樣。即使唐進榮去宜蘭看電影，阿良也不跟隨，她沒有看電影的習慣，她不需要娛樂。

她個性爽朗大方，但仍有少女心機。她觀察台北來的小女孩，唐進榮下山時，她站在路口，依依看望，一副被丟棄的傷心模樣。她看在心裡，明白了怎麼一回事。但她並不擔心，在這裡，訂了親就是訂了。她甚至猜想，秀代是背著父母偷溜出來的吧，夜晚無端啼哭時，秀代說溜了嘴，說：「怎麼辦？怎麼辦？」她追問什麼事情怎麼辦，秀代就噤聲了。

隔日，接近中午唐進榮才出現，說幫忙阿姆曝曬瓢仔，耽誤了時間，阿良低聲數落，曬瓢仔這種女人活計，上來喊她一聲就好。她貼心能幹，早已擄獲未來婆婆的心，對唐進榮而言，他沒想過和阿良之間是否存有愛情，在這偏僻的村鎮鄉下，這樣已是了。阿良也是這樣想的。

秀代一早起床，坐在門埕癡癡等盼，可憐模樣看在阿良眼裡，竟有幾分生氣，她怪責唐進榮，又說不出怪責什麼，在心底暗暗罵了聲：夭壽！

唐進榮問秀代睡得可好，秀代還未回答，阿良搶著說：「妹仔講伊想欲轉去厝。」她拉住唐進榮，躲到牆角竊竊私語，講了秀代一整晚啼哭不停的事。唐進榮回說：「我知道，我知道，現在就送她回去。」其實，唐進榮昨夜也睡不安穩，躺在床上輾轉難眠，想著秀代一個人跑來，舉動很不尋常，心裡不免忐忑不安。

他送秀代到火車站，距離開往台北的火車還有一段時間，他臨時起意，過河後有段下坡路，兩旁是雜亂的芒草叢，草叢幽深，高過了秀代的身高。他轉身對秀代說：「下車走一段吧。」

兩人推著一輛鐵馬，說著話，慢慢行走，剛開始講的都是鄉下農事，秀代問稻田中黃澄澄稻穗，怎麼變成白米，唐進榮把昨日跟小女孩解釋的農事過程，又說一遍。中秋前收割，稻穀割下來，曝曬後，請碾米廠加工，接著是又濕又冷的秋冬雨季，陰曆年歇息幾天，過後又要忙碌，培育秧苗，陰曆二月土地公生日，春雷一響，等著秧苗綠油油，春耕就要開始。秀代聽得入神，都是她不懂的事，但她喜歡唐哥哥說話的樣子，默默地把唐進榮陽光般的表情，連同眼下的綠色風景，雕刻入腦海中。

在台北時，唐進榮曾經有番壯志，他在兩女生面前朗聲宣示，退伍後要努力賺錢，買輛計程車，他說，開車多拉風多神氣啊。秀代忽忽想起那時的唐進榮，問他，以後不到台北了？還要不要賺錢買車？

唐進榮被戳痛似的嘆了口氣，回說：「好像讀書都沒有意義。我們男人，命運不是自己的，是家族的，家族要你種田，你就得乖乖地種田。」

然後，他們又說起過往的事，去鷺鷥潭那一回，秀代跌了一跤，被路邊帶刺的野生植物割傷了小腿，唐進榮用手帕幫她壓迫止血，又揹著她一路走到車站。去遊樂園那次，他們排好長的隊伍買橘子冰棒，天氣燠熱，冰棒很快滴下鮮橘色的果汁，唐進榮彎下身，張開嘴巴，讓秀代將果汁滴進他口裡，然後他們哈哈大笑。還有，陪阿綿參加陽台舞會，唐進榮跟阿綿整晚共舞，秀代被冷落一旁，無聊地看著阿綿進步神速的阿哥哥舞步，突然，阿綿左腳一扭，腳步絆住唐進榮，一頭蠻牛砰然一聲跌坐在地，星空下，所有人都停了下來，音樂兀自響，秀代奔過去攙扶，一面板起臉孔對眾人怒斥：「看什麼看？有什麼好看？」

往事不遠，但已飄渺，尤其是阿綿。鷺鷥潭那次，遊樂園那次，舞會那次，阿綿向下沉，沉到了他們心底，成了一塊暗礁。要相隔很久很久以後，秀代偶爾憶起，生命中每個階段相遇又消逝的人，這時，她會想起阿綿，然後輕輕一聲嘆息。

進站前，唐進榮遞給秀代一顆提早收成的紅肉柚子，又細心交代如何搭車，不要坐錯方向，車子還有半小時，不急，慢慢來。分手時刻，這一別，怕是永遠，至少秀代心裡是這麼想的。唐進榮支支吾吾，終於還是半低著頭說，阿良，是我未來的牽手。

昨晚睡前，阿良已經向秀代宣示過主權，世事多變，秀代默默領受這殘酷的人生真諦。但她有話想對唐進榮說，絕望的情緒擠壓在胸口，埋藏心底的話，都到嘴邊了，她努力抬起頭，眼裡蓄含淚水，「我長大了，你說，要我快點長大，做你的女朋友。」這話，她終究只能放在心裡。

兩人互望無言。無聊寂寞的阿兵哥生涯裡，唐進榮跟小女孩胡說八道，以為大家不會當真。如今，他只能以極輕微的聲音，怯怯地說了聲：「對不起！」

火車啟動，秀代悵望窗外。像幼時廣播劇裡的女主角，為了成全姊姊，放棄自己所愛，坐著火車，遠離台北，秀代依稀記得播音員的旁白，她傷心的淚水，映照在車窗玻璃上，迷茫的窗外，風景一一倒退，她的心徹底地死了……。

17

不想回家。

秀代在街上茫茫行走，心內徬徨騷動，不想回家這句話，不知對自己說了多少遍。

街道兩旁矮屋林立，木造的，大多加蓋一層低矮閣樓，敞著格子小窗，居家人影在窗框中飄忽搖晃。幾名老人坐在屋前，沉默如一座座雕像。這是一條老舊的街道，秀代望向街的尾端，決定朝街尾的十字路口走去。走了一小段，身後傳來尖銳的女聲，秀代回頭去看，一對男女互相拉扯，壯碩的男子終於踫住那一身亮豔豔女生的手腕。她感到驚嚇，這街不寧靜。

離開火車站，轉了幾條街巷，秀代不停地走路，沒有目的地走路，困倦的身體逐漸變得僵硬遲鈍，但她還是繼續地走。天幕已落，路燈青蒼蒼，經過街口時，她聽見幾名婦人交頭接耳，這囡仔哪裡來的，一個人喔，小學生的樣子，唉喲，抱著一顆柚子……。她低下頭，從她們面前走過，像犯了過錯被人發現。

茉莉還在時，有一回帶兩姊妹去優希口家吃拜拜，等吃飯的空檔，秀代偷跑出來，沿陌生街道胡亂走逛，漸漸認不得回去的路。幾名女人聚在路邊做火柴盒加工包裝，女人們同情地朝她搖頭，好心問她，妳家住哪裡，怎麼一個人，爸爸哩，媽媽哩？她心亂如痲，以為世界即將毀滅，腦袋無法控制地被恐懼灌滿，終於低泣地說：「媽媽不要我了。」不久茉莉匆匆來尋，找著她，牽起她的手，經過問她話的路人面前，秀代羞赧得抬不起頭，感覺自己的謊言當場被揭穿。

或許，她的確應該羞赧，她是令大人頭疼的小孩。但是，當時為何說出媽媽不要我這樣的話呢？她幾乎忘記幼時的事，即連媽媽的面容有時也顯得恍惚，而現在，媽媽不要我了，媽媽真的不要我了嗎？這個問號令她心緒煩躁不已。

轉了個彎，兩腿開始疲軟，她在公車亭的候車椅小坐一會兒，一面盤算，麗卿該已回家，她爸爸即將展開夜間的熨燙工作。

不想回家。秀代心內再次揚起這聲音。

一小時前，她逛進商店和電影院林立的熱鬧市街，在一家鞋店前佇足。櫥窗裡細尖鞋頭的青藍色女鞋，吸引了她的目光，她想著阿綿若是穿上這鞋，在絢麗舞台高歌跳舞，該是多麼美麗動人。她欺騙了阿綿，犯下了無法饒恕的過錯。

鬧區四處高掛著電影看板，訴說著一個個曲折的故事，有張看板裡，一男一女以扭曲的傾斜姿勢，深情互望。秀代必須以斜仰的角度，才能看清楚那愛戀中情侶的臉，然後，她腦海裡浮起阿綿的影像，阿綿躺在俊帥男主角深情的懷抱裡。

阿綿曾經問她，妳喜歡什麼樣的男生？斯文的、壯碩的、憂鬱的、開朗的、酷帥的？「遇到喜歡的人，心裡面會怦怦怦，跳得很厲害唷。」阿綿說。比起同年紀的女孩，她在洗衣店裡接觸過許多阿兵哥，他們都擁有堅毅的古銅膚色，實際相處後，卻是各不相同。她漸漸感到害羞，填寫收據時，怯於和他們正眼對視，唯有她的唐哥哥，他們彼此親近熟悉，打鬧說笑，毫無拘束，唐哥哥或許真像是個哥哥。她記得阿綿問她時，她搖晃著身體害羞地說：「唉呀，我不知道啦，我還是小孩嘛。」阿綿問她的問題，現在她真是不知道了，從唐哥哥住的鄉下回到城市，她像褪去了一層皮。

幾分鐘後，這熱鬧街市的霓虹夜燈，紛紛亮起，市區成為綺麗夢境。如若不是肚子開始咕嚕咕嚕叫，秀代彷彿在夢境裡旋舞，就快忘卻所有的煩惱。她翻開提袋，找出阿良給的青草粿，邊走邊吃。這時，她聽見一絲微細的聲音，罵不會痛，罵不會痛，她想回家，又害怕回家。

轉入一條寧靜無人的巷道，在一座老舊的木造樓房前，她停下腳步。二樓有扇敞開的窗戶，看得見男主人蹺著腳正在讀報，不久，起身走動，然後回到原來的座位。天熱，男人光著上身，和她父親一樣。她在這屋前仰望片刻，彷彿觀看一場電影。她想起少少看過的幾部電影，其中有一部，韓敬學帶兩姊妹去看的，藍眼睛的女孩愛上騎馬的故事。秀瑾開始讀英文後，有一日得意洋洋地告訴她，那漂亮的騎馬女孩，名叫伊莉莎白・泰勒，她姊姊勤讀英文，唸伊莉莎白・泰勒時，舌頭轉了好幾圈，令她感到不可思議。她曾經跟韓敬學說，我也要騎馬，她韓爸呵呵地笑，不置可否。不久，韓敬學就帶她們姊妹到圓山的遊樂園，讓她騎著旋轉木馬，一圈又一圈地旋轉。後來，她和唐進榮和阿綿，又去過一次。

或許，她父親此刻要睡了。過往這個時候，她父親騎著腳踏車，去補習班接姊姊下課。他們這樣騎著腳踏車，在夜幕中相偕回家，已有好些年。呵呵呵，秀代想笑，她姊姊更像是騎馬的女孩，如果她父親的腳踏車會飛躍的話。

秀瑾曾經問她：「妳什麼時候知道的？我早就知道了。」秀瑾這個人啊，說話總是含含糊糊，但秀代聽得懂，她回說：「我也是，早就知道了。其實，我無所謂。」夏日夜晚，陳明發騎車去補習班接秀瑾回家，回家途中，他告訴秀瑾，妳長大了吧，我是一個男人，希望妳會懂，我跟妳阿姨，在一起了。那是怎樣的情景呢？秀瑾坐在腳踏車後座，夏夜晚風將陳明發的話飄送過來。秀代心想，爸爸沒當她長大，從來沒有對她說過這樣的話。

其實，有過一年，夏天的晚上，陳明發騎著腳踏車，帶著年幼的秀代，去製冰廠買橘子冰棒。這是後來聽茉莉講起的，她完全不記得。

她爸爸離家的晚上，據說逗著她玩，她爸爸抱著她，唸唱著故鄉流行的俚語，吃辣椒，辣了誰的屁股眼……，後來她和姊姊都不唱了，回家後的父親，也不唱了。

麗卿漸漸成為晚餐桌上的女主人，她父親恢復舊時的習慣，一面吃飯，一面講述他大江南北逃難的故事。麗卿聽得入迷，茉莉也曾經入迷過。她父親告訴麗卿，將來反攻大陸，要住到太湖邊上的無錫，他在這個四季分明的平原城市，住過大半年。麗卿努力睜大眼睛，表現出對話題的興趣，並問無錫怎麼寫，麗卿沒有茉莉的美貌，但會寫字。

陳明發和麗卿緊緊靠在一起，像玩遊戲似的，在日曆紙上寫下無錫二字。字是用紅色原子筆寫的，秀代隔著距離望去，無錫的筆劃彷彿流體漫溢開來。

幼時，上學途中經過廟口的市場，有個肩上擔著兩盆豬血的老人，幾乎每日，在固定的時間，與秀代擦肩而過。秀代有一回鼓足勇氣探頭去看，嚇得她差一點尖叫，老人肩擔的木盆裡，鮮紅色液體半凝結，隨著老人的步伐，左右不停地搖晃。

她對紅色敏感，常常不自禁地被紅色吸引，又被紅色誘引出恐懼。

來到一座宮廟前，廟門口放著奉茶的茶壺，秀代停下來，倒了杯水，咕嚕咕嚕地喝了。喝了水，秀代的身體卻變得沉重，腰部越來越緊繃。

宮廟內有人發現她，朝她走來，她拔腿即跑。離宮廟已遠，她氣力放盡，疲累已打敗了她的意志力，再走不動了。她看望四周，前邊是一所小學，校門緊閉，但門前有座石墩，她走過去，頹然坐下，在提袋裡翻找出她的小粉盒，粉盒裡，寫著她韓爸電話地址的紙條，靜靜地躺著。

半小時後，韓敬學騎著腳踏車來，他厲聲地說：「這是幹嘛？嗄？傻瓜！」有那麼一瞬間，韓敬學是真的，想狠狠揍一頓這個不懂事的女孩。

回到韓敬學位於克難街的家，韓敬學泡了杯牛奶，秀代囫圇喝下，牛奶的腥味讓她周身溫暖。

另一邊，韓敬學神情凝重，正思索著恰當的措辭。等秀代喝完牛奶，他重重嘆了口氣，問：「到底怎麼回事，秀代？」

18

恩典的天父，請祢垂聽我的禱告。坐在我面前的，是我自小看著長大，就像自己女兒一樣的好孩子，秀代。她現在，非常虛弱，很需要上帝的幫助，我禱告，祈求天父的憐憫臨到她，恩手與她同在。

慈愛的天父，我最近聽教會弟兄說，有青春期這一回事。我沒有青春期，我和秀代的爸爸，一直都在逃難，不逃就沒命。我現在歸到主的懷抱，再也不逃，我把生命交給　神，靠著　神加添給我的力量剛強壯膽，遵行主的道，勇敢地做人做事。

我祈求上帝，恩臨到秀代女兒身上，她現在，站在人生的大門口，徬徨，迷惘，她心裡有太多的疑惑，就快要向下墜落，落入萬丈深淵。求主救她脫離兇惡，使她能破繭而出，蛻變成美麗的蝴蝶，成為勇敢的，天父的好孩子。

慈愛的耶穌基督，請啟開秀代爸爸的眼睛，用愛來澆灌他，化他的石心為肉心，接納秀代，看見秀代，讓他們的家，盈滿恩慈和樂。謝謝主垂聽我的禱告，奉靠耶穌基督的名求。阿門。

韓敬學送秀代回家，就送到家附近的街口，臨分手，不放心，再次叮嚀，爸爸若是生氣，忍一下，忍一下就過去了。

秀代的背影融入夜色，韓敬學還癡心站著，心內百感交集，嘆息了又嘆息。

在街燈黯淡的克難街上，他找著微微顫抖的秀代。直到此刻，這憐憫的影像，仍在他心頭模糊晃動。當秀代問他，韓爸，我搬來跟你住好不好？他不能點頭，往事歷歷，如繩索緊緊纏繞，這是生而為人的軟弱，即使面對上帝也無法卸除。他希望秀代能寬恕他。

小街上的人家多已入睡，唯陳家客廳亮著青蒼燈影。他害怕又陷入內心風暴，既然已把秀代安全送回，一回頭，決絕地踩上車，掉頭離去。

當韓敬學緊緊握住秀代的雙手，向著上帝虔誠祈禱，有那麼一瞬間，他的秀代女兒，眼眶盈滿感動的淚水，依稀捉摸到了她韓爸所說的上帝之愛。她小女孩的任性以為上帝就在眼前，她的韓爸化身上帝，給了她清醒和勇敢走下去的力量。

在亮著燈的客廳裡，陳明發氣極敗壞蹀著步，冷不防一回頭，看見秀代像隻無聲的螞蟻，爬進屋來。他心中一凜，轉念又武裝起來，用力按著她，讓她在媽媽的骨灰罈前跪下。「怎麼回事？妳給我說。」他盛怒地吼著。

秀代不語。她父親開始一連串羞辱式的責罵，但她謹記韓爸的叮嚀，忍耐、忍耐。她父親疲了累了，沒有話語可用了，父女倆怒目僵持著。

秀瑾從裡邊出來，冷冷注視這窒息般的場景。像幼時那樣，她心裡嘀咕著：「秀代這次死定了。」

陳明發也是心力交瘁，這女孩不像他的孩子，突然消失、返回，又不發一語，已不是第一回，這其中必有他無法理解的原因。他很想逼問秀代，為什麼、為什麼？但秀代剛剛那眼神，迎面直直而來，他感到暈眩，被一股強烈的悲哀感轟然一擊。這樣的悲哀感時常來襲，那是在裡面時開始的。

但憤怒像風暴一般強烈，發怒的獅子身不由己，不斷咆哮著：「是要我去死嗎？嘎，妳是要我去死嗎？」

深夜寂涼，暴雨終歇。客廳裡，唯秀代，跪在茉莉的骨灰罈前。她剛剛放聲哭了一會兒，累了，靠著矮櫃減輕身體的疲乏，努力捱過這漫漫長夜。

她想起幼時，也是挨罰跪在客廳，那是為了鄰居小美惡毒攻擊她爸爸，她奮力反擊。

癡癡望著壁上的全家福照片，照片裡，她的笑容盈盈。如今，她跪在這裡，想要自由飛翔的小鳥陷入插翅難飛的窘境。

她的韓爸告訴她，遇到不開心的事，就跟上帝說，上帝的胸膛寬闊如母親的懷抱，上帝會靜靜地聆聽，洗去我們的憂傷。

韓敬學專注禱告時，秀代懷裡的紅肉柚子滾了出去，滾進床底。那時，秀代很想笑。韓敬學正講述上帝的奇異恩典，秀代卻聞到一股柚香，她不禁想，上帝也吃柚子嗎？

她張大一雙迷惑之眼，問韓敬學：「上帝會原諒我嗎？」韓敬學笑了笑，摸著她的頭說：「妳是好孩子，上帝愛妳都來不及呢。」

秀代相信韓敬學所說的每一句話，即使她撒謊、偷竊、離家、背叛朋友，做了無數錯誤的事，她還是衷心相信韓敬學、以及他的上帝。然而，慈愛的上帝為何如此狠心呢，她不解，「為什麼，媽媽不見了？」她說，繼續地說，喃喃地說。

韓敬學思忖著該如何回答。他們久未見面，她突然出現，一連串說著她媽媽死掉，她爸爸離家又返家，如果真有上帝，為何讓她的爸爸媽媽，還有好多人好多人，莫名其妙就不見了？這是個艱難的問題，他無從回答，事實上，上帝也無從回答。他望著秀代，沒來由地，一陣悲從中來，他是想起了自己，關於失去這件事，有什麼理由呢？這世間，無時無刻發生這個那個的失去，哪件事有真正的理由呢？他媽的，我也失去了爸爸媽媽啊，我也失去了上學讀書的機會啊，我也失去了回家的路，失去了追求幸福的本事，我人生的一切，也是這樣，不見了啊。

就這麼，一秒，兩秒，韓敬學的臉被淚水淹沒。

當他覺察到身為長輩不該在秀代面前失態，小女孩哪堪承受龐大的時代差錯，他伸手抹去淚水，控制住這放肆的情緒。秀代向他泣訴坐火車到遙遠的鄉間，她一句未提她的唐哥哥，只說：「我想去，很遠的地方。」韓敬學極力克制，秀代不說，他就不問，他依稀感覺到發生了什麼事，秀代失去的豈止是媽媽，他心中盤算，無論發生何事，再壞再壞的事，他都想伸出援手，照顧他的秀代女兒。他壓抑著深深的擔憂，告訴秀代：「孩子，上帝就在妳疑問的地方，祂就在那裡呀。」這話回音一般地，好似也向著他自己而說。

韓敬學天啟一般的話語，令秀代既疑惑又燃起一絲希望。即使永遠不被爸爸疼愛，上帝依然存在嗎？她眼眶含淚，問著：「媽媽也是這樣嗎？」

「是，媽媽到了天堂，妳還記得她，對吧？媽媽沒有不見，媽媽一直都在，妳想她的時候，她都在喔。」

秀代點點頭，好像懂了。

「人的一生，總會經歷各種各樣的考驗，現在跟妳說人生，實在太早了。但是韓爸要拜託妳，妳一定要努力，做個堂堂正正、善良勇敢的人，千萬不要讓自己墮落、消沉，那樣太可憐了。墮落的人，一顆心會變得又冷又硬，這是很孤單的人生。懂嗎？韓爸拜託妳了。」

夜深了，秀代的意念停格在韓敬學最後說的這段話，墮落的人，一顆心會變得又冷又硬，這是很孤單的人生，她想要牢牢記住，永遠不要遺忘。她也記住了韓敬學說話時的表情，緊皺雙眉，眼眸裡泛發著慈愛又焦急又真誠的閃光。

她尋視客廳裡寒傖的擺設，昔日生活的痕跡依然可見，媽媽鍾愛的深褐色矮櫃、她織毛衣時習慣坐的籐椅，籐椅邊角磨損的灰白色澤；儼然成為女主人的麗卿，在秀瑾寫功課的圓桌，鋪上手工勾織的白色桌巾；爸爸夜晚燙衣服的熨床，她曾在那裡背誦九九乘法表，熨床靠牆的角落，爸爸打人時使用的籐條，陳澄的竹編娃娃車，她在照片裡露出眼窩的純真笑容……。

這是她的家。和幼時那次一樣，她膝蓋痛了，偷偷爬起來，坐在地板上，地板的沁涼滲入她的身體，她已從回憶和巡逡中，漸漸忘卻挨打的痛楚，只感到心中升起一股新的力量，她一遍又一遍，默唸著她韓爸說過的話，關於人的心因為墮落使壞變得又冷又硬的奇異說法……。

四處張望時，她瞄到熨床上的熨斗，被報紙等雜物覆蓋住，這意味著，許多天沒有使用過了。這意外的發現，讓秀代洩氣一般，心裡升起一股悲傷。

19

九月開學後，秀代成了國中生。生活如常，早晨吃過麗卿煮的早餐，秀代揹起書包，從住家的小街轉向馬路，過紅綠燈彎進小巷再右轉，便是一條大圳溝，沿著圳溝旁的石子路，九年國教後新建的學校，就在路的盡頭。

每日清晨，圳溝旁的筆直長路，三三兩兩的學生，或結伴或單獨，向著學校行進。夏季之末，白燦燦的太陽光，朝氣蓬勃。冬季很快也將來到，到那時，又是另一番景緻，年輕的孩子埋入薄薄的冬霧，茫茫行走。

經過一整個窩囊的暑假，秀代特別喜歡這條新認識的道路，她默默一人，步伐讓她精神抖擻。

經過一番苦讀，秀瑾考取第二志願。放榜之日，陳明發一早騎著腳踏車到學校，校門口貼出即時榜單，他擠在人堆裡東張西望，終於瞧見自己女兒的名字，陳秀瑾。他情不自禁高聲喊叫：「上了，上了，哎呀，就差一點啊……。」

開學後，秀瑾換上高中生制服，轉兩趟公車去上學。她成績不若初中時那麼好，第一次月考，考了二十名以外，她焦慮不已，要求父親讓她上補習班。她又開始早出晚歸，考不完的試，讀不完的書，甚至開始緊張失眠。

秀代則一如往常，對功課不甚在意。某日生物課無聊，她在課本上塗塗寫寫，被老師發現，一口濃濃鄉音的老師不悅地說：「妳姊姊叫陳秀瑾，對吧？妳們長得好像，我一眼就認出來了。我教過妳姊姊，妳姊姊成績多好啊，妳看妳，不好好上課。」

生物老師原任教秀瑾的學校，這學期才轉過來，秀代回家跟秀瑾講起這事，兩人呵呵呵地笑，秀瑾是得意，秀代是無奈，她跟姊姊說：「我一直活在妳的影子裡。」

秀瑾怔怔然。這話好熟悉，該她來說的。她除了功課好，長相、人緣，樣樣不如妹妹，樣樣都是妹妹占強出頭。什麼時候開始的呢，仔細想，不知在哪個時間的交叉點上，她們的確已經易位。

不冷不熱的日子，秀代在上學途中踽踽獨行，前方傳來咚地一聲，有東西掉進圳溝，緊接著人聲鼎沸起來。幾個男生一路打鬧，其中一人的書包漂浮在圳溝水面，男生們呼喊著快點快點，流走了，靠，流走了。有人找來樹枝，伸入水中，但水流很快，書包順流而下，一名瘦高個子情急下脫下鞋襪，噗通一聲跳入水中，眾人立刻順著他游泳的方向追了過去。

那瘦高個子抱著書包爬上岸時，秀代就在他身旁，被他一身臭腥的溝水，噴了滿身滿臉。兩人短暫的目光交會，瘦高個子很用力地，瞄了秀代一眼。

為此，一群人遲了些時間到學校，遭罰站在校門口，范揚再次注意身旁的秀代，覺得這女生很奇怪，幹嘛跟著男生跑，受牽連了吧，他低聲問：「喂，妳叫什麼名字？」

秀代沒理他。他又自言自語：「我叫范揚，二年八班的，妳呢？一年級喔，抱歉啦，害妳被罰站。他們故意整我的……。」

之後的每日早晨，范揚刻意在圳溝轉角的雜貨店前，等秀代出現。秀代起先不理他，他不氣餒，告訴自己，這是鍛鍊，鍛鍊自己的意志力。不久，他終於等到彌足珍貴的一句話，容貌清新可愛的女孩，對他說：「我叫，陳秀代。」

十二月的聖誕假期，秀代答應和范揚約會見面，兩人爬上學校後方的小山。登上山頂，視野遼闊，可以俯瞰學校的全景。山頂側面有塊岩石，上面印著兩個凹陷的腳印，傳說是古代蟾蜍妖怪騷擾百姓，呂洞賓仙人下凡，在岩石上和蟾蜍妖怪大鬥法。呂洞賓一跺腳，留下這雙腳印，蟾蜍妖怪被降伏，變成了岩石。范揚滔滔不絕，解說著仙岩傳奇，他發現秀代聽得十分專注，一雙透明如水的大眼睛像似述說著什麼；那眼神是一種鼓勵，一種勾動，范揚便又繼續說了幾則關於學校的傳說故事，最後說到他的家族身世，他爸爸是上海紡織業聞人，在台復業，與黨國交好，家裡酒櫃展示著蔣總統御賜的雕龍金牌。秀代微張著嘴唇，聽得入迷，范揚心想，這女孩好清純，萬一被別的男生騙走……。這是他第一次對異性動情，回家路上仔細思忖，覺得心中莽莽蠢動的情感，應是一種憐惜保護之情，也是第一次，他覺得自己像個男人了。

此後兩人感情卻止步。范揚得知秀代每回考試總有幾科不及格，心裡萌生猶豫。他是家中長子，個性務實，對自身前途有一套自信滿滿的計畫。但初次萌發的愛戀，漂浮牽絆，超過他想像，轉念間，他興起雄心，沒到滿江紅的地步，一定可以把她救起來，他想。

他約秀代補習功課，秀代不忍拒絕，跟著唸過幾次英文數學，效果並不好。期末考試前，秀代不肯再見面，范揚以為自己要求嚴格，得罪了小女人的易碎玻璃心，涎著臉一次次詢問，沒得到回應。范揚十分受挫，不知如何是好。心裡又興起放棄的念頭。寒假前，他給自己最後一次機會，放學時堵住秀代，問她到底怎樣，幹嘛又不理人，到底為什麼嘛，我也是會受傷的，妳懂嗎？

秀代差一點衝口說，我懂我懂，終究沒說，覺得說了也是枉然。「別理我，我下學期就不來上學了。」她回說。

范揚一陣錯愕，未料是這樣的結果。頻頻追問，得知秀代即將搬家，要轉學了。趕緊抄了地址電話，提醒搬家後寫信給他。又怕秀代使性子，情切叮嚀，一定要寫信給我喔，一定要寫喔。秀代緊緊握住紙條，心內意念奔騰，回到家，把紙條放進蜜粉盒，蓋上盒蓋時，又摩挲了一回。

半年前，因為拓寬馬路或其他什麼原因，憲兵營撤走，洗衣店生意一落千丈，陳明發聽從麗卿的建議，決定搬往另一城鎮，他添購了雙槽洗衣機，裝置了電話，準備重起爐灶。

新家是麗卿負責租下的，位於鄰鎮一條長巷，巷內兩側均是兩層樓的水泥樓房，大都經營小型商店。他們的洗衣店位於巷子中段，面街有扇玻璃窗，麗卿晨起勤擦拭，窗明几淨，未來欣欣向榮。麗卿正式搬進來，連她兒子高本源也分到二樓單獨的房間。勤奮的麗卿在屋前擺了米粉攤，一面招攬洗衣，一面賣炒米粉，貼補家用。她很快發現賺錢的道理，津津有味不斷地講，賣吃的，比洗衣服好賺。後來她又搭配賣肉羹，夏天再多一項仙草冰。

秀代掛念著范揚，搬完家立即去信。范揚的回信卻十分簡要，信上說：「暫時不能與妳見面，要開始用功，時間不多了，聯考迫在眼前。放心，等考完聯考，一定去找妳。妳也要用功一點，答應我。」秀代陷入苦惱，心裡有股力量，左右拉扯，她漸漸想不起來范揚真實的長相，只感覺心頭有一抹巨大的身影，他給予她的愛惜與期待，甚至他的見識，他的家世，他的一切，都很巨大。掙扎了幾天，秀代揉了信，扔進垃圾桶，又小哭了一陣。她的蜜粉盒裡，虛空地剩下韓敬學留給她的字條。

心情煩悶的時候，她出門去走走，走得遠了，不意發現長巷的盡頭翻過一座土丘，竟然臨靠著河，有一條和舊家一樣的河堤。她登上去，四處瞭望，河水安穩流淌。改日她拉了秀瑾去看，判斷應和舊家邊上的河流相連。秀代像小大人似的發出一聲感嘆，說著：再怎麼搬家，還是在這條河邊上吶。

究竟哪個家在前，哪個家在後呢？秀代以為河水往下流，會流到舊家，秀瑾說，笨蛋，舊家在上游，新家在下游。

兩姊妹難得比肩而坐，談話間，不免重提童年往事，村裡夏家的哥哥，上指南山尋寶那個，後來考取建中；隔壁官家吃狗肉，記得吧，好噁心，狗狗那麼可愛；和阿濟家去看電影，陳寶珠和白素秋主演的武俠片，一群人逃往森林，遇一條河，一個小跟班率先跳下河，嘩啦嘩啦，河裡被人下了毒，河面浮起一堆白骨……喔對了，寶月阿姨家的馨儀，到底有沒有去上學……。

秀瑾很快感到乏力，有些事她已淡忘，或者，寧願這些事情裡沒有她；而她妹妹，卻好似為著記憶而活，又不斷問些天知道的問題：等妳唸大學要離開家嗎？麗卿阿姨比媽媽好嗎？爸爸對我很失望嗎？

對秀瑾而言，眼下的事最重要，她每天想著的，是考試成績幾時才能追前，夜裡睡不著數羊數到抓狂，身體不斷發胖，眼鏡度數不夠了，這些苦惱日日糾纏。偶爾，她替秀代擔心，成績不好，英文數學不及格，聯考時怎麼辦，同是姊妹，怎麼活成了兩條平行線。至於陳明發，她沒多去想，就是高高在上的爸爸啊，她冷淡地說：「他是對自己失望吧。」

秀代走在一條危險的繩索上，不僅是不肯用功讀書，她偷錢、逃家，那一整晚未歸的事，家裡閉口不問不談，但秀瑾想過，想到了最壞的情況。秀代挑了她大考的日子離家出走，讓爸爸整晚拍桌怒罵，全家心緒不寧，更是令秀瑾無法原諒，秀代是個自私自利的妹妹。繼續這樣下去，有朝一日，秀代大概會和爸爸一樣，活得亂七八糟，像爸爸一樣對自己徹底失望吧。秀瑾不希望真有這麼一天，她喜歡走在軌道上安穩過日子。

她問秀代，這學期有幾科不及格啊，爸爸知道嗎？好吧，幫妳補習一下。秀代不說話，她故意的。秀瑾無奈，一講到功課，秀代便用沉默來對抗，或逃避。她以訓斥的口吻說：「妳功課實在太爛了，真的沒興趣嗎？」接著一陣劈哩趴啦的責備，妳就是這樣，不切實際，不讀書，將來要幹嘛，當女工、還是嫁人？妳看看這條河，妳現在啊，不過是一滴小水滴，太陽一曬就蒸發，什麼都沒有了。人要成為一條河，流得很遠很遠。末了，又厲聲說：「妳不要去談戀愛，我警告妳。」

轟隆轟隆……。秀代想起了范揚。我不會去談戀愛了，親愛的姊姊，她心想。

隔幾日，秀代走在巷內，一個高中年紀的男生，騎著單車，唰地，從她身旁過去，在她前方急剎住。男生甩了下頭髮，回過頭來，不懷好意地斜睨了她一眼，然後揚長而去。她後來又遇見他，男生朝她扔了張字條，上面寫著，我想跟妳做朋友。她回家，把紙條放進小蜜粉盒，心裡興起幾分甜甜的竊喜。

農曆年前，陳明發召集全家，又邀了幾位朋友。他選了家川味小館，西裝領帶，穿戴整齊，煞有介事地領著大家出發擺宴。席間他豪邁飲酒，大聲說話，心情亢奮極了，麗卿也難得流露嬌羞，一面照顧陳澄，一面飲了兩杯高粱。

餐桌上，菜色齊備，荷葉排骨、乾煸四季豆、麻婆豆腐、宮保雞丁、開陽白菜，一一上桌，正中央的五更腸旺，冒著沸騰的氣泡，最後又上來一鍋土雞湯。幾杯高粱下肚，眾人高聲起鬨，鼓勵新郎新娘，趕快趕快，再生個兒子唄……，兩家人成了一家，幸福圓滿……。女兒要喊媽媽，兒子要喊爸爸……。

有人講起秀瑾，為秀瑾優異的成績嘖嘖讚嘆，一講再講，老陳，妳這個女兒，好好栽培，將來就是你的希望，就是你的依靠……，笑語喧騰，秀代覺得腦袋轟隆隆，只能不發一語，埋頭吃飯。吃著，有人想起她，稱讚她越來越漂亮，漂亮也值得驕傲啊，老陳，是吧。她爸爸虛應著說，是啊，是啊，老二長得好看，像她媽媽。

桌上的菜餚快見底了，陳明發靠著酩酊醉意，搖晃著站起身，說：「我講幾句話吧。」男人的鼓譟聲又起。

陳明發兩眼泛光，比手畫腳，滔滔地說起話來。

我受過災難，蹲過牢，這件事，在座連我小孩都知道，也不必騙人。我老婆為了幫我生兒子死了，我對不起她，永遠都對不起她。但是，人吶，日子總要過下去，我很感謝麗卿，她燒得一手好菜，就是糖放得太多，但我啊，也習慣了。她幫我照顧洗衣店，還要擺攤賣米粉，跟著我吃苦耐勞。瞧瞧，她還把我兒子養得白白胖胖，我兒子開口講的第一句話，竟然是喊媽媽，不是喊我這個爸爸，但我感謝她，非常非常感謝她，早該給她一個名分，我兒子早就是她的兒子。從此以後，麗卿的兒子也是我兒子，我兩個女兒，也是麗卿的女兒。未來，我們互相照顧，攜手走咱們的後半生。我，講完了。

杯觥交錯，喧譁聲又起。麗卿是嬌羞的新娘子，忸怩起立，與陳明發相倚，一對新人執起酒杯，向著賓客細聲說著，謝謝，謝謝，常來家裡玩啊，陳明發並意外地，在麗卿臉上，啵，啄了一下。麗卿眼裡，隨即浮起一層汪汪淚水，她一杯飲盡，好嗆，咳嗽了幾聲，在心裡默默跟自己說，這一次，我一定會是個旺夫的女人。她兒子看著媽媽臉上洋溢幸福，終於展露笑顏，秀代看著這個認識許久始終沉默的大哥哥，原來，他會笑。

陳明發講完他的結婚感言，兩姊妹悠悠互望，兩人的眼裡也蓄起將要奪眶的淚水，意味深長，不知是喜是悲。

這一年，陳明發，四十二歲，再婚，他的人生重新開始。

20

宴席結束，一家人步行回家，陳明發步履蹣跚搖晃，麗卿讓高本源攙著醉醺醺的新爸爸，她自己則顧著陳澄。

陳澄兩歲半，因為右腳神經受損，經過治療，學步遲緩。但在這喜氣的夜晚，陳澄忽然甩開麗卿，好似蓄積已久的慾望爆發，不讓人牽他抱他，直直往前，歪歪扭扭走了幾步，跌倒在地。

啊——，所有人都齊聲驚呼，都替陳澄高興，終於，會走路了。麗卿激動衝上前，抱住陳澄，說：「阿弟啊，細膩啦，跋倒會疼欸……」

一身酒氣的陳明發則是兩眼細瞇，揚著手，胡言亂語：「我兒子，這是我兒子，我兒子會走路啦，長大要當三軍總司令，反攻大陸啊……」

兩姊妹並肩走在隊伍最後。冷風呼嘯，剛過了一年中最後一個大寒節氣，很快就要過年了。某一年的這個時節，茉莉利用煤球爐最後的餘燼，燒了盆熱水，給兩姊妹泡腳，那已是遙遠天邊的事了。

陳澄開始走路，這是他們一家同聲歡慶的事。秀瑾笑了，秀代也笑了。天氣極冷，寒流一波波，快到家時，秀代若有所思，仰起頭，稍一側臉，發現秀瑾也是同樣姿勢，仰望著寒冷寂寞的夜空。

她們想著不同的事情，但都跟茉莉有關。秀代甚且問了關於人生的問題：媽媽，妳在哪裡？妳正在看著我們吧？妳一定知道，以後我會變成怎樣的人吧？

她是想起了茉莉，端著熱水盆走來的模樣。

餘聲

這年的十月，陳家又再搬家，搬到麗卿娘家所在的桃園。洗衣店已歇業，家裡靠麗卿的小食攤謀生，賣過炒米粉、肉羹、豆花、肉圓，麗卿後來發現賣潤餅捲最沒有競爭者。她以很短時間練就機械般的快速動作，在薄如紙片的麵皮上鋪放一道道食材，捲成結實的圓筒狀。陳明發總在一旁陪伴，收錢找錢，幫忙舀一杓花生粉，撒在攏起的食材上。有時候，他趁麗卿不注意，蹲在水溝邊抽根菸。麗卿不喜歡他抽菸，嫌菸味刺鼻，麗卿也不喜歡他像個小偷，蹲著身子吃東西。

他們攢了些錢，在桃園偏郊一棟新建的五層樓公寓，買了最頂層，等再攢些錢，就可以在頂樓加蓋一間房子，供高本源結婚居住。有了自己的房子，以後該不會再搬了。

桃園有了工業區，中南部來的年輕人在這裡做工謀生。麗卿相中火車站附近的路口，擺攤賣潤餅捲和滷肉飯。下班時人潮洶湧，擺攤人生忙碌緊湊，麗卿每晚再累，也要沾一口口水，數算辛苦的一日所得，然後默默計算成本利潤，進料比價等等。陳明發負責推攤車，推去推回，有時還要陪笑臉給警察送紅包。

秀瑾如願考取師大，畢業後可以有份穩定的教職。她兼了幾門家教，不靠她老爸支援生活費了。

搬家前，陳明發辦好幾件事。他猶豫多日，儘管不放心，還是點頭答應，讓秀代留在台北，他繃著臉交代這個麻煩的女兒：「給我聽好，記住，管好妳自己，懂吧？每個月拿點錢回來，讓妳弟弟學珠算學空手道。」他申請了公辦靈骨塔，將茉莉的骨灰罈放進塔位，並應允兩姊妹，逢年過節一定給媽媽燒金紙，讓她生活無虞。「放心，我說到做到。」他說。最後一件事，他翻箱倒櫃，找出當年拍攝全家福的底片，沖洗了巴掌大的尺寸，自己和兩姊妹各留一張當作紀念，那張隨著幾次搬遷始終高掛牆壁的加框大照片，麗卿抗議過幾次，他護送骨灰罈入靈骨塔時，跟金紙一起燒給茉莉了。

秀代先是到外商儀器工廠，當作業員，焊接電器零件的接頭。發生燙傷手腕的事情後，她換了工作，到區公所任臨時約僱的工友。她租了間兩坪大的房子，買了輛二手腳踏車代步。每日清晨七點，她到附近麵包店買個菠蘿或紅豆口味的麵包果腹，再騎車到幾公里外的區公所，開始打掃、煮水、擦拭公務員桌子等等雜務。下班鈴響，有人喚她給樓上長官送份公文，她小跑步快速完成，然後換上商職夜校的制服，趕到市區的學校上課，有時甚至沒時間好好吃頓晚餐。夏天時，她騎車經過商職附近一所大學的圍牆，牆壁上黏著一張殘破不堪的紙條，依稀分辨得出紙面上的字跡，寫著「一個悲劇的開始」，悲劇二字莫名在她胸間波動，撩起一股熱血氣流，但很快就消退。

她的租屋窄小，只容得下一張床、一張書桌椅、一個塑膠衣櫃，還有一扇臨巷的小窗。即使如此，她仍在窗邊擺了一盆紫茉莉，很好養的植物，開白和紅兩色的小花。窗外的巷道白天安靜，夜晚擺攤賣成衣、雜食。秀代放學回家，因為身體極度疲乏，難以入睡，她打開窗，瞭望流連行走喧譁吵鬧的紅男綠女，這時，屋外會飄來一股烹煮食物的味道，她嗅了嗅，想分辨這味道，是肉羹還是豬血糕還是炒米粉。她也在巷道買了廉價的衣衫、蜜粉與口紅，開始學習裝扮。

她的租屋位於四層樓洋房的頂層，同樓層還住著另兩名香港來的大學生。令秀代困擾的是爬樓梯。每次她小心翼翼從窄長的樓梯下來，心裡總是膽寒，深怕一腳踩空便栽了下去。房東太太住樓下，她固定坐在靠門的位置，大門敞開，房客們上樓下樓，都在她的視線範圍內。她保持警覺，即使秀代到頂樓陽台洗衣晾衣，她也常尾隨而至，假裝做著家務，眼睛卻飄到了秀代身上。

這七十開外的獨身老太太，像一只古董時鐘，滴答滴答的規律聲響，催得人心裡發毛。秀瑾來探望，幾分鐘後就發現老太太飄忽斜視的眼神，像極了學校裡的軍訓教官，秀代聳聳肩，無奈說：「好不容易擺脫老爸，又來一個更老的管我。我到底是有多壞啊？」她姊姊大概覺得妹妹這話說中了某些道理，輕推了她一把，兩姊妹哈哈哈笑成一團。

她成了飛車少女，以飛快速度騎著單車穿街走巷。記得吧，那個蓄著披頭到處躲避警察的高中生，他教會了秀代騎車。某個早晨，她騎車經過租屋附近的公車站，發現一個人。她從那人的背後經過，錯身之際，她回過頭來，心裡揚起恍惚的熟悉之感。她想了又想，猜想最有可能的，是她的小學同學魏力宣。一個月後，她在同一地點又看見那人，天漸涼，魏力宣加穿了一件咖啡色套頭毛衣，頸口露出雪白的襯衫衣領。

在有限的生活經驗裡，秀代相信人生就像火車窗外的風景，不斷的倒退，不斷的消逝，她並不相信失而復得。而且，她知道自己不如人了，以前她不如秀瑾，現在所有人都跑在她前面。她沒有上前去跟魏力宣相認。

尚未搬家時，某個假日午後，電視歌唱節目裡出現一組少女團體，短裙、白靴，抱著電吉他，一陣砰砰砰，容貌清秀美麗的主唱敞開歌喉，扭動身軀，唱出歡樂的旋律，麗卿眼睛一亮，高聲叫嚷：「啊，站後面那個，站後面那個，彈吉他的，以前住我們街上……。」秀代也注意到了，是阿綿。分不清是太高興還是太傷感，她掉了幾滴眼淚，也就幾滴而已，情緒來得快消逝得也快，電視框裡蹦蹦跳跳的少女，幻影一般從她腦海中掠過。遇見魏力宣也是，她忙碌於煙雲一般的生活，沒有時間多愁善感。

只有過一次。秀代和租屋隔壁的大學生，相偕搭公車進市區。車廂擁擠，汗味腥臭四溢，她身體被人緊緊黏覆，搖晃間，她拉著環扣的手痠疼不已。從僅有的空隙裡，她看見大學生靠在車門邊，眼神四處梭巡。她對著他笑，大學生看見她了，也笑，這時，她意外發現面前有位安靜坐著的女士，緊抿嘴唇，面色微露憂愁，啊，那是茉莉，她媽媽。她隨即淚如雨下。那晚，跟大學生在漆黑咖啡館裡緊緊相擁時，她哭了。流逝的歲月中，媽媽的面容逐漸模糊，僅憑著一張全家福照片，她牢記媽媽緊抿嘴唇那苦苦的一笑。

她經常這樣，在街巷人群間騎車穿梭，不知不覺尋尋覓覓，尋找與茉莉相似的臉孔。她媽媽過年時對兩姊妹說，慢慢吃，年夜飯就是要慢慢地吃，這低低緩緩的聲音，也經常似響起又似已飄向遠方，讓她難以捉摸。她在大學生懷裡絮絮不斷地哭泣，停不住，又說不清楚為何而哭，大學生慌張了，以為太冒犯，剛湊近秀代的嘴唇，趕緊縮回來。

後來，秀代告訴自己，思念媽媽的時候，就是寂寞。她很常做夢，幾乎日日從夢境裡醒來，有些夢令她疲累，喘不過氣，她告訴自己，夢，也是寂寞。要到很久很久以後，大概，年過半百吧，她搬家的次數已數不清了。某日又做夢，夢裡她問秀瑾，媽媽在哪裡？秀瑾指了指遠處，她依著秀瑾手指的方向走去，經過童年時期每天必經的河堤，過了桑樹園，有一道石梯，沿石梯下去，越過雜草叢，就到了河邊。再往深處走，有一段水面變成了淤塞的濕地，又越過，眼前出現一片廣闊的大海，波濤洶湧……。她醒來，強烈地悵惘。許久以來，她遺忘了童年的那條河，忘記了自己在水邊成長，要等到這個神祕夢境來臨，她沉埋心底的記憶終於甦醒。

記憶會遺失，記憶也會在某個時刻甦醒。而此際，秀代尚難相信這個道理。她全心享受終於到手的自由，她把自己打扮得漂亮美麗，上個月她買了雙雪白的麵包鞋，讓自己看起來高一點，大學生喜歡她化妝，她偏愛血紅的口紅，藍色的眼影。她想形容自由的滋味，想了又想，決定用輕盈這個詞彙，她告訴大學生，自由像擁有一雙輕盈的翅膀。她穿著麵包鞋和短裙騎車，技術好得不得了，常常一溜煙，一轉彎，輕盈地飛躍，像鳥一般的自由，而且，旁若無人。

自由也表現於她對待情愛的時候，或者說，她開始懂得在情愛世界裡追尋自由。有一回，她在一條單行道上騎車，車速時快時慢，妄想與馬路中央的汽車競速爭道。後面開過來一輛轎車，車主按了喇叭，她不理，繼續向前衝，擦身之際，她重心不穩，連車帶人跌倒在路邊，車主下來理論，是個抹油頭的少年仔，她揚起了臉，那迎面走來準備飆髒話的油頭少年，霎時愣住，發現眼前是個青春無邪又莽撞的美麗女孩，那揚著臉透出的不馴下巴，既驕傲不可欺又蠱惑人心。

她事後回想，幼時認的乾姊姊阿綿，曾經教導她對異性一回頭一回眸施魅放電的技巧，她發現自己一點沒學會，反長成了一個恰查某。秀代爬起身，朝著油頭少年狠罵一句：「想怎樣？有車了不起啊？」她得理不饒人的模樣，立刻征服了眼前的男人。她知道。

那輛車連續幾日尾隨她繞過幾條街巷，她終於答應跟油頭少年約會看電影吃西餐，他暱喊她，我的小老虎，喔不，我的小小母老虎；她想，情愛的世界其實沒有可靠不變的規則。

十八歲生日前，她跟油頭少年吵架分手，沒關係，她還有大學生。她跟大學生撒嬌，她說，我什麼禮物都不要，只要你寫信給我。她有了一個大大的餅乾盒，裡面是一封封信箋，大學生就住她隔壁，日日見面，但她貪心地要求他，寫信給她。

偶爾，寂寞像潮水洶湧而來，她慌張失措，除了買件新衣衫安慰自己，她會坐在斗室的書桌前，打開抽屜，取出信紙，給她的韓爸寫封信。她韓爸此刻在後山台東服事他的上帝。

她跟她韓爸講述了跟大學生交往的事，油頭少年的則略去；又細說了工作上遇到的麻煩苦惱。不久的將來，她可能跟大學生結婚，轉往陌生的香港，也可能感情生變；明天的事，誰知道呢，但是……

即使像我這樣的笨蛋，在時光之流裡，也學會了些什麼吧？

在信的結尾，秀代這麼寫著。

後記

一九八七年我出版短篇小說集《山音》，此後，還未脫離練習的階段，就停筆了。我成為職業編輯，轉眼二十五年。

二〇一二年開春，我從職場退下，為的就是要回家寫小說。那兩年，生命的催迫感日漸增強，有時連做夢，那些神祕奇異的夢境，都像是在催促。

就這樣，四年的時間，我坐在電腦前，跟陳明發這一家人，共度他們的每一天。其中遭遇許多困難，非常的難，即使截稿後，有些困難像座高山，我仍然沒有能力攀爬越過。

寫作期間，承蒙多位前輩與朋友的幫助。張拓蕪老師無私的指導；許薌君女士寫作初期給了我莫大的鼓勵；謝淑惠女士幫我修正有關宗教的段落；陳豐惠女士為我修潤台語。陳雨航、賀淑瑋、張嘉泓、羅位育、王怡修諸位女士先生，慷慨賜序與推薦。還有幾位朋友，封德屏、許琳英、高慧瑩、唐香燕、葉建良、游正名、陳蕙慧、楊艷萍，受我叨擾。聯經胡金倫總編輯和陳逸華編輯，誠懇盡責，讓我重溫編輯這一行幕後默默護守的美德。還有我的先生和親愛的女兒，也幫助我甚多。一部很個人很微小的小說，勞煩了那麼多人，由衷感念，銘記於此。

我成長於充滿了各種「不可能」、苦悶幾近絕望的年代；但同時，也是隨時可以遇見「好人」的年代。人生在此際轉了個彎，心情不免翻騰起伏，也格外思念過往提攜我甚深的前輩和老師。謝謝張之俊、張之傑、吳涯、周浩正、陳雨航、鄭林鐘、莊展信、莫昭平諸位女士先生。

我是老派之人，怯於對自己的作品置詞，接下來，就交給讀者了；我們在故事裡相遇，謝謝你們。

當代名家・李金蓮作品集1

浮水錄

2016年3月初版　　定價：新臺幣300元

著者　李金蓮
總編輯　胡金倫
總經理　羅國俊
發行人　林載爵

出版者　聯經出版事業股份有限公司
地址　台北市基隆路一段180號4樓
編輯部地址　台北市基隆路一段180號4樓
叢書主編電話　(02)87876242轉224
台北聯經書房　台北市新生南路三段94號
電話　(02)23620308
台中分公司　台中市北區崇德路一段198號
暨門市電話　(04)22312023
台中電子信箱　e-mail：linking2@ms42.hinet.net
郵政劃撥帳戶第0100559-3號
郵撥電話　(02)23620308
印刷者　世和印製企業有限公司
總經銷　聯合發行股份有限公司
發行所　新北市新店區寶橋路235巷6弄6號2樓
電話　(02)29178022

叢書編輯　陳逸華
校對　吳美滿
封面設計　兒日

行政院新聞局出版事業登記證局版臺業字第0130號

本書如有缺頁，破損，倒裝請寄回台北聯經書房更換。　ISBN 978-957-08-4698-0 (平裝)
聯經網址：www.linkingbooks.com.tw
電子信箱：linking@udngroup.com

國藝會
NCAF
本書獲國家文藝基金會創作補助

國家圖書館出版品預行編目資料

浮水錄/李金蓮著．初版．臺北市．聯經．
2016年3月（民105年）．336面．14.8×21公分
（當代名家·李金蓮作品集1）

ISBN 978-957-08-4698-0（平裝）

857.7 105002316